S
N
N
S

もう一度だけ、きみに

椎崎 夕

幻冬舎ルチル文庫

CONTENTS ✦目次✦

✦もう一度だけ、きみに

✦イラスト・すずくらはる

✦カバーデザイン＝コガモデザイン
✦ブックデザイン＝まるか工房

もう一度だけ、きみに

0

——優しくて、柔らかい声の響きを覚えている。

「今の家にいるのは好き？」

少し窺《うかが》うように訊《き》かれて、すぐには返事ができずに蒼《そう》は首を傾《かし》げていた。

目の前にしゃがみ込んで見つめてくる人は、両親と同世代のたぶん男性だ。声音の低さや服装でわかるはずの性別に迷ったのは、その人がこれまで見たことがないほどきれいな人だったせいだ。

「答えにくいかな……じゃあ、別の質問。これからもずっと、今の家族と一緒にいたい？」

首を縦に振ることも横に振ることもできず、ただその人を見上げてから悟る。久しぶりすぎて気付くのが遅れたけれど、これは昔からよく見る夢だ。幼い頃の蒼に、実際に起きたことでもある。

「——……すき、じゃない、けど。でも、しかたない、から」

気付いたとたん、視点が高くなる。しゃがみ込んだ男の人の前でこぶしを握り締めているのは、十二年前の蒼自身だ。問いに答える声は高くて細く、子ども特有の響きがある。その中にはっきりと読み取れる感情は「諦め」で——それを、やけに懐かしく思い出した。

この頃の蒼には、学校はもちろん自宅にすら居場所がなかった。嘘《うそ》つき呼ばわりされることを仕方がないと諦めて、もう何も言うまいと唇を引き結んでいた。どこにいても、ぽつんと「独り」だった。

「そっか。だったらその家を出る気はない？」

落ちてきた言葉にぴくんと目を上げたら、頭の上に柔らかい重みが乗った。そのまま髪を撫《な》でられて、もう一度瞬《しばたた》くと優しい目と視線がぶつかる。

ぎゅっと、頬《ほお》の内側を噛《か》みしめていた。それを緩めて、蒼は言う。

「だめ。いく、とこない、し」

「大丈夫。僕と一緒に来ればいい」

「……おにいさん、ゆうかいはん……？」

「そうだって言ったらどうする？」

くすりと笑ったその人の言葉に、慌てて周囲を窺った。

小学校に上がって初めての遠足でやってきたここは、だだっ広い公園だ。昼食だと言われ、持ってきた食パンを輪から離れた場所で水で流し込んだ後、さらにクラスメイトたちが見えない場所まで移動した。だから、目を凝らしてみても人の姿は見えない。

そのことに、不安になるどころかほっとした。その人に向き直って、けれど蒼は泣きたい気持ちになる。

「ぼく、うそつきなんだって。でたらめばっかりいって、ひとをこまらせてばっかりで、だからちかくにいるとめいわくだって」

「そう、言われたんだよね。けど、本当は嘘なんかついてないよね？　ただ、視《み》えるからそう言っただけだ」

間髪を容《い》れずに言われて、思わず目を瞠《みは》っていた。

「な、んでしってる、の……？」

「何でかなあ。ずっと見てたからじゃないかな？」

「ずっと、みて、た……？」

「そう」と一言で答えて、その人はするりと蒼の頰を撫でた。

「頰っぺたの内側、噛んじゃ駄目だよ。傷になるからね」

「あ、……う」

父親にもされた覚えのない優しい接触に、急に泣きたくなった。

「そうやって独りで我慢ばかりしてるから、迎えに来たんだ。一緒に来ないかと思って」

「いっしょにいって、いいの……？　ぼく、じゃまに、ならな、い……？」

「邪魔だと思ったら最初から誘わないよ」

軽く首を傾げる仕草が、大人なのにやけに似合っている。そう思った時には頷いていた。

「いく。いっしょに、いく。つれてって……！」

やっとのことで、そう声を上げた。とたん、長い腕にふわりと抱き込まれた。

鼻先で、いい匂いがする。それを思い切り吸い込んで、蒼は初めて自分から、その人の背中にしがみついた。

1

「卒業生、起立」

不意打ちのように聞こえた声で、我に返った。

周囲の動きとコンマ数秒だけ遅れて、柚森蒼《ゆずもり》は腰を上げる。「礼」から「着席」の指示には揃《そろ》え、その後の「退場」も無事こなしてほっとした。

同じく気が緩んだのか、校舎に入るなりそこかしこで列が乱れていく。耳に入る言葉は、「これで卒業か」という感慨深そうなものから「やっと終わった」という情緒のないものまでさまざまだ。

「ギリギリでヤバかったんじゃないの。半分寝てたろ」

背後からいきなり声をかけてきた親友――榛原慎《はいばらまこと》は、どちらかというまでもなく後者だ。

蒼自身もあえて分類すればそっちで、結果、会話には情緒の欠片《かけら》もなくなる。

「まさか。ちょっとぼうっとしてただけだよ。今朝、懐かしい夢を見たのを思い出してさ」

「懐かしい……って、どの夢だよ。おまえ、昔から見る夢って結構多かったろ」

小さく息を吐いて、蒼は榛原を見上げる。

「とりあえず、今朝見たのは十二年前のだよ。ここに来るきっかけになった、夢っていうか本当にあったことだけど」

「あー、そっちの方か」

頷《うなず》いて、榛原は蒼の耳に顔を寄せる。歩きづらさに辟易《へきえき》して顔を向けると、低く囁《ささや》かれた。

「そんでおまえの新しい世話役ってか、身元引受人からの連絡は？」

「ないね」

「即答かよ。スマホ見てもねえのに」

「ポケットの中でびくともしなかったからね」

完全な無音でバイブレーションをオフにしていても、着信に気づけるのが蒼の特技だ。もっとも、数年前までは誰でもできることだと思っていたが。

「マジか。寮も今日引き払うんだろ？　迎えが来なかったらおまえ、今夜どこに泊まるわけ」

「寮の部屋しかないだろ。後で植村《うえむら》さんに電話してみるけどさ」

「あー、あの弁護士さん……って、今さらだけど何で交替？　ずっとあの人が身元引受人で、特に問題はなかったんだろ？」

「知らない。前の連絡では説明もなかったし。新しい人の名前とか連絡先も訊きそびれた」

自嘲《じちょう》混じりに言った時に、高等部三年の一年間を過ごした教室に着いた。

まだ物言いたげだった榛原は、けれどやってきた担任を認めてそそくさと自分の席へ向かった。自席について教壇に目を向けながら、「十二年、あっという間だったな」とふと思う。

今日、蒼が卒業する学園は全寮制で小学部から高等部までの一貫教育を謳《うた》っている。蒼が編入したのは小学一年生の春の終わりだったから、ずっといたと言っていいだろう。

ちなみに大学部は敷地外どころか県外だ。なので進路とは関係なく、卒業生は全員ここから出ていくことになる。そう思うと、名残惜《なごりお》しく感じるのが不思議だ。

前髪をさらりと流した風につられて、蒼は真横に目を向ける。

三階の窓際であるこの席からは、コの字の形に並んだ校舎の真ん中にある中庭が見下ろせる。三月頭の今、そこは色とりどりの芝桜が満開に咲き誇っていた。

男子校には不似合いなそこには専属の庭師がいると噂《うわさ》されているが、果たしてそれは事実なのか。脳裏を掠《かす》めた疑問に「今さらか」と苦笑した時、その花の中に立つ人が目に入った。

「……――えっ」

考える前に、椅子を蹴《け》って腰を上げていた。

昨夜夢で会ったばかりの、けれど現実には十二年近く会えずにいる人に見えたせいだ。しなやかな立ち姿もそのままに、花の中でこちらを見て笑った……ように思えた。

「どうした柚森。まだ解散には早いぞ」

「あ、……あー……すみません、失礼しました」

呆《あき》れ声で我に返って、蒼は急いで頭を下げる。目を向けると、壇上の担任が苦笑混じりにこちらを見ていた。

「座っていい。最後だから特別に目こぼししてやる。ついでにおまえらも、本当に最後なんだからおとなしく聞け」

教室全体に釘《くぎ》を刺す声を聞きながら腰を下ろして、もう一度窓の外に注意を向ける。

先ほど確かに見たはずの人は、もうどこにも見当たらない。

見間違う、はずがない。けれど、「あの人」であるはずもない。矛盾した思考の前半は確信で、後半は客観的な事実だ。何しろ先ほどの人影は、やや遠目にも十二年前の「あの人」と同世代にしか見えなかった……。

「蒼、やっぱり寝ぼけてんじゃないか？　最後の最後に注意食らうとかさ」

唐突な声に目を向けた先、怪訝《けげん》そうな榛原がすぐ横にいるのを知って蒼はきょとんと瞬く。

「いや、別に何でも……って、あれ。ホームルームは？」

「終わった。ぼーっとしてる暇があったら植村さんに連絡した方がいいんじゃないか？」

「ああ、うん。そうだった」

思い出してスマートフォンを取り出した時、まだ教壇にいた担任から声がかかった。

「柚森はすぐ寮に戻りなさい。迎えの人が部屋で待ってるそうだ。自分の荷物は持って行った方がいいぞ。これから出入りが激しくなるからな」

「はい、わかりました」

予想外の言葉に、慌てて席を立って荷物をまとめた。胡乱《うろん》な顔の榛原に「あとで」と声をかけて教室を出ると、中央階段側からぞろぞろとやってくる保護者の群れが目に入る。

逆方向にある北階段の方が寮にも近いと、すぐさま足を向けた。二階に降りる途中の踊り場に足をつけるなり、そこに設置された年代物の鏡の「中」からこちらを見つめる影が目に入る。――「彼」が身につけている見慣れない紺の詰め襟が二十年前までこの学園の制服だったのだと教えてくれたのは、誰だったろうか。さりげないフリで視線を逸《そ》らし、一階で校舎から出てしまえば寮まで急いで三分ほどだ。

蒼の部屋は二階の長い廊下の突き当たり、寮内で唯一バストイレキッチンつきの個室だ。別名「特別室」とも呼ばれている。

遠目に自室のドアが見えたのとほぼ同時に、横合いの壁から白い影がふわりと出てきた。向こう側が透けているものの、長く背中を覆うまっすぐな髪と柔らかく翻るスカートの裾《すそ》ははっきり見て取れた。いつものように――今朝もそうだったように廊下の真ん中に立って、じっと蒼を見つめてくる。気付かないフリで突っ切った後も、背中に当たる視線を感じた。

ちなみにこの学園は男子校で、当然のように寮監も男性だ。女性はいてもほとんどが食堂勤務で、間違っても寮の中までは入って来ない。

　階段の鏡の「中」の彼も、先ほどの彼女も既にこの世の存在ではないわけだ。付け加えれば前者についてはたまに「視る」者がいるらしく、学園の七不思議として語り継がれている。

　……蒼ほどはっきり鮮やかに視る者は、ほとんどいないようだけれども。

「そういや、この部屋でだけは視なかったっけ」

　自室のドアを見上げて、長年の謎が口をついて出た。

　どうしてそうなのは不明だけれど、ありがたかったのは事実だ。今後はどうなるかわからないがと思いつつ、蒼はドアに向き直る。今朝施錠して出てきた自室だが、指定された時点で中に入られたと考えるのが妥当だ。

　ノックするとすぐに知らない声が返った。

「はい、どうぞ?」

　緊張気味に奥へと押し開いた蒼の目に飛び込んできたのは、長身の男性だ。日本人にしてはやや色が薄い髪は柔らかそうな癖があって、後ろは襟足が見えるくらいに整えられている。同じく色の薄い切れ長の目が、まっすぐに蒼を見つめてきた。

　一瞬、「あの人」かと錯覚して、すぐに違うと気づく。目の前の人は明らかに当時の「あの人」と同年代だ。

　いったん上がった心拍数が、すっと下がる。改めて深呼吸しようとして、別の意味で呼吸

が止まった。

「こんにちは。柚森蒼くん、で間違いないかな？」

「あ、……はい。すみません、いきなり失礼しました」

にこやかに言うその人――彼の肩越し、窓辺のスペースに白い影が「居る」のが目に入ったせいだ。そっと焦点をずらして、蒼は改めて目の前に立つ人を見上げた。

まず思ったのは、「作り物みたいにきれい」ということだ。切れ長の目とまっすぐに降りた鼻筋とやや薄めの唇が、絶妙のバランスで小さな顔に収まっている。柔らかい笑みを浮かべる顔は、「きれい」という表現とは相反するように線が強い。

「まずは自己紹介かな。初めまして、成海《なるみ》といいます。これから四年間――蒼くんが大学を卒業するまで世話役として同居することになったので、よろしく」

「柚森蒼、です。よろしく、お願いします」

応じる間も窓辺に「居る」影の視線が痛いようで、それを不可解に思った。

寮内はもちろん、学園敷地内のどこにどんな影はいるかは把握していたはずだ。なのに、数メートル先にいるソレを目にした覚えがない。

「卒業式に間に合わなくてごめん。出席するはずが渋滞にかかってしまって」

「いえ、それは別に。……あの、不躾《ぶしつけ》かと思いますが質問いいでしょうか。聞いておきたいことがあるんです」

「どうぞ？　ただ、僕の権限がある範囲内でしか答えられないよ？」

苦笑混じりの言葉は、かつて植村から何度も聞いたものと同じだ。承知の上で蒼は頷く。

「十分です。その、……おれは大学でも寮に入るものだと思っていたんですけど、どうして成海さんとの同居になったんでしょうか。それと、ここで世話役が交替するのはおれに問題があったからですか？」

とたん、成海は意外そうに瞠目《どうもく》した。

「それが最初の質問？　――植村さんからはどんな風に聞いてるかな」

「新しい世話役と卒業まで同居する、っていうだけです。あとは連絡を待ってるようにと」

六歳で親元を離れた蒼に、当初からずっと関わっているのは植村だけだ。入寮直前に顔を合わせた際に「世話役兼身元引受人」と名乗った彼には、何かと便宜を図ってもらってきた。寮が完全閉鎖される夏冬の長期休暇は植村が手配した滞在先で過ごしたたし、特に中等部までは保護者よろしく買い物や観光にまで連れ回してもらった。

本業は弁護士だという彼は無口で愛想もないが、つきあいが長い分だけ蒼にとって気安い存在だ。その植村からの最後の連絡は約一か月前、第一志望大学合格発表の日の夜に届いた。

（合格おめでとう。これからのことだが、住まいは用意するから寮に入る必要はないそうだ。それと、大学卒業までは世話役を兼ねた身元引受人が同居することに決まった）

（そう、なんですか。じゃあ、春からは植村さんと？）

（いや、別の人間だな。近々本人から直接連絡がいくはずだ。ああ、卒業式の後すぐに退寮するから、その前々日には荷造りを終えておくといい）

「当分会うことはないだろうが元気で」と付け加えて、植村は通話を切ってしまったのだ。

「だったら僕の名前とか卒業式に出る予定だとか、今後住む場所といった話は、全然？」

さすがに予想外だったのか、成海が窺うように言う。それへ、蒼は素直に頷いた。

「昨日、業者に荷物は預けました。式が終わっても連絡がなければ、植村さんに電話しようかと」

「うわあ……」

短く唸《うな》った成海が、うなだれたように額を押さえる。おもむろに、顔を上げた。

「申し訳ない。いろいろ手違いがあったみたいだ。そのあたりはまた確認しておくよ。――大学の寮だけど、制約が多いから除外したって聞いてるね」

「せいやく、ですか」

「門限もだけど、いろいろルールがあるみたいでね。今まで寮生活だったから、大学はもっと自由な方がいいだろうって。だけどいきなり独り住まいもどうかってことで、同居人をつけることにした、と聞いた。植村さんから僕に替わったのは、彼の仕事の都合と上の意向だね。蒼くん本人とは何ら関係ないし、もちろん問題があったわけでもない」

「そ、……うなんですか」

濁されるかと思ったのに返答は明快で、少しばかり面食らった。同時にこれはいい機会だと察して、蒼は改めて成海を見上げる。

「その、ですね。実は他にもいろいろ、聞きたいことがあるんですが」

「だよね。何が気になるかな。住む部屋か、それとも土地？」

柔らかい笑みで言う成海は、やけに楽しげで人懐こい。その様子に、かえって身構えた。

「そういうんじゃなくて、おれ、知らないことが多すぎるので。植村さんには何度も訊いてみたんですけど、ずっとはぐらかされるばかりで」

今朝見た夢の出来事をきっかけに親元から離れた蒼は、けれど事情の詳細を知らされていない。辛うじて教えてもらったことといえば、蒼を引き取り植村という世話役をつけてくれたのが今は亡い母親の実兄、つまり蒼の伯父《おじ》にあたる人だということくらいだ。

だから、訊きたいことはいくらでもあった。たとえば別途料金がかかる寮の個室を、蒼がどんなに断っても確保し続けた理由。当時まだ中学生だった蒼に本人名義のクレジットカードを与え、自由に使っていいと伝えてきた理由。

そこまで投資しておきながら、蒼の将来には何の制約もない。植村を通して訊いても回答は一貫して「大学も就職も自由にしていい」だ。そうなると、伯父の真意がまるで読めない。

それ以前に、そもそも蒼は未《いま》だに件《くだん》の伯父は顔を合わせてさえいない。

「そりゃそうだろうね。僕もだけど、植村さんもあくまで代理人なんだ。立場上、言っていいことと言えないことがある」

「それは、わかるつもりです……けど」

「だから約束しよう。曖昧にごまかしたり適当に流したりはせず、言えないことははっきりそう言う。それでいいかな？」

率直な物言いに頷くしかない蒼を微笑《ほほえ》ましげに眺めて、成海は首を傾げる。

「質問の続きは車で移動してる間にしようか。その前に、渡しておくものがあってね」

上着のポケットを探った成海に、「左手を出してくれる？」と言われた。戸惑いながら応じた蒼は、直後に手首に絡んできた品物を目にして呼吸を止める。

複数の色石を紐《ひも》に絡めて作った、ブレスレットのようなものには見覚えがある。十二年前に、「あの人」が蒼の手首に巻いてくれたのとよく似た——。

「こ、れ。何、ですか？」

問う声が、震えないようにするのがやっとだった。辛うじて自制した蒼の問いに、成海はあっさりと言う。

「おまじない、みたいなものかな。これがあれば妙なものは視ずにすむと思うよ。——もう視えないいんじゃない？」

言葉とともに背後の窓を示される。つられて目をやった先、そこに「居た」はずの存在はかき消すようにいなくなっていた。

十二年前、これを貰《もら》った直後と同じように。

「——……訊きたいことが、増えたみたいです」

今の成海の発言で、ひとつはっきりした。この人はきっと先ほどまで——あるいは今でも、窓辺にいるだろう人ならぬ存在に気づいていた。

動じたふうもなく肩を竦《すく》めて、成海は「そうだ」と付け加えてくる。

「ソレを使う時の注意事項だけ、先に伝えておくよ。できるだけ他人には見せないことと、絶対に他人には触らせないこと。触らせた時点で使えなくなるから、そこは覚えておいた方がいい。駄目になったとして、次があるとは限らないからね？」

2

物心ついた時にはすでに、父親から「嘘つき」だと言われていた。

ありもしないことをいかにもあったように騒いで大人の気を引こうとする、たちの悪い性格だと大勢の大人が集まった場所で言われて、途方に暮れたのを覚えている。

蒼はただ、本当のことを言っただけだ。ここしばらく会えなかった大好きな母親が、その日やっと帰ってきたから——ずっと蒼の傍《そば》に寄り添って優しい目で見つめてくれていたから、嬉《うれ》しくなって父親にそう伝えた。

なのに、父親はとたんに顔色を変えた。信じられないものを見るように蒼を眺めて、「こんな時にまでそれか」と吐き捨てた。

(ごっこ遊びにしても度が過ぎる。いい加減、そんな出鱈目《でたらめ》を言うのはやめろ)

きっぱりした口調で言われた時に、母親から何度も「何が見えても、お父さんの前では言っちゃ駄目よ」と注意されたことを思い出したのだ。だから慌てて手で自分の口を塞《ふさ》いで、その後は何も言わないようにしたのだけれど。

……後々になって思い起こしてみれば、あの場面での父親を始め周囲の大人たちはみんな、黒一色の服装をしていた。蒼自身はといえば幼稚園の制服を着て、初めて訪れた立派な建物を興味津々に眺めていた。

その時点で、蒼にとって「ソレ」——いわゆる「霊」が視えるのは当たり前のことだった。

物心ついた頃にはもう、視えていたと思う。その証拠にいつも「誰か」が傍にいた。庭で遊んでいる時も、ひとりでする練習に入ったトイレでも、真夜中にふと目が覚めた時も。

もちろん、「ソレ」の全部が友好的だったとは言わない。年齢も性別もさまざまだったけれど、大抵はただそこに「居る」か、恨めしそうにこちらを見ているかだ。ごく稀《まれ》に「遊ぼう」と誘ってくる者もいた代わり、いきなり蒼の手足を引っ張ったり、しつこく追い回してきたりと泣かされることもあった。

その全部を、蒼は無防備に口にしていた——のだと思う。そのたび母親は困った顔になり、父親は眉を顰めて「くだらない」と言い捨てた。本当にいたんだと、今もそこにいると一生懸命訴えても、父親はいっさい聞いてくれず厭《いや》な顔をするばかりだった。

（ママ、きのうからずーっとぼくのそばにいるよ）

その時の蒼が言ってしまったのは、父親が沈痛な顔をしているから——黒い枠の額縁に入った母親の写真を食い入るように見ていたからだ。大丈夫だと教えてあげたかった。

それが生母の葬儀の場だということも、生母が既にこの世に亡いことも理解できないまま。

葬儀が終わってすぐに、蒼は父の両親つまり祖父母に預けられた。

とはいえ、蒼が彼らと初めて顔を合わせたのはまさに葬儀当日だ。それまで蒼は父方母方ともに、祖父母はもちろん親類に会ったことは一度もなかった。

ろくな状況説明もなく変化した環境に耐えられたのは、「母親」がずっと一緒にいてくれたからだ。言葉を交わすことも触れることもできなかったけれど、いつも後ろにいる——それを確かめようと、何かあるたびに振り返る癖がついた。

ひとり遊びが得意な、手のかからない子どもだったと思う。けれどしょっちゅう振り返っては既に亡い「母親」に話しかける様子が奇異だったのか、祖父母からは早々に忌避されるようになった。近所に知り合いもなく幼稚園も休んでいた蒼を相手にしてくれるのは目に見えない「母親」や「影」ばかりで——いつの間にか、母親と約束したはずの「知らないフリ」など忘れてしまっていた。

数か月後、蒼を迎えに訪れた父親は、新しい妻と血の繋《つな》がりのない娘を連れていた。後になって、祖父母が勧めた再婚を受け入れたのだと知った。

父親は再婚を機に以前の家を引き払い、新しく家を借りていた。当然のことにそこに蒼の「母親」の名残はどこにもなかった。

新しくできた姉は好奇心からか何かと話しかけてきたけれど、その母親からは得体の知れないものを見たような顔をされることが多かった。父親はろくに蒼に近づこうとせず、たまに寄ってくる時は決まり事のように叱られた。

(いい加減、たちの悪い嘘をつくのはやめろ。出鱈目にもほどがある)

嘘じゃないと、必死で言い張った。ちゃんと今も傍にいる。父親の肩に手をかけて、ずっとこっちを見ている——。

父親の顔は、日を追うことに険しくなっていった。最後には表情が消えて、頭ごなしに「嘘ばかりつくんじゃない」と切り捨てられた。

どうしてわかってくれないのかと、絶望した。嘘なんかついてない、間違ったことは言っていない。どんなに訴えても聞く耳を持ってもらえなくて——気がついた時にはもう、蒼は家の中でも幼稚園でも近所でも完全に孤立していた。

「母親」は、祖父母の家を出ると同時にいなくなった。周囲にいる「彼ら」もその頃にはただ「居る」だけか悪意を向けてくるばかりで、だから蒼も気付くことができたのだと思う。

……自分の目にはっきり映る「彼ら」が、父親たちには見えていないのだ、ということに。落ち着いて周囲を眺めれば、裏付けは簡単だ。蒼がつい避けてしまう「彼ら」を、周囲の誰もが平然と無視する。くっつかれようが脅されようが、驚く以前に気付く素振りすらない。

ようやく口を噤《つぐ》んだところで手遅れで、だから蒼は独りに慣れるしかなかった。

「あの人」に出会ったのは、そんな頃だ。

私立小学校に通う義姉とは行事日時が違うせいか、それともわざとなのか。いずれにせよ初めての遠足の朝、蒼には弁当や水筒はもちろんリュックサックの支度もなく、自分で食パンを一枚とペットボトルに詰めた水を幼稚園バッグに入れて登校した。昼食をひとりですませた後は、もっと遠くを目指して歩いた。

けして入れてはもらえない遊びを、外から見ているのは辛《つら》い。だったらその場から離れた方がましだと、その時の蒼は既に知っていた。

遠くにぽつんと見えた木を目指して歩いて、それが本当はとても大きかったのを知った。振り返っても人影が見えないのに安堵《あんど》してその根元に座り込むと、視界の先にじわりと「何か」が滲《にじ》んでくる。じきに像を結んだそれは高校生くらいの女の子で、何か言いたそうに

――恨めしげに、蒼を見つめてきた。

いつものことだと知らない顔ですませた。ただ、今の現れ方はありがたいし、とても助かる。そうやって出てきてくれたら、蒼にも彼女が「生きていない人」だとわかるからだ。困ったことに、当時の蒼には「彼ら」が生きているのかどうか区別がついていなかった。

（きえちゃって、いいのに）

ぽつんと落ちたつぶやきはただの八つ当たりで、返事なんか期待していなかった。なのに、すぐ近くから柔らかい声がしたのだ。

（うーん、確かに困るよね。あの子のせいじゃないのはわかってるんだけど）

ぎょっとして顔を向けたら、いつの間にかそこに知らない大人が――「あの人」がいた。

まっすぐに向けられた視線の方向は先ほどまで蒼が見ていたのと同じで、けれどすぐに思ったのはこの人も「彼ら」と同じなんじゃないか、ということだ。

亡くなった後の母親はずっと無言だったけれど、「彼ら」の中にははっきり言葉を発する者もいる。そういうのに限ってたちが悪いのだと、蒼はすでに学習していた。

油断なく見つめる蒼に気付いているのかどうか、ゆっくり蒼へと視線を向けた「あの人」は、少し困ったように笑う。

（やっぱり視えてるんだね）

声とともに、ぽんと手のひらが頭に乗る。その時被っていた赤白帽子越しにも明らかな重みに、咄嗟《とっさ》に反応できなくなった。

母親が亡くなってから、そんなふうに蒼に触れてくる人はいなかったせいだ。ほどけるみたいに勝手に気が抜けて、だから蒼は顔を覗《のぞ》き込んできた「あの人」に頷いてしまっていた。

（ひとりで、ずっと苦しかっただろう。……好きで視えるわけでもないのにね）

思いがけない言葉に、急に泣きたくなった。それは駄目だと頰の内側を嚙んで、蒼はじっとその人を見つめた。

（今の家にいるのは好き？）

その一言から始まった問答の末に「いく」と答えた蒼は、けれど「これからすぐというわけにはいかない」という言葉に絶望した。

（ごめんね。けどこのまま連れて行ったら、本当に誘拐犯になってしまうから）

半べそをかいた蒼の頰を撫でて、「あの人」は「約束の印」だと言って細いブレスレットのようなものを蒼の手首に巻いてくれた。

（ちょっと時間はかかるかもしれないけど、必ず迎えに行くから信じて待ってて。あと、これをつけてたらもう、変なものは視なくてすむはずだよ）

言われて顔を上げて、驚いた。ついさっきまで少し離れた場所からこちらを見ていた女の子は、もうどこにもいなかった。

（きえちゃった、の……？）

（これがあるから視えないだけ。……もしかして、視ずにすむなら家にいた方がいい？）

問いにすぐさま首を横に振ったら、「あの人」は笑って蒼の頭を撫でてくれた。

その後、どんなふうに別れたのかは記憶にない。けれど、遠足の帰り道ではずっと胸の中がぽかぽかして、左手首に巻かれたそれに触るだけで安心したのを覚えている。

残念なことに、その安心はあっさり壊れた。帰宅して間もなく、それを目にした義理の姉が欲しがったからだ。蒼が断ったら言いつけたようで、夜に帰った父親に取り上げられ、どこで盗んだと問い詰められた。貰ったと答えても信じてもらえず、ブレスレットは義姉の手に渡ってしまった。

諦めきれず、何度も「返して」と訴えた。義姉の手首に巻き付いたそれを引っ張るたび叩《たた》かれ叱られて、それでも諦めきれなかった。

ふだんは諦めがいい蒼の執拗《しつよう》さに父親は怒り、義母は眉を顰《ひそ》め、義姉は蒼を嘘つき呼ばわりした。蒼を除外すれば平穏だった家の中はひどく荒れて、とうとう蒼は食事の席にすら呼ばれなくなった。

ブレスレットが大事だったのは確かだ。けれどそれ以上に厭だったのは、貰ったものを簡単に人にあげるような子だと「あの人」に思われることだ。

諦めきれないまま三日が過ぎた日曜日の朝、蒼は突然父親に呼ばれ、車の後部座席に乗せられた。ふたりきりで出掛けるのは覚えている限り初めてで、そのせいか厭な予感がした。

そういう予感は、得てして当たってしまうものだ。連れ出された大きな建物の喫茶室のような場所で、蒼は父親の手から見知らぬ男性へと引き渡された。

耳に残ったのは、父親の「コレが蒼です」という放り出すような声音だけだ。しばらく話し込んだ父親は蒼だけを置いてその場から出ていった。

声をかけることも、振り返ることもなく離れていく背中を見送っていたら、斜め上から静かな声がかかった。

(お父さんから、詳しい話は聞いてる?)

そう声をかけてくれた人が、後々蒼の世話役となった植村だ。けれどその時の蒼はわけがわからなくて、ただ首を横に振るしかできなかった。

(なるほど。それなら簡単に事情説明しておいた方がよさそうだ)

平易な言葉で説明された内容は、つまり蒼の姓が変わるということだ。親権が父親ではなく、母親の兄——伯父に移った。だから蒼の住まいも学校も変わることになる、という。

捨てられたんだとすぐに察しがついて、同時にとあることに思い至って絶望した。

迎えに来てもらっても、もう蒼はあの家にはいない。今から帰れるはずもなく、帰ったところで居場所もない。

もう二度と、「あの人」に会えない——。

心臓が、杭《くい》を打ち込まれたように痛くなった。

(さて、小学校も転校だがまだ手続きが終わっていなくてね。準備が終わるまで、きみの面

倒を見てくれる人がいるから)

そんな言葉とともに引き合わされたのが、「あの人」だったのだ。予想外すぎて、移動先のドアの前で蒼は固まったように動けなくなった。

(迎えが遅くなってごめん。ずいぶん待ったよね?)

聞き覚えのある声に、身体《からだ》の緊張が緩む。すぐさま駆け出そうとして足が止まった。左手首に何もないのが、気になったのだ。ひどい罪悪感と喪失感に、その場に突っ立ったまま頬の内側を噛むしかできなかった。

(蒼くん? もしかして、迎えが遅れたから怒ってる……?)

窺うような声音に、大きく首を横に振った。胸の奥からせり上がるものを堪《こら》えて、どうにか声を押し出した。

(ごめ、なさ……てくび、の、とられ、ちゃっ——おねえちゃ、が)

(ああ、そっか。でも蒼くんは一生懸命抵抗したんだよね?)

穏やかな声を聞いて顔を上げると、涙の膜が張った視界はひどく滲んでいた。そんな中、「あの人」は静かに近寄ってきて、蒼の前に膝をついてくれた。

(ごめんね。渡すのが早すぎた。……叱られたりしなかった?)

労《いたわ》る声とともに、先日と同じ体温に抱き込まれる。頬を撫でる指や背中をさすってくれる手のひらの感触に必死で堪えてきたものが決壊して、気がついた時には泣きじゃくっていた。

その後の数日を、蒼はその人と過ごした。朝昼夕と一緒に食事をし、散歩に行き買い物をし、映画を観て遊園地にも連れて行ってもらった。見える場所にいつもお互いがいて、外に出る時は手を繋いでもらった。

もう、独りじゃないと思ったのだ。それだから最後の夜に「明後日から学校だよ」と言われた時にはきょとんとしてしまった。

(全寮制で、小中高一貫教育を謳ってるところらしい。別の土地に大学もあるけど、それは強制じゃないから高校生になった蒼くんが好きに決めていい)

(ぜんりょう、せい……?)

(学校の敷地の中に、寝泊まりする部屋があるんだ。明日そこに移動して、明後日からは授業に参加する)

言われた言葉を自分なりに嚙み砕いて、ぽろりと勝手に声がこぼれた。

(おにいちゃんも、いっしょ……?)

(ごめんね。残念だけど、一緒には行けない)

静かな声で、真剣な顔で言われて、「お別れなんだ」と知った。

(もう、あえない……?)

半泣きでの蒼の問いに、その人は明確な返事をしなかった。代わりのように、いつもの優しい声で言った。

（どこにいても蒼くんのことを考えてるよ。気持ちはずっと一緒にいる）

言われて、思わず左手首をぎゅっと握りしめていた。再会してすぐに新しく渡されたブレスレットが、それまで以上の宝物のように思えた。

翌日、迎えに来た車に乗ったのは蒼だけだった。ガラスを下ろした窓の外、後部座席に座った蒼の頬を撫でて「あの人」は言ったのだ。

（元気で。でも、頑張りすぎないで）

それきり、蒼は「あの人」に会っていない。十二年の歳月は記憶の色を変え薄れさせるには十分すぎて、今の蒼にはあの人の顔も声もおぼろになっている。

……小学部に入ってしばらくは寂しくて悲しくてたまらなくて、「世話役」になった植村に何度も「あの人」のことを聞いてみた。けれど返事は決まったように「管轄外だから知らない」ばかりで——いつか、訊いても無駄だと口にするのもやめてしまった。

それでも、忘れたことは一度もない。どころか、記憶が曖昧になった今も、たびたびあの時のことを夢に見る。

繰り返し、繰り返し。まるで、忘れないためにそう決めているかのように。


水面に浮き上がるように、目が覚めた。

横顔を枕につけたまま何度か瞬いて、蒼は小さく息を吐く。

「えー……またあの夢って」

二日連続で同じ夢を見るなど、何年ぶりだろう。もしかして教室の窓から「あの人」を見た気がして、おまけにそれを成海かもしれないと思ったからか。

「コレのせい、って気がしないではないけど、さ……」

投げ出していた左手首に巻きついたブレスレットを眺めながら、昨日これを受け取った後の経緯を思い出す。

……十二年前、二度目に会った時に「あの人」から貰ったブレスレットを編入初日にはずっとポケットの中で握っていた。だいぶ慣れてきた頃に備え付けのデスクの引き出しに大事に片付けて、それからは時々眺めて安堵していた。

それが、久しぶりに引き出しを開けた時にはなくなっていた。必死で探しても見つからなくて、そんな自分が厭になって——いつか、胸に空いた喪失感にも慣れた。

だから、細かい細工や色の記憶はおぼろだ。それでも、全体の雰囲気や作りがよく似ているのだけはわかる。

「注意事項、ってずいぶん意味深な言い方だったけどさ」

ぱたりと手をベッドに落として、蒼は地模様のある白い天井を見上げる。

——昨日のあの後、いったん教室に戻った蒼は榛原やクラスメイトに挨拶をした後で成海が待つ車に合流した。運転席にいたのが雇ったドライバーだと知ってまず唖然《あぜん》とし、このまま車で移動すると告げられて困惑した。

蒼が通うことになる大学は、学園付属大学とそこそこ近い。そして、寮から付属大学までは新幹線を含めて四時間近い距離がある。結果的に、昼食と休憩と夕食を含んだ長距離ドライブを経て目的地になるここ――マンションの三十二階の部屋に辿《たど》りついた時には、時刻は二十時を回っていた。

「……まあ、その分ゆっくり質問できたからよかったのかもだけどさ」

狭い車内で顔をつき合わせていれば、どうしたって会話は必要だ。たとえ、成海の返答のほとんどが満足できないものに終わったとしても。

短く息を吐いて、思い切りよく起き上がる。とたんに目に入った室内の、どこぞのホテルかと言いたくなるような重厚さに目眩《めまい》がした。

「居候に新品のダブルベッドって……おまけにこれ、そうとういいやつだよね……?」

ここが蒼の部屋だと言われたから使わせてもらったけれど、寮の備品のベッドとは寝心地が雲泥《うんでい》の差だ。そのまま視線を巡らせた先、ベッドサイドテーブルもフロアライトも、壁際のデスクと椅子だって、寮の個室に備え付けられていた品とは見るからに物が違う。

蒼が暮らしていた寮の個室は、通常の二人部屋より備品の質が高いと聞く。それよりさらに上となると――。

考えただけで目眩を覚えて腰を上げ、窓辺に寄って分厚くしっかりしたカーテンを開く。差し込んできた朝の日差しに目を眇《すが》めながら、窓を開けて手摺《てす》りに近づいてみた。眼下の光景を眺めて、蒼は本気でぎょっとする。

「は？　真下、っていうかここって、駅のど真ん前、だったり……？　あのデパート、も」

まず目についた駅はいくつかの分岐があるあたり、おそらく複数の路線が入るのだろう。ロータリーの周辺は中心街らしく整然と高層ビルが並んでいて、中でも特に目立っていたのは某有名デパートの看板だ。

思い返してみれば、ここへの出入り自体が妙だったのだ。地下駐車場があるまではいいとしても、そこから部屋までが直通で、しかも専用のエレベーターだった。おまけに成海からは、一階ロビーにいるコンシェルジュとは後日顔見せすると言われた。

（基本的には僕がいるから問題ないと思うけど、万一不在の時に用事や困り事が起きたら彼らに相談すればいいよ）

（いや待ってください。これって贅沢すぎませんか）

昨日ここに着いた時点で感じていた疲労困憊《こんぱい》が、その台詞《せりふ》とこの「自室」を目にした瞬間に吹っ飛んだ。けれど、それはあくまでこのマンションに対するものであって、立地環境はまるで把握できていなかった、のだが。

（そう？　気にすることないと思うけど。この程度、きみの伯父さんにとっては大したこと

じゃないだろうしね)

「……だから、伯父さんっていったい何者……」

寝間着一枚で外気に当たるのは、まだ早かったらしい。肌寒さに小さく身震いしながら引き返し、見渡した室内はおよそ十二畳ほどだろうか。寮の個室に慣れた身からすると、無駄にだだっ広いとしか思えない。

軽く息を吐いて身支度をすませると、結局ベッドに座り込んだ。すぐ傍のサイドテーブルの下にビルトインされた冷蔵庫から、昨夜飲みかけたペットボトルの水を取り出す。その上の棚には小腹が空《す》いた時用にか、菓子類が入った籠《かご》が置いてあった。

……寮でもあるまいし、二人暮らしで自室にこの設備はどうなんだと昨夜も思ったけれど、実際に助かったのも事実だ。

(明日の朝食は八時でいいかな。時間になったらダイニングに来てくれる?)

昨夜蒼をここに案内した成海の、去り際の言葉を思い出す。その時は素直に了承したものの、寝る間際になって「つまり時間までダイニングに来るなという意味では」と思ってしまったのだ。なので、冷蔵庫の中の水の存在には心底救われた。

目をやった壁の時計は、ようやく七時半を回ったところだ。何度めかの息を吐いて、蒼はふと膝の上の左手首に巻き付くブレスレットに目を落とす。

(すみません。このブレスレットって、何なんですか)

――移動の車中で蒼が最初に口にしたその問いに、成海は不思議そうな顔をした。

（さっきも言ったけど、おまじない――というか、お守りみたいなものだね。どういう効果があるかはきみも知ってるはずだと聞いてるけど）

端的な返答に、隙のなさを感じた。だったらと、蒼は真っ向から言ってみる。

（十二年前に、おれにこれと同じものをくれた人に会いたいんです。今、どこにいるか知りませんか。その、……もしかしたら日本人じゃないかもしれないんですけど）

記憶を浚《さら》って訴えたけれど、成海は怪訝そうに首を傾げた。その様子はやはりどこか「あの人」に似て見えて、その分期待してしまったのだと思う。

（申し訳ないけど、せめて名前くらいわからないと探しようがないね。僕も関係者全員と面識があるわけじゃないし、立ち入れない領域もあるから）

そう言われてしまったら、もう追及はできなかった。落胆して、それならとばかりに伯父について、一番気にかかっていることを訊いてみた。

（蒼くんを援助してるのに、将来を縛らない理由？……甥《おい》っ子に対して保護者としてやってることだから、見返りは求めてないいんじゃないかな。直接的な関わりを避けてるのは事実だけど、それは伯父さん側に事情があるからだし）

事情って、と聞き返した蒼に、成海は慎重な声で続けた。

（そこを話す権限は僕にはないんだ。蒼くんが大学を卒業して就職が決まった時点で直接会

って説明すると聞いてるから、それまで待って欲しい）

真っ向から言われたら、もう食い下がれなくなった。結局疑問のほとんどが解けないまま、今に至ってしまっている。

「だからって甘えすぎない方がいい、よなあ……タダより高いものはない、っていうし」

状況から察するに、伯父はかなり裕福らしい。けれど、甘い話には裏がある。捻《ひね》くれた考え方だとしても、そう思っておいた方がずっと安心できる――。

いつの間にか空っぽになっていたペットボトルを手にぼうっとしていると、ノックの音と前後して成海の声が聞こえてきた。

「おはよう。起きてるかな？　そろそろ朝食にしたいんだけど」

「あ、すぐ！　行きますっ」

見上げた壁の時計が八時十五分を回っていると知って、慌てて蒼はドアへと向かう。廊下にいた成海に挨拶を返し、ダイニングに向かった。

「飲み物はコーヒーでいいかな。他にも準備はしておいたんだけど」

「十分です。気がつかなくてすみません。家事の分担とか、決めておいた方がいいですよね」

つまり成海に朝食の準備を丸投げしたのだと、今になって気づく。今さらだがここは寮ではなく、時間になれば食事が準備されているわけでもない。

「家事は僕の領分だから気にしなくていいよ。そのための世話役なんだしね」

「いえ、そんなわけには……成海さんだって仕事とか予定が」

言い掛けたタイミングで、ダイニングに着いた。ふたりで使うには広すぎるテーブルが目に入るなり、蒼の言葉は途切れてしまう。

準備されていた朝食が、やたら豪華で本格的だったせいだ。楕円《だえん》のプレートには卵料理とベーコンにウインナーが並び、大鉢には瑞々《みずみず》しいサラダが、中央に鎮座した籠には数種類のパンが山盛りになっている。その隣、デザインが目立つピッチャーに入っているのはジュースが二種類と牛乳、だろうか。

寮の食事は味こそそこそこだが、十代の食欲をカバーするためか量が多くて盛りは大雑把《おおざっぱ》だ。それに慣れていたせいか、目の前の光景がテレビドラマか映画のワンシーンにしか見えず、「別世界」という言葉を連想してしまう。

「朝食のあとは買い物かな。入学式のスーツもだけど、他にも入り用なものがあるよね」

「は、い。――……あの、これって成海さん、が……?」

蒼の脳裏をぐるぐる回ったのは、自分が言いかけた「家事の分担」という台詞だ。

きれいな動作で席についた成海は、「別世界」の一部分にしか見えない。そんな相手に、未成年が作った不慣れで手抜きな料理を出して許されるものだろうか。

「もしかして蒼くん、洋食は苦手？　だったらこれは置いといて外に食べに行く？」

「いや平気ですとんでもないです。ええと、……失礼、します」

テーブルを見たままいつまでも手をつけない蒼に、成海が言う。置いといてどうする、と思った時には勝手に口から言葉が出ていた。

すでに淹《い》れてあったコーヒーを注ぐ成海の手つきは、慣れたようになめらかだ。対して、差し出されたカップを受け取った蒼がまず思ったのは「割ったらどうしよう」だった。

陶器磁器類には全然詳しくなくても、「相当高価そう」な気配くらいはわかる。それはカップに限ったことでなく、目の前で使用中の食器カトラリーすべてに当てはまることだ。

そんな食器でおっかなびっくりに口にした朝食は、見た目に違《たが》わず美味《おい》しかった。結果、「家事を交替」などと言えるわけもないと思い知る羽目になった。

「植村さんから訊いたんだけど、蒼くんはやっぱりバイトするつもり？」

「あ、はい。それは」

一拍遅れて返事をして、ちゃんと伝えてくれたんだと認識した。手を止めて頷いた蒼に、成海は微妙に怪訝そうにする。

「それ、どうしても必要？　僕は正直、やらなくていいと思うんだよね。だから、気が変わったなら今から断ることも」

「いや待ってください。おれが希望したんですし、やります」

「……そう？」

「はい。あの、それとここの片づけっておれがしてもいいでしょうか」

微妙に不機嫌そうになった成海に、慌てて話題転換を試みた。

「え？　いいよ、別に。食洗機もあるし」

「だったら余計やらせてください。でないとおれの気がすまないので」

むしろ意外そうに言われたのを、ここぞとばかりに押し切った。適当でいいのにと気にする成海に外出の支度を促して、蒼は初めてキッチンに足を踏み入れる。ビルトインされていた食洗機はかなりの高性能な上、きちんと手入れされているようでぴかぴかだ。

けれどこの高価そうな食器類を、食洗機に放り込んでもいいのだろうか。

浮かんだ疑問を成海からの「もちろん。……やっぱり僕がやろうか？」との言葉で振り切って、蒼はできるだけ慎重に食器やカップを収めていった。

3

本音を言えば、朝食が終わった時点で「これは無理かも」と感じていた。

けれど、外出への同行を断るだけの理由にはならないと思ったのだ。その判断を、蒼はほんの三十分後には後悔することになった。

身支度を終えて降りた地下駐車場では、昨日と同じドライバーが乗った車が待ちかまえていた。状況に怯《ひる》みながら乗り込んだ車は、けれどものの二分で例の某有名デパートの有料駐車場に入ってしまい、その時点で疑惑は確信に変わりつつあった。

開店後間もないデパートをエレベーターで九階へと向かい、だんだんと鈍くなる足でついて行った先は紳士服のコーナーだ。成海が選んだ先はひときわ洗練された雰囲気の店で、通路側に展示されたスーツに表示してある値段のありえない桁《けた》に目を剝《む》くことになった。

「この子に似合うスーツが欲しいんだ。ひとまず半月後に必要だからセミオーダーで一式。それとは別にもう一式、そっちはフルオーダーで。生地から選ぶことはできる？」

なのに、成海は平然と店員にそう声をかけた。にこやかに返答した店員数名が店内に散ったかと思うと、残ったひとりに「ではこちらへ」と案内される。唖然と眺めた目に入ったのは通常の売場とは隔離された、テーブルと椅子が配置された空間だった。

つまり、自分たちはここでくつろぎながら、店員が選んだものを眺めてどれを買うか決める――ということらしい。

「蒼くん？　どうしたの、こっちだよ」

「あの、ちょっと待ってもらっていいですか」

当然のように歩き出す成海の上着の袖《そで》を、摑《つか》んで引き留める。振り返った彼の不思議そうな顔に頭痛を覚えながら、蒼は先に立って待つ店員に声をかけた。

「他に用を思い出したので。失礼します」

言うなり、問答無用に成海を引きずってスーツ売場を出た。「どうしたの」とか「え、何の用があったの」という声を無視して、非常階段のスペースに向かう。

開店後間もないおかげか殺風景なそこは幸いなことに無人で、心底安堵した。

「蒼くん？　用事って」

「ああいうの、やめてもらえませんか。分不相応なので」

自分でもぞっとするくらい、低い声が出た。

「入学式用って、言いましたよね。量販店のセットものか、手に入れば中古でも十分ですよね？　なのに何であんな店に行く必要があるんです？　おまけに生地まで選んでフルオーダーだなんて、そんなもの着る予定ありませんけど」

きょとんとこちらを見ていた成海が、わずかに眉を寄せる。これまでなら引け目を感じただろうその変化に、本気で苛立《いらだ》った。

「スーツはきちんとしたものにしないと長く着られないよ。本当は入学式用もフルオーダーしたかったんだけど、日がなさすぎて無理でしょう。だからとりあえずセミオーダーで凌《しの》いで、それとは別にちゃんとしたものを」

「スーツなんか、入学式の次に着るとしても成人式がせいぜいです。フルオーダーなんか買うほどのゆとりもなければ、着ていく場所もありません」

言ったとたん、成海の表情が動いた。いかにも保護者めいた苦笑混じりに言う。

「……費用の話？　だったらそんなの、蒼くんが気にしなくても」

「気にします。援助してもらった分は、できるだけ返すつもりでいるので」

「……どういうことかな。もしかして、誰かに何か言われた？」

またしても、成海の顔が変わった。露骨に眉を顰めてまっすぐに蒼を見つめてくる。

一瞬、気圧《けお》された蒼はひとつ息を飲み込んで、それから言い返した。

「誰かに言われたとかじゃなく、おれが自分で決めました。伯父さんの厚意には感謝してますけど、過剰に援助してもらうつもりはありません」

言い切った蒼に、成海が瞠目するのがわかった。何度か瞬いて、わずかに目を細めて言う。

「……蒼くんが必要最低限以下しかカードを使わない理由も、それと同じってことかな？」

無言で見返したのが、返事の代わりになったらしい。困ったように息を吐いた成海が、数秒の間合いの後で言う。

「伯父さんと、一度でも会ってればいいんだ？」

「大学卒業までは無理なんでしょう。それに、今会ったところで同じことです」

頑《かたく》なで、可愛《かわい》げのないことを言っている自覚はある。それでも、ここだけは譲れなかった。

住む場所は伯父が決めたことで、蒼に口を出す権利はない。朝食がやたら豪勢なのも、あれぽっちの距離に運転手つきの車を使うのも成海の自由で、蒼がどうこう言っていいこととも思わない。けれど、これから買おうとしているスーツは蒼の私物だ。

「スーツは自分で探します。成海さんは好きにしてください。先に帰っても構いません」

「……自分でってどうするの。地理もわからないよね？」

「そんなもの、調べればいいだけです」

声に苛立ちが混じるのが、自分でもよくわかった。同時に、こうしてぶつけたところで成海には理解してもらえないんだろうと諦めに似た感情が浮かんだ。

価値観が違い過ぎるのだ。伯父はもとより、成海と蒼のそれとがまるで嚙み合わない。

――嚙み合う、わけがない。

親元から離れた甥を援助し全寮制の学校に入れたなら、あとは必要経費を含めた相応の小遣いを与えれば十分だ。その後大学に上げるなら寮に入れ、自分の小遣いはバイトで賄《まかな》うよう伝えたとして、それでもかなり甘い部類だろう。

寮までの迎えにしても、一部タクシーを使うのは不可抗力でも基本的には公共交通機関を使った方が安上がりだ。今朝に至っては、あの距離で車を使うこと自体があり得ない。朝食だって、もっとずっと質素でいい。

けれど、それは「蒼の」価値観だ。成海にとっては現状が当たり前で、だから何の違和感も感じていないし、昨夜のあの言葉も出てくるのだろう。

(この程度、きみの伯父さんにとっては大したことじゃないだろうしね)

――最終的に、スーツは量販店で買った。ネクタイやシャツまでセットになったそれを袋に入れてもらい、ほっとして踵《きびす》を返してひどく気まずい思いがする。

少し離れた出入り口で待つ成海が、どことなく途方に暮れたように見えたせいだ。

あのデパートを出て電車に乗り、三駅で降りて歩いてここまで来た蒼に、成海は「一緒に行っていいかな」の一言でついて来た。予想通り電車に乗る以前に切符を買うのにすら戸惑っていたため、蒼が二人分の切符を買い先導する形になった。

……厭味な言い方をした、自覚はある。途中で成海が困惑していたのも、彼なりに妥協点を探そうとしてくれたのも知っている。なのに、滲む苛立ちがどうしても消えてくれない。

この人にわかるわけがない、と。八つ当たりのように思ってしまう――。

「あの……今日は失礼なことをして、すみませんでした。世話役が負担になるようだったら、すぐ伯父さんに言ってもらって構わないので」

買い物を終えて戻ったマンションの玄関先でそう切り出すと、成海ははじかれたように顔を上げた。苦笑混じりに言う。

「それはないよ。けど、蒼くんは同居するのが僕だと困るかな。交替した方がいい？」

どうしてそこで自分に訊くのかと、危うく切り返しそうになった。それをぐっと抑えて、蒼はいつものように淡々と言う。

「いえ、別に。そこはおれが決めることじゃないので」

決定権があるのは伯父で、陳情できるのは成海だ。蒼自身はただ沙汰を待つしかできない。

結果、援助取り消しになったとしても自業自得だ。

そんな思惑が伝わったのか、成海は複雑そうな顔で言う。

「とりあえず、お茶でもどうかな。早いうちに話しておきたいこともあるし」

「あ、じゃあおれが」

「いいから蒼くんは座ってて。コーヒーでいい？」

肯定すると、柔らかく頷かれた。リビングのソファに移動して、蒼は成海がお茶の支度をするのを眺めてみる。朝食の時に思ったけれど、この人は食事の所作だけでなくお茶を淹れる動作も洗練されていてきれいだ。

トレイを手に戻ってきた成海が、それぞれの前にカップを置いて腰を下ろした。紅茶のカップを静かに傾ける姿は一枚の絵のようで、いかにも高価そうなカップにも異和感がない。

「成海さんて、紅茶の方が好きなんですか？」

「好みで言えばそうだけど、コーヒーも好きだよ。どっちにするかは時と場合によるけどね。

——それで、うん。まずは蒼くんのアルバイトの件だけど、明日の午前中にでも挨拶に行こうかと思うんだ。それでいいかな」

「挨拶、ですか。面接じゃなくて？」

「バイト自体は確定してるからね。人となりは森本《もりもと》先生経由で確認したから問題ないって」

「……はい？」

成海の口から出た名前は、高校最後の担任となった人のものだ。

予想外すぎて固まった蒼を苦笑混じりに眺めて、成海は続ける。

「うちから徒歩圏内に学園付属大学図書館があるんだけど、そこで司書の補助を探してたんだ。去年の担任が太鼓判を押すなら十分ってことになった」

「ちょ、待ってくれませんか。大学付属図書館だったら、自分とこの学生の方が」

「あそこの大学図書館って、実際の大学構内とは離れた場所にあるんだよ。電車を乗り継いで三十分はかかるように聞いてる」

あっさり言われた内容に、蒼は思わず突っ込みを入れる。

「何なんですか、それ。ふつう付属だったら構内にあるんじゃあ？」

「それを僕に聞かれても困るんだけど」

それもそうだ、と内心でため息をついた蒼に、成海は首を傾げた。

「バイト内容は主に雑務、勤務時間とか日程は応相談。そういうのは厭かな？」

「バイトに好き嫌いを言う気はないですけど、図書館って夕方には閉まりますよね。それだと土日祝日くらいしか仕事にならないし、だったら他に夜のバイトも探そうかと」

「確か閉館が二十一時だったと思うよ。ひとまず春休みの間に仕事に慣れてもらって、講義が始まった時点でまた日程や時間を調整したいっていうのが先方の意向。だから、他のバイトは大学に慣れてから考えた方がいいんじゃないかな」

「……そう、ですね。わかりました」

これから面接だと身構えていただけに、拍子抜けした。そこに被せるように、成海が言う。

「それから、今後の相談というよりは僕の勝手な都合なんだけど。仕事の時に、このリビングとダイニングを使わせて欲しいんだ」

「……リビングダイニング、で仕事するんですか？」

「在宅仕事なんだよね。一応、僕の部屋の奥に仕事用のスペースは取ってもらってるんだけど、そこだとできない作業があるんだ。それで、蒼くんが外出している間や夜中から朝までの間に使わせてもらえたらと思って」

つまり、日付が変わる頃から朝八時までの間は自室から出ないで欲しいのだそうだ。日中に使う時は蒼の外出に合わせるので帰宅時刻を明確にした上で厳守してほしい、という。

「それは構いませんけど……何の仕事をされてるんです？」

そんな問いが出たのは仕事内容にまるで予想がつかなかったのと——何となく、昔話を連想したせいだ。恩返しのため人の姿でやってきた鶴が仕事している間は部屋を覗いてくれるなと警告したのを、好奇心で破ってしまった人が、とかいう。

「そこは守秘義務があって教えられない。勝手を言うようで本当に悪いんだけど」

「わかりました。こっちこそ、立ち入ったことを訊いてすみません」

「我《わ》が儘《まま》を言ってるのはこっちだから気にしないで。それと、仕事のスケジュールは僕が自分で調整できるから、わざわざ気を回して遅く帰ったり無理な外出をする必要はないからね。

そういう意味で気を遣わないでほしいんだ」

強い口調で言われて、成海にとってはこちらが本題だったらしいと察しがついた。同時に腑《ふ》に落ちたことがあって、蒼は頷く。

「わかりました。——あの、もしかしておれの部屋にあった冷蔵庫とかお菓子って」

「うん、まあ、そういうこと。嫌いなものがあればすぐ別のものに替えるし、リクエストも受けつけるよ。遠慮なく言ってくれていい」

「いえ、今ので十分です」

意識して苦笑を作りながら、やっぱりズレてるなあと再認識した。

——今、蒼が感じている「ズレ」の意味を、きっと成海は理解できないだろうとも。

翌日の予定を決めて、蒼はいったん自室に戻った。

買ったばかりのスーツをクローゼットに収めながら、ふと手を止める。どうしてか、スーツを含めた蒼の衣類全部が妙に縮こまっているように見えた。

在宅の仕事で、自分でスケジュール調整できて、このマンションでの生活やあの朝食に違和感がない。それはつまり、成海がもともとそちら側の人間だということだ。

……持っている者に、持たない者の気持ちはわからない。

この十二年間に蒼が身を持って実感したことが、ふと胸に落ちる。

六歳からの寮暮らしで、蒼は自分と他の生徒との落差を厭というほど思い知らされた。

帰る家と迎える家族がある彼らは、平然と面倒だの帰りたくないだのと不満を口にした。そのくせ寮に戻れば土産物を配り、同じ口でまた家族と過ごした時間への不満を言う。

本当の意味で帰る家がない蒼にとって、それはけして手に入らない別世界に等しい。

世話役だった植村は親身になってくれたけれど、それも仕事のうちだ。一挙手一投足が伯父への報告に繋がると知っていれば、本当の意味で気が抜けるわけもない。

仕事という意味では成海も同じで、なのに今これほどのズレを感じるのは、きっと感覚が違いすぎるせいだ。滞在場所も食事内容も移動手段も買い物も、昨日から成海と過ごしたすべてが蒼には違和感でしかなく――きっとそのせいで、妙な反発を覚えてしまっている。

窓辺にあるソファを使う気になれず、蒼はベッドに腰を下ろす。転がった背中で弾んだスプリングの心地よさにまで苛立ちを覚えて、そんな自分にため息が出た。

4

「柚森くん、ちょっといいか」

外壁に繋がる返却ポストの中身を処理して籠に片づけたタイミングで、そんな声がした。

つい今しがたまでカウンターに立って、来館者の対応をしていた司書の井上《いのうえ》だ。

「はい。何でしょうか」

「そこが終わってからでいいから、ワゴンの分を棚に戻してきてほしいんだ。わからない分は弾いていいから」

「了解です。あとこっちの処理が終わりましたけど、一緒に棚に戻して構いませんか？」

もののついでとばかりに聞き返すと、井上は黒縁眼鏡《めがね》の奥で瞬いた。「もう終わったのか、早いな」とつぶやいて、頷いてみせる。

「けどおまえ、今日は昼で終わりだろ。先にワゴンの方をよろしく」

応じてすぐさま腰を上げた。カウンター脇に置かれたワゴンへと移動するついでに、傍《かたわ》らの籠もその近くに運んでおく。そのあとは、ワゴンだけを押して林立する書架に向かった。

平日午前中の図書館は意外と賑《にぎ》やかだ。特に今日は開館直後から幼児対象の読み聞かせ会があって、図書館スタッフが絵本を朗読する声が今も響いている。途中でぐずったり泣き出したりした子どもを母親が静かに、あるいは必死で宥《なだ》めているのも聞こえてきた。

蒼が学園大学付属私立図書館でアルバイトを始めて、もうじき二週間になる。

予定通り挨拶に出向いた際、即日でのバイト開始を希望した蒼に、ここの館長だという老年の男性は「おや」と言いたげな顔をした。

（今日からでもいいのかね。ようやく寮から出たんだろうに）

見つめてくる視線に含みを感じながらも頷いたら、やけにあっさりと了承が貰えたのだ。

（仕事内容は井上くんに訊くといい。スケジュールも彼と相談して決めるように）

その一言で、蒼が引き渡された――もとい、引き合わされた井上は、司書の中では最年少なのだそうだ。年齢は二十代半ばほどで、黒縁眼鏡が似合う彼は経験こそ浅いものの仕事の手際がすでにベテランの域なのだという。

実際、彼の仕事手順や注意事項の説明はわかりやすく覚えやすい。この二週間で蒼が他の司書から「覚えが早い」「仕事も早い」と誉《ほ》められたのも、井上の教え方の賜《たまもの》だろう。

――挨拶の際に図書館前まで送ってくれた成海は、けれど前日のあれこれを慮《おもんぱか》ってか中まではついて来なかった。結果、いったん引き返した蒼の「このままバイトに入ります」という台詞に、「そんなに急がなくても」とわかりやすく落胆していた……。

頼まれた作業をすませて時計を見ると、時刻はバイト終了を四分過ぎたところだ。ワゴンを押してカウンターに戻るなり、井上から声がかかる。

「お疲れ。上がっていいぞ。次は四日後だったよな?」

「はい。すみません、勝手を言います」

「勝手じゃないだろ。学生は大学優先で当然」

少し呆れ顔で言われて、つい首を竦めていた。そのまま挨拶をして、蒼はカウンター奥の更衣室へと向かう。

心情的には毎日開館から閉館まででも構わないバイトだけれど、井上が許してくれないのだ。詰め込みすぎると続かないとかで、今日も昼までの時間帯のみになっている。かといってすぐマンションに帰る気になれず、これから友人と昼食を摂《と》って夕方まで一緒に過ごす予定を入れていた。

待ち合わせ場所は、図書館の最寄り駅前広場の噴水前だ。徒歩で数分の距離を急ぎ足で辿りついた時には、約束の二分前になっている。

時間に几帳面な榛原ならもういるはずと周囲を見渡すと、噴水前に複数の女の子が溜まっているのが目につく。その真ん中に長身の友人が、露骨な不機嫌顔で立っていた。

蒼に気づいた榛原が、見る間に表情を変える。女の子たちに何か言ったかと思うと、こちらに向かってきた。

「ごめん、待たせた?」

「こっちが早く来すぎただけだ。で、昼は何にする?」

「おれはどこでも。榛原は何食べたい? ……で、あの子たちはいいんだ?」

言い合いながら駅前の横断歩道を渡って歩き出す。噴水前にいる女の子たちは、まだこちらを見たまま動く様子はなかった。

「別に。さっき向こうから声かけてきただけだ」

「そうなんだ? もしかして、彼女でもできたのかと思ったけど」

「まさか。卒業式からまだ二週間ってとこだろうに」

心底面倒そうに言う榛原は、同性から見ても大した男前だ。本人曰《いわ》く骨太だとかで、高身長なだけでなく身体つきも比較的がっしりしている。寮にいた頃と同じくラフな服装をしているのに、姿勢がいいからか立ち姿からして目立つ。

声がかかるのも当然かと思いつつ、目についた創作料理の店に入ることにした。案内された窓際の席でオーダーをすませると、榛原は妙にまじまじと蒼を見つめてくる。

「どうかした？」

「いや、……おまえこそ、もしかして彼女でもできたのか？」

「は？　何でそうなるんだよ」

唐突さに呆れて言い返すと、榛原は「違うのか」と念押しのように言う。

「ちょっと顔つき変わった気がするんだよな。それに、もうバイト始めてるんだろ」

「図書館の雑用で、来館者の対応は入ってないって言ったろ。独身の司書さんもいるにはいるけど、年上だし相手にもされてないよ」

「雑用だって来館者と話す機会はあるんじゃねえの」

「あったとしても興味がないし。それより榛原こそ、少し痩《や》せたみたいだけど何かあった？」

「あー……結局、寮に入ることになった」

「それはまた、急だね」

直接会うのは卒業式以来でも、三日に一度くらいの頻度でメールのやりとりはあったのだ。バイトを始めた時にもそれと伝えたけれど、榛原の寮入りは初めて知った。

この友人の進学先は学園の大学部だが、本人の希望とは違う。生《お》い立《た》ちが複雑だという彼は中等部に編入してきた時点で今の進路も、卒業後の就職先すら決められていたと聞く。

……卒業式後の教室で挨拶した彼の保護者は、蒼たちからすると祖父母に当たる年代の夫婦だった。確かその時点では、彼らの家に同居しながら大学に通うと聞いていた。

「大学の寮ってどんな感じ？　学園と一緒かな」

「さほど変わらないな。在学中に成人するのに、門限まであるのには呆れた。そっちは？　新しい世話役とうまくやれてるのか」

「待遇は極上。けど、その分落ち着かないっていうか、分不相応」

「は？　何だそれ」

運ばれてきた定食を前に箸を割りながら、榛原が胡乱そうに言う。気持ちはわかるだけに、蒼としては曖昧に笑うしかない。

「住まいは駅前の、コンシェルジュつきの高層マンションだし。多少のルールはあるけど、家事全般やらなくていい。快適すぎて落ち着かないんで、食後の後片付けと自分の部屋の掃除だけは無理に頼んでやらせてもらってる」

「……おまえやっぱり実はどこぞのお坊ちゃんだったの？」

「例の伯父さんが金持ちなのは間違いなさそうだけど、それ以上に世話役が過保護。バイトはしなくてもいいとか言われるし、自転車通学は危ないからって許可してくれない」

「は？　何だその危ないって」

胡乱に言う榛原の反応は、蒼の心境そのままだ。それへ、肩を竦めて続けて言った。

「最近、事故が多いからって言われたよ。電車だとかえって時間がかかるって言ったら、だったら車で送迎するとか言い出した」

「……それで大学卒業後の進路が自由とか、ありえなくねえ？」

「おれもそう思う。けど、やっぱり好きにしていいらしい」

言ったとたん、榛原は露骨に胡散臭げな顔になった。

「おまえの新しい世話役って何者？　卒業式にも出なかったよな」

「渋滞に巻き込まれて遅れたらしいって前に言ったろ。年齢はたぶん三十前後くらいで、在宅で仕事やっててておれの世話役も仕事だって言ってる。家事全般がありえないくらい完璧で、家中いつもきれいだし洗濯物は糊《のり》まで効いてるし、食事は毎回ホテルのモーニングとかディナー並みのメニューが並んでる。あと、あり得ないくらい美人」

「で、実は性格が悪いとか？」

「むしろ穏やかで優しいかな。時々、妙に押しが強くなる時もあるけど。——今夜は入学祝いとマナー講座を兼ねて、ちょっといい料亭に連れて行くって言われてる」

肩を竦めた蒼を疑いの目で眺める榛原は長期休暇のたびにあちこちに連れ回され、食事のマナーから語学学習、礼儀作法から一般常識に至るまで叩き込まれたと聞く。もちろん将来的な意図があってのものだろうが、それと比較すれば蒼の状況は意味不明に甘い。

「大丈夫か？　おまえそれ、実は蜘蛛《くも》の巣に引っかかってない？」

「は？　何それ」

「気がついた時には身動き取れない状況にされてるんじゃないかって意味。その伯父さんと一度も会ってないのにそこまで手をかけておいて、先々は好きにしていいとかあり得ない」

「返せない恩があるから、そうなっても仕方ないかな。できれば環境は変わって欲しいんだけど。あと四年も今のままとか、結構キツい」

言いながら、ついため息が出た。定食を口に運びながら、これも確かに美味しいのに自宅で出るものには負けると思ってしまうあたり、無用に舌が肥えたとつくづく思う。

「キツいって、その世話役との同居がか」

「そう。おれの立場で言うことじゃないけど、時々すごく腹が立つっていうか、むかつくんだよね。あまりにも出来過ぎてて」

どんなに親しい相手でも、同居すればアラが見える。――と、何かで読んだ覚えがある。けれど、成海に限っては逆だ。料理の腕が本気でプロ並みだと判明し、家事も完璧で非の打ちどころがない。仕事でリビングダイニングを占拠されることについても、当初の決まりを守りさえすれば何の問題もない。あえて言いたいことがあるとすれば、運転手つきの生活が当たり前なくらいに育ちがいいのにどうして家事までできるのか、というほぼ僻《ひが》みの文句くらいだ。

「……おまえが他人にマイナスの評価を下すのを、初めて聞いたぞ」

ぽつりと耳に入った声に顔を上げてから、自分が何を言ったのか気がついた。うわ、と思わず顔を顰めて、蒼は榛原に両手を合わせてみせる。

「ごめん、そういうの聞きたくないよね」

「それ以前に驚いた。おまえ、そんなにナルミさんとやらが気になるの？」

「えっ」

「おまえって、基本的にいい意味でも悪い意味でも他人に興味ないよな。寮の特別室の件でしつこく絡んできたヤツも、全然歯牙《しが》にもかけなかったろ」

「あー……いや、だってあれはおれにどうこうできることじゃないし。あれだけ絡まれてれば、またかって程度にしか思わなくなるだろ」

私立の割に、あの学園の寮には個室が全体でも一室しか存在しない。そして、個室を希望する者は一定数いて、そのうちの何割か直談判してきたわけだ。

「うん、でもまあ成海さんも悪い人じゃないよ。ただ、ちょっとおれと合わないだけで」

「合わない、ねえ」

含んだような声で繰り返されて瞬くと、ぶつかっていた視線を榛原の方から逸らされた。

「一応言っておくが、悪い人じゃないって言い方は誉めたうちには入らないぞ」

「知ってる」

苦笑を返したところで、その話題は終わりになった。その後はふたりして、適当に商店街やデパートを覗いて過ごす。

「そういや榛原んとこは大学、いつから？」

「明日が入学式で、その午後から三日ほどオリエンテーション。おまえは？」

「同じかな。ただ、こっちの入学式は明後日だけど」

「そうなのか」と返した榛原が、歩きながらふと蒼を見下ろす。じっと見つめられて「何」と訊くと、たった今気づいたように言った。

「いや。大学からは、おまえがいないんだと思ってさ」

「ああ、……うん。そうなるね」

言われて初めて「確かに」と気がついた。

多少距離があるとはいえ、その気になればいつでも会う機会は作れる。けれど、同じ教室で学び同じ寮で寝泊まりしていた頃とは、当然ながらまるで違う。

明日からは、まったく知らない人ばかりの中に入っていくのだ。そこまでの変化は十二年振りで、怖《お》じ気付《け》く気持ちがまるでないと言えば嘘になる。

保護者夫婦から夕食に誘われているという榛原を駅の改札口前で見送って、蒼は成海との待ち合わせ場所へと向かう。乗り込んだ別路線の電車の中、手すりを掴む袖からわずかにブレスレットが覗いているのが目についた。

「他人に興味がない」と榛原は言ったが、蒼は単に自分でラインを引いているだけだ。突然に親元を離れ、「あの人」とまで別れることになった当時は不安が大きすぎて、慣れない寮の個室のベッドの上でこれからどうすればいいかを幼いなりに必死で考えた。

そうして辿りついた結論が「余計なことは言わない訊かない、特に霊のことは何があっても絶対に」というものだ。

親友と呼んでいいだろうつきあいになった榛原にも、そのスタンスは崩さなかった。だから、蒼は未だにあの友人の詳しい事情を知らない。榛原の方にも、蒼が六歳から途中編入で学園に入ったことや親代わりの世話役がいることくらいしか話していない。

蒼がこんな目を持っていることなど、きっと想像すらしていない――。

「まあ、コレがあればもう視ることはないだろうけど、さ」

この二週間、蒼は一度も彼らを視ていない。手首のこれがある限り、今後も視ずにすむ。

……だからといって、今さらスタンスが変えられるわけもない。

今朝、バイトに出る蒼を見送ってくれた同居人――成海を思い出す。

今日の夕食の件は、あらかじめ行き先と目的を告げた上で蒼の意向を訊いてきた。伯父からの指示らしいのに、「気分でなければまた今度でもいいよ」とこともなげに笑ってみせた。

昼を挟んだバイトの時は昼食用に豪華な弁当とお茶を持たせてくれ、閉館までのシフトでは近くまで車で迎えに来る。そのたび困惑する蒼に、繰り返し言うのだ。

（まだ未成年でしょう。もっと甘えていいんだよ）

あの買い物騒動を境に蒼が身構えたことに、気づかないわけがないのに——きっと、わざと何もなかったように振る舞っている。

それと気づかされるたび、蒼の中で例の「ズレ」が「軋《きし》み」に変わっていくのだ。成海にわかるわけがない、と。

甘えていいと言われても、ずっと「独り」だった蒼にはどうすればいいかわからない。だからこそ、それが「当たり前」だったのだろう成海への反発が大きくなっていく——。


成海が案内してくれたのは、繁華街からやや外れた路地の奥にあったいかにも和風といった佇《たたず》まいの店だった。

「案外知らない人が多いけど、和食にもマナーはあるからね」

あらかじめ予約していたらしく、通された座敷で落ち着いて間もない頃に料理が運ばれてきた。慣れない場に固まりがちな蒼に「僕らしかいないからもっと力抜いていいよ」と苦笑した成海は、雑談混じりにいろんなことを教えてくれた。

ちなみに双方アルコールはなしだ。妙に気遣いされるのも癪《しゃく》だったしどうせ運転手つきだと勧めてみたけれど、苦笑混じりに「ひとりで飲んでも楽しくないからね」と返された。

「二十歳の誕生日は一緒に飲みに行こうか。こういうところともっと砕けたバーだとどっちがいい？」

「いえ、結構です、アルコールには興味がないので」

即答に、成海は箸を手にしたままくすりと笑った。

「そんなこと言ってると先々苦労するよ？　少し嗜《たしな》んでおいた方がいいんじゃないかな」

「遠慮します。どうしても必要なら友人と行きますし、そこまでの気遣いは無用です」

突っ慳貪《けんどん》な物言いも、ここ最近はすっかり日常だ。蒼がもっと露骨な厭味を口にしても、成海は鷹揚《おうよう》な笑みを崩さない。それこそ、常時酔っ払っているのかと言いたいくらいに。

「そういえば、明後日の入学式なんだけど。ごめん、仕事の都合で出られそうにないんだ」

「そうですか。わかりました」

帰りの車中で申し訳なさそうに言われても、「そんなもの来なくていい」というのが蒼の本音だ。けれど、隣でシートに凭《もた》れた成海の横顔は本気で落ち込んで見えた。

「卒業式もだけど、誰かが邪魔してる気がするんだよね。いい加減、はっきりさせないと。でも明後日には間に合わないだろうし……明日こっそり大学までついて行ったら駄目かな」

「オリエンテーションに成海さんが来たところで何の意味もないと思いますが」

「じゃあ次は卒業式かな。絶対、日程確保しておこう」

真面目な顔で宣言されて、四年後までこれが続くのかと心底げんなりした。

帰り着いたマンションで、促されて先に風呂を使う。広い浴槽に肩まで湯に浸かりながら、つい本音がこぼれて落ちた。

「面倒くさ……今さら親子ごっこに誘われても迷惑なんだけどなあ」

イベントに拘《こだわ》るのは勝手だけれど、こっちを出汁《だし》にするなと言いたい。たとえて言えば幼い頃に手に入らなかった玩具《おもちゃ》を、今になって「欲しいだろう」と強引に押しつけられている気分になる。世話役を「仕事」と言うなら「仕事」としてこなせばいいものを、どうして逐一こちらに立ち入ろうとするのか。

「ごっこ遊びしたいんだったら、とっとと嫁でも貰えばいいのに」

ぽそりとこぼれた声の、平坦すぎる色のなさに自分でも「うわ」と思う。堪え性には自信があったはずだけれど、どうやら本気で限界が近いらしい。

間違いなく逆上《のぼ》せると確信しながら、蒼は目の下まで湯に沈む。こぼれたため息が目の前の水面ではじける光景が、やけに強く脳裏に残った。

5

翌日は、朝から快晴だった。

オリエンテーションだけで終わる今日はスーツなど無用だ。学園にいた頃に買った量販店のカラーシャツとチノパンに上着を羽織って、蒼は大学からほど近い路上で車を降りた。

「行ってらっしゃい。帰宅時間が変わるのはいいけど、連絡はよろしく頼むね」

後部座席の窓越しに言う成海が不満そうなのは、間違いなく蒼の服装のせいだ。承知の上できれいに流して走り去る車を見送ると、蒼はスマートフォンの地図で方角を確認する。

蒼が今日から通うことになる大学は、マンションから電車で三駅の距離だ。ただし、徒歩でも十数分で辿りつく。実際、車ではほんの数分だった。

「やっぱり自転車の方がいいと思うんだけどなあ」

思わず落ちたぼやきは、先日から一向に決着がつかない成海との通学手段論争だ。

恐ろしいことに、成海は毎回車で送迎するつもりだったようなのだ。それを突っぱねゴネまくった結果、ようやく電車通学の許可を得た。

ちなみに今日送られてしまったのは、「初日だから」という意味不明な主張に押し切られたせいだ。運転手が待っていると言われ、露骨に厭な顔をしたのを流された結果とも言う。

「……まあ、帰りは電車で納得させたし。自転車も、バイト料で買うんだからいいか」

自分も頑なだとは思うが、成海だって大概だ。肩を竦めて歩くこと二分で、大学の門が目に入った。

駅から流れてきたらしい学生に混じって門をくぐり、構内案内を確認して指定の講義室がある棟へ向かう。校舎の出入り口で入学許可証を提示し矢印に従って進んだ先、講義室は学生の席が階段状に高くなっていて、見慣れない広さに戸惑う。半分ほどが埋まった席の間を歩いて、窓際になる横列端、縦列では中程になる席に腰を下ろした。

友人や知り合い同士で来ているのか、早々に人脈作りをしているのか、周囲はやけに賑やかだ。それを少し離れて観察していると、ふいに上から「横、いいか?」と声がした。

「どうぞ。空いてます」

一言返して、いったん席を立った。短く礼を言った相手が言葉通りすぐ隣に腰を下ろしたのを知って、まだ空席は多いのにと思う。

「なあ、おまえどこの出身? あと名前、訊いていい?」

「……柚森だけど。出身っていうか、高校までは――」

鮮やかな青いシャツにジーンズ姿の青年が、やけに人懐こく声をかけてくる。天然の癖なのか、ウェーブした髪を短く整えた彼は座ったまま身を捩《よじ》ってこちらの顔を覗き込んできた。

「え、あそこの出? 何でこっちの大学にしたんだ?」

「何でって、何となく、だけど」

本当は、援助されている身として勉学に励んだ結果だ。これといって目立つところも抜きんでた特技もないならそれ以外にないと、自分で決めたのが確か小学校四年の時だったか。おかげで付属大学合格は余裕、もっと上の大学にも行けると教師から太鼓判を押された。

「うわ、何となくで受かるんだ。あ、でもわかるかも。くそ真面目《まじめ》っぽい」

自らの言葉に頷く様子にあえてコメントしなかったら、すぐさま次の質問が来た。

「ここにいるってことは学部は一緒だよな。学科は？」

「……そろそろ説明が始まるみたいだけど」

教壇側の引き戸が開いたのを目にして言うと、即答で「えー、そのくらい教えてもいいじゃん」と返ってきた。結局、講師だかスタッフだかがマイクを入れて話し出すまでの間に、蒼は青年の「宮地宏典《みやじひろのり》」という名前と、同じ学科だということを知らされる羽目になる。

「学科まで一緒かあ。偶然にしても縁があるよな」

同世代にしては珍しい台詞を口にした宮地には、その後の昼休憩はもちろん午後の履修説明中もずっと隣に張り付かれることになった。

「なああなあ、柚森はどっかサークルに入んの？」

ほぼ定刻で解散の指示が伝えられた後、帰り支度する蒼の傍で宮地が言う。絶え間ない質問攻撃には辟易していたものの、さすがに無視はできなかった。

「まだ決めてない」

「だったらオレと同じとこにしない？　実は気になってるサークルがあってさ」

当然とばかりに言われて困惑した。

身についたスタンスの影響か、蒼はどちらかといえば取っつきにくいと見える方らしく、初対面の相手からここまで構われるのは初めてだ。付け加えれば宮地から「好かれている」気は全然しない。むしろ、他に目的がありそうな気配が濃厚だ。

なのであえて返事をしなかったのに、宮地は当然のように教室を出る蒼にくっついてきた。その間にも通学手段や最寄り駅を訊かれて、さすがに面倒になってきた。唯一助かったことと言えば、生来移り気らしい宮地がしつこく返事を追求しなかったことくらいか。

「あーあれあれ、あのサークル！　なあ、行ってみようぜ」

「は？」

講義棟を出るなり、いきなり肘を摑まれ引っ張られた。引きずられて突入した先は人で溢《あふ》れている上、そこかしこで呼び込みのような声がする。

掲げられたプラカードや画用紙を見るに、どうやらサークルの勧誘のようだ。先に出た同じ新入生があちこちで捕まって、チラシのようなものを渡されたり熱弁に気圧されつつ聞き入ったりしているのが目についた。

その中を悠然と突っ切った宮地が、ここだとばかりに足を止める。目に入ったプラカードに書いてあったのは――。

「……超常現象研究会？」

「そそ。別名オカルト研。あ、こっち二名入部希望でーっす」

「ちょ、希望って」

ぎょっとした蒼が何か言うより先に、数人に取り囲まれた。そのまま誘導されて、気がついた時には敷地内にあった、一見長屋のような平屋の一室に連れ込まれている。八畳ほどのその部屋でまず目についたのは、壁一面に貼られた古代遺跡の写真だ。

「うわ、すご」

「お、きみこういうの興味あるんだ。ちなみにどれが一番気になる?」

思わず声を上げたとたん、横合いから知らない声に訊かれた。見れば、やや強面の先輩らしい人が重そうな写真集の束を抱えて寄ってくるところだ。

「あ、ええと……マチュピチュとか、ナスカの地上絵とか。何となく気を引かれるだけで、全然詳しくないですけど」

「上等。これから詳しくなればいいだけだ」

格闘系にしか見えない厳《いか》つい顔が、にっかりと笑って人懐こくなる。それへ曖昧に笑みを返して周囲を眺めてみれば、宮地は別の先輩数人に囲まれて何やら話し込んでいた。

「すみません、このサークルって結局何をするんですか」

「あれ、チラシ読んでない?　ああそっか、さっきの友達に強引に引っ張られてたもんな。ってことは全然知らないか」

無礼かもと思いつつ素直に頷くと、先ほどと同じ笑顔で空いた椅子に座るよう促された。

「活動内容とか言っても、まあ読んだままなんだけどな」

つまりは霊だとか超能力とかオーパーツとか、ＵＭＡにＵＦＯから古代文明の謎に至るまで、オカルトに分類されるものは何でも扱う、のだそうだ。文献を調べたりその種の映画上映会をやったり、近場にそれらしいものがあれば見物にも行く。状況が許せば検証もする。去年は有志数人で計画し、九州の古い神社を見に行ったという。

「古い神社、ですか」

「ご祭神不明の、すっごい古い神社があるって知ってる奴がいてね。ストーンサークルらしいものが近くにあるとか言うんで、つい」

「それって全員参加ですか」

「そういう義務とか縛りはいっさいナシ。ここで集まっても自分が気になるとか好きな分野の話をするだけで、興味がなければノータッチでＯＫ。なにせ括《くく》りが括りなんでね」

対象が多すぎ、やりようによっては細分化してしまう内容だけに、あえて強制参加はしていないらしい。現在も結構な数の幽霊部員が存在するのだという。

「柚森、もう入部希望出した？　まだだったら早くしろよ」

話に聞き入っていた頭上に、急に重みがかかる。みれば、先ほどまで先輩がたに囲まれていたはずの宮地がすぐ横に来ていた。

「まあまあ。こればっかりは本人次第だろ。無理に押さずゆっくり考えさせてやれよ」

蒼が何か言う前に、古代遺跡の先輩が苦笑混じりに言い返してくれる。それを聞いて、かえって「こういう人がいるならいいかも」と感じた。

「すみません、その、もし個人的に合わなかった場合って」

「えー。柚森さあ、今この状況で何言うんだよ」

「退部でもいいし、そのまま籍置いててもいいよ。部費は月内で初めて参加した日に徴収って形取ってるから、不参加の月は支払いも無用。取り立てもしない」

またしても口を挟んだ宮地をすっ飛ばして、先輩はきっちり答えてくれた。だったらと、蒼は「じゃあ一応、仮ってことで」と入部を決める。

どのみち、どこかのサークルに入ってみようとは思っていたのだ。遺跡の話には興味があるし、今後バイトを増やすつもりでいることを入れても今聞いた緩さはうってつけだ。

「じゃあ手始めにマチュピチュの話でも聞いてみる?」

入部の手続きをすませるなり、件の先輩から言われる。時刻は四時半を回ったところだが、もう少し話を聞きたい気がして頷いた。

目の前に広げられた大判の写真集を眺めつつ説明に聞き入って、いつのまにか時間が過ぎていたらしい。ふいに、背後から「部長と新入生——柚森くんだっけ、ふたりともこれから時間あります?」と声がかかった。見れば、先ほど勧誘集団の中でプラカードを持っていた銀縁眼鏡の先輩が、いつのまにか背後に立っている。

「夜までならあるが、どうした?」

「はーい柚森もオレと一緒に参加しまっす。今日バイトないって言ってたし、暇だよな」

松浦《まつうら》の問いに倣《なら》うように目を向けるなり、声を上げたのは宮地だ。何のことかと聞いてみれば、これから新入生歓迎会をやるという。

「え、いや、おれは」

「大丈夫大丈夫。喫茶店でお茶するだけだって言うし、すぐ終わるって」

「ちょ、宮地……！」

半ば引きずられるように、近場の喫茶店に連行された。途中、すぐ傍を歩いていた松浦に「顔だけ出して逃げた方が早そうだぞ」と耳打ちされる。

「ずいぶん強引な友達だな。いつもこうなのか？」

「まさか。今日が初対面ですよ」

露骨に目を剝いた松浦を目にして、面倒だからと流されていた自分に呆れた。追い打ちのように、辿りついた喫茶店でも宮地によって逃げ場のない奥の席へと押しやられた。

仕方なく、その場で成海に連絡を入れた。「サークルの歓迎会に参加するので遅くなります、店を出たらすぐ連絡します」と打ち込んだメールを送信したタイミングで、スマートフォンを奪い取られる。

「何やってんだよ柚森。往生際悪いなあ、まだ逃げる気？」

「……こうなって逃げても意味ないだろ。帰りが遅くなるって家に連絡しただけだ」

「は？　この時刻から遅くなる連絡って、何その過保護。柚森っていいとこのボンボン？」

「違う。それ、返してくれないかな」

「厭だ」と妙ににこやかに言って、宮地はスマートフォンを持った手を掲げてみせる。

逆の手で肩ごとソファに押しつけられているせいで、立ち上がれないのだ。心底うんざりしながら蒼がもがいていると、女子の先輩が呆れ顔で宮地の腕を摑んだ。宮地の手からもぎ取ったスマートフォンを差し出しながら言う。

「何やってんの。アルコールなしで酔ってんの？　柚森くん、本気で厭がってるじゃない」

「えー、こいつの澄ました顔が崩れるのって見てて楽しくないです？」

「いくら親しくてもやりすぎたらただの厭がらせよ。――柚森くん、スマホ大丈夫そう？」

宮地に説教して、確か二年生だと名乗った先輩は蒼を見た。ほっとして礼を言うと、笑顔で「隣に座っていい？」と訊かれる。

「うっわ、中野《なかの》先輩それって実は蒼狙《ねら》いだったり？　だったらお買い得ですよ。こいつ今まで彼女とかいたことないだろうし」

いきなり名前で呼ばれたあげく、いかにも知ったようなことを言われて当惑した。とたん、中野と呼ばれた先輩にまじまじと見つめられてしまう。

「そうなんだ。柚森くん結構いいのに、年齢イコール彼女なし歴？　だったらあたしなんかどう？　初めての彼女に立候補してみるけど」

「は？」

唐突な物言いに唖然としていると、先輩とは逆側に陣取った宮地があっさりと言う。

「いんじゃないっすか？　こいつ奥手なんで放置すると卒業まで彼女できなさそうだし」

「すみませんけどそれはちょっと。会ったばかりですし、おれもまだ余裕がないので」

さすがにそこだけは流せず答えた蒼に、先輩は一瞬だけつまらなそうな顔をした。

「それもそうかもね。柚森くんて、真面目っていうか堅そうだし。誰彼構わず手当たり次第な連中とは全然違うみたいだもん」

返事に困って曖昧な笑みを返した時、少し離れた場所から「有香《ゆか》、ちょっとこっちー！」と呼ぶ声がした。とたん、その先輩が「はーい」と手を挙げる。

「ごめん、あたしちょっと向こう行くね。その前に一緒に写真、いい？」

振り向いた先輩が唐突に言う。何でそうなる、と口にするより先、隣に並んで前に掲げた赤いスマートフォンからシャッター音が響いた。

「ありがと。また声かけるねー」

にっこり笑顔で離れていく背中を見送っていると、ふいに脇腹をつつかれた。見れば宮地が呆れ顔をしている。

「何やってんのおまえ。せっかくのチャンスに勿体《もったい》ない」

「チャンスも何も、さっき顔合わせたばっかりだろ」

「かったいなー。そんなもん、その場のノリとタイミングだろ。素直に頷いときゃ今日から彼女持ちだったのに。あの先輩軽そうだし、今日中にホテル行けたかもだぞ」

「……今は、そういうの興味ないから」

言い返しながら、宮地相手に受け流すのは悪手だと再認識した。もっともその返答も宮地には微妙だったらしく、胡乱そうにじろじろと眺められたが。

「マジで？　ずっと男子校にいたのに？　もしかしておまえ、男の方が好きなの？」

「そんなわけないだろ。恋愛事全般に興味がないだけ」

「うっわ、何それつまんねーヤツ」

追加の問いへの回答も、どうやらお気に召さなかったらしい。席を立ったかと思うと、宮地は少し離れて先輩方が溜まったテーブルに行ってしまった。

肩を竦めて見送って、蒼は手つかずのままますっかり冷めたコーヒーに口をつける。同じ新入生のはずの宮地がすっかり溶け込んでいるのを目の当《ま》たりにして、感心すると同時に「友人には不自由しないだろうに、どうしてわざわざ蒼に構うのか」という疑問が湧《わ》いた。――とはいえ、明日には接点がなくなっている可能性も高い気がするが。

カップをテーブルに戻しながら、榛原にも似たようなことを言われたと思い出す。

実際、蒼は恋愛には興味がない部類だ。寮内では同性相手のあれこれが蔓延《まんえん》し、別口では遠距離の彼女を自慢し合う手合いも多かったけれど、どれを聞いても「ふうん」としか思わなかった。実を言えば寮内で何度かあった誘いも、即答で断ってきた。

今、こうして同世代の女の子を目の前にしても、何ひとつ気持ちに響くものがない。「つまらない」と言われればその通りだろうが、だから無理して合わせようとも思わない。

「柚森くん、腹減ってないか？」

「ありがとうございます。大丈夫です」

かかった声に顔を上げると、そこに立っていたのは松浦だ。腰を浮かせた蒼を手振りで制して、「お邪魔するよ」と隣に座ってきた。

「今のテーマを話してなかったと思ってね。正直、俺はあまり興味がないんだが」

首を竦めて言う松浦は、実はサークルの部長なのだそうだ。とはいえ合宿等の全員参加の取りまとめ役というだけで、ふだんはひとり黙々と古代文明関係を紐解いているという。

ちなみにテーマとはつまり部内の流行《はや》り、ということらしい。それだけに流動的で、短い時は半月と経《た》たず終わってしまうこともあるという。

「そういう共通の話題がないと交流どころじゃなくなるんでね。今、その話をしても？」

窺うような問いに苦笑して、一応念押ししておく。

「いいですけど、心霊関係だけは苦手なんで勘弁してもらえますか？」

「大丈夫。今のテーマはいわゆる輪廻《りんね》転生——平たく言うと生まれ変わりなんだ。一応聞いてみるけど、柚森くんはそういうのを信じる方かな？」

唐突に切り出されたテーマとやらに当惑して、蒼は瞬きをする。

「どこかで聞いたことはありますけど、その程度ですね」

「前世の記憶を持ってる人は実際にいるらしいんだ。生まれてくる直前の記憶がある子どもの実話があったり、あー……人は自分で親を選んで生まれてくるって話もあったな」

「……初耳です」

正直、蒼にとってはどうでもいい話だ。選ぶ云々《うんぬん》に至っては、詳しく聞きたくもない。なので、その先は適当に相槌《あいづち》だけ打って聞き流していると、じきに話題は別のものに変わった。

このまま飲み会にでも移行するんじゃないかと思われた歓迎会は、窓の外が暗くなってきた頃に一段落した。

「蒼、蒼。二次会で夕食がてら飲みだってさ、もちろん行くよな」

離れた場所で先輩がたと盛り上がっていた宮地が、駆け寄ってくるなり言う。それへ、蒼は意図的に即答した。

「やめておく。明日、入学式だし」

「うわ、つきあい悪！　別にいいだろ、夜中までつきあわせたりしないしさ」

「あいにくだけど無理。行きたいならひとりで行けば」

「何でー。せっかくの機会じゃん、一緒に行こうぜ、なあ」

断固として断っても食い下がってくるのはどうしてか。不毛に続いた言い合いはずっと隣にいた松浦と、つい先ほど戻ってきていた中野によって決着した。

「そのあたりにしてもらおうか。うちの集まりに強制参加はないんでね」

「宮地、しつこすぎ。それ、一歩間違えたらストーカーだから」

どっと沸いた先輩方のうち、二次会に行くらしい数人が宮地を連れ出す。身構えた蒼には
「次はつきあえよ」と笑って離れていき、宮地も諦めたように振り返らなくなった。

中野と松浦を含めたここで解散するという面々に挨拶をして、蒼は帰途につく。やっと見慣れてきたマンションに辿りつく頃には、周囲はすっかり夜に沈んでいた。

「あ、成海さんに連絡……してなかったかも」

マンションの専用エレベーターの階表示が、三十一階に移った時点で思い出す。今朝の様子だと今日はリビングを使ったはずで、まだ終わっているとは限らない。

ロビーまで戻って、改めて連絡した方がよさそうだ。面倒臭さに息を吐いた時、エレベーターの扉が開く。すぐさま一階ボタンを押そうとして、違和感に気付いて手を止めた。

マンションの個別エントランスの端に、段ボール箱を乗せた台車が置いてあった。奥にある品のいい玄関ドアは半開きで止められていて、その隙間から聞き覚えのない声が複数、漏れてくるのだ。「急いで」「あまり時間がない」「積み忘れしないように」。

真っ先に思いついた単語は「空き巣」で、扉が閉じる前に静かにエレベーターから降りる。

台車を避《よ》けてドアに顔を寄せた時、唐突にこちら側へと開いてもろに額にぶつかってきた。

「いっ」

比喩でなく、目の前で星が散ったのを見た。声もなく額を押さえていると、「え、ちょ、うわっ」と声がする。慌てて目を向けた先、白いコック服姿の青年が、ぽかんとした顔でこちらを見下ろしていた。

「……どなたですか？　ここはおれのうち、なんですけど」

蒼の言葉に、青年は露骨に狼狽《うろた》えた様子で「え、いや、あの」と声を上げる。そこに、奥からもっと太い声がかかった。

「おい、何やってんだ。急がないと時間が」

「え、あ、す、すみません！　その、帰ってきちゃった、みたいで」

「はあ⁉」

青年の声に、太い声が応じる。間を置かずドアから顔を出した壮年の男性も、やはりコック服だ。蒼を見るなり、露骨に困り切った顔をする。

「あー、失礼……って、まだ時間あったはず、じゃなかったか」

「時間って何ですか。それより何でうちに」

「いや、ちょっと待ってもらっていいですか。これはもう仕方ない」

声を尖《とが》らせた蒼に丁重に告げて、男性はドアの奥に引っ込んだ。それを追って、蒼は閉じかけたドアに手をかける。

靴を脱ぐ前に、奥から「え、嘘でしょう」という成海のきょとんとした声が聞こえてきた。

不測の事態というわけではなかったらしいと察して、全身から力が抜けた。そのままのろのろと靴を脱いでいると、最近になって聞き慣れてきた声で「おかえり」と言われる。

顔を上げるなり、困った顔で出てきた成海と目が合った。

「その、早かった、ね。連絡、貰ってたっけ……？」

「忘れてたのに、エレベーターがここに着いてから気づきました。――仕事の関係、なんですよね……？」

「すみません、ポトフの鍋ってここでよかったですか！」

躊躇いがちに言ったタイミングで、奥から張り上げたような若い声がする。それだけで状況はおよそ理解できて、何とも言えない気分になった。

「……おれ、ロビーに降りてますんで」

「いいよ、もう今さらだし。けどまだ準備中だから、部屋で待っててもらっていいかな」

弱り切った声にようやく顔を上げると、声音通りの顔をした成海と目が合う。とたんに覚えた罪悪感に自分でも戸惑いながら、蒼は素直に頷いた。

つまり、この冷蔵庫とその中身と、サイドテーブルの棚に常備してある籠の中身は、先ほどの光景を蒼に見せないためのものだったということか。

自室に戻った蒼がまず思ったのは、それだった。

「いや待てって。それっていったい何の意味があって」

ベッドに座り込み、取り出したペットボトルの水を半分ほど飲み込む。浮かんだ疑問は難解すぎて、眉間に皺《しわ》が寄るのがわかった。

長期休暇に面倒を見てくれた植村との食事は、もっぱら外食か持ち帰りだった。「無駄な出費だ」と感じた蒼が自炊してみたいと申し出たのが中等部二年の夏休みで、高等部の三年間を経た今は一応の料理は作れるようになった。

だから、同居人がいると聞いた時点で「家事は分担で」と思ったのだ。成海の完璧な家事に出る幕なしと渋々退いたのに、実は人を呼んで作らせていたとは。

頭を捻って三十分ほど過ぎた頃だろうか。遠慮がちなノックの音に出てみると、困った顔の成海が「先に夕食にしようか」と笑う。

出向いたダイニングはすでに無人で、テーブルに並ぶ料理はやはり豪勢だ。いつもと違うのは成海がとても気まずそうなこと、くらいか。

無言での食事を終えた後、成海がコーヒーを淹れてくれる。相変わらずきれいな手際に、これを見ていたから料理の腕を疑わなかったんだと改めて気がついた。

「あー……言い訳してももう意味ない、よね？」

悄然《しょうぜん》と切り出されて、蒼は一拍反応に困る。それでも念のための問いを口にした。

「今までの食事は全部、あの人たちが準備してたってことですよね」

「そういうこと。しまったなあ、うまく隠しきれると思ったのに」

とても残念そうに、ため息混じりに言われて蒼は思わず突っ込みを入れる。

「いや、あり得ないでしょう。卒業まで四年もあるんですよ」

「それは知ってるよ。でも大丈夫だと思ったんだ」

「そう思えるメンタルがおれには不可解なんですが。といいますか、料理ができないならそう言えばすむことじゃないですか」

「え、厭だよそんなの」

露骨な呆れを込めて言ったら、即答と同時に拗《す》ねた顔をされた。ふいと横を向く仕草に、どこのガキだとうんざりする。

「厭も何も、さっきの人たちってプロですよね。わざわざそんなもの頼んでまで……って、一応確認しますけど。そうなると、掃除とか洗濯は――」

顔を背けたままの成海が、ぴくりと反応する。それが答えだと知って、頭痛を覚えた。

思い返せば、蒼は成海が実際に家事をするのを見た覚えがない。早々にバイトを始めたせいもあるけれど、帰宅した時はいつでも家の中が整っていたし、出した洗濯物もきれいに畳んで自室の前に籠入りで置いてあったというだけだ。その整い方の徹底具合と、必要に応じて糊付けまでされた洗濯物を目にして「絶対敵《かな》わない」と悟らされたわけだが。

「……僕だって、それなりに努力はしたんだよ。蒼くんの世話役が正式に決まってから、料理も掃除も洗濯も専門の人から教わってさんざん練習したんだ。けど、その人から早々に諦めろって言われた。食材のほとんどを駄目にしたり皿を割ったり、かえって部屋中散らかしたり。洗濯物に被害を及ぼす方の才能がありすぎるって」

だからわざわざプロを雇ったと言われても、蒼からすれば「何だそれ」だ。

「おれ、ここに来た翌日に家事は分担でって言いましたよね。その時に話し合えばすんだことじゃないですか。そもそも援助のお金をそんなことに使うなんてあり得ないんですけど?」

「そこは僕の出資だから大丈夫。伯父さんからの援助にはいっさい手をつけてない」

尖った声で言い放つなり返った言葉に、かえって苛立ちを覚えた。

「だからってわざわざプロを雇ったりします? 成海さんの一人暮らしなら別ですけど、おれには必要ないでしょう。前に言いましたよね、身の丈に合わない待遇は」

「そこは僕の勝手な都合。だから、蒼くんが気にすることじゃない」

ため息混じりに言われて、さらにむっとした。

「それなら自分のだけ手配してください。おれはおれで勝手にやりますから」

「それだと意味ないでしょう。蒼くんに対して恥ずかしいし、第一格好がつかないよね?」

「――……はあ?」

言われた内容の、意味がわからず眉を顰めていた。そんな蒼を見つめる成海は所在なさげに肩を縮めていて、蒼より上背のくせにどこか見上げる風情で言う。

「一応でも蒼くんの世話役で、ずっと年上なのに家事が壊滅的にできないとか、言いたくなかったんだよ。……その、僕にも見栄っていうか、それなりにプライドがあってさ」

「みえ、と、ぷらいど、ですか」

思わず復唱した蒼に頷いて返す成海の顔は、わかりやすく赤い。力なく下を向く様子は最前の台詞とは裏腹に悄然としていて、それを唖然と見つめてしまった。

つまり、この人は蒼を相手に「家事ができない」とは言えなかった――もとい、言いたくなかった、ということか。

蒼よりずっと年上で、こんなにきれいで、むしろ人を使う方がしっくりくる人が。大学生になったばかりの、伯父がいなければ頼る身寄りもない、ただの未成年者相手に。

「……、――っ」

腑に落ちたとたん、発作のような笑いが来た。直後にまずいと自覚して、蒼は辛うじて自分の口を手で覆う。

「う、わ。蒼くんが笑った！」

とたんに耳に入った成海の声が、叱責でなく感嘆だったことに驚いた。口を押さえたまま目を向けると、成海はいかにも残念そうに唇を尖らせる。

「あ、仕舞っちゃったかあ……黙ってればよかったなあ」

「何、ですか。その、仕舞っちゃったっていうの」

「ん？　やっと見た蒼くんの笑顔があっというまに終わったって意味だけど」

「……おれ、そんなに笑ってないですか」

（おまえ全然笑わないなあ。それだととっつきにくすぎて損するぞ？）

中等部で知り合った榛原にそう指摘されて以降、蒼は意識して「喜」と「楽」の感情を出すように努めてきた。最近ではそれを装うことも得意になっていたはずなのだが。

「笑ってはいるよ。ただ、どう見ても社交辞令なだけで」

「しゃこうじれい」

「僕とは知り合ってまだ日が浅いし、同居も強制的なものでしかないから当たり前なんだけどね。僕が勝手に、いつか本気で笑わせられたらいいなあと思ってただけ」

頬杖《ほおづえ》をついて蒼を見つめる成海の目は、やっぱり穏やかで優しい。これまではわざと無視していたそれを、今になって妙に意識した。

「余計に意味がわからないんですけど。おれの笑った顔なんか、大したものじゃないですし」

「価値観は人それぞれだからね。僕にとってはそれがレアものだってことで諦めて。ついでに宣言するけど、目標は僕の顔を見るたびに本気で笑ってもらうことだから」

「えー……」

成海のようにきれいな人ならともかく、蒼の笑った顔なんか十把一絡《じっぱひとから》げだろうに。呆れ半分に思った後で、肩から妙に力が抜けているのを自覚した。

——変に突っ張って成海を敵視していた自分が、馬鹿にしか思えなくなった。

映画か小説の中から抜け出たように「完璧」で非の打ち所がないと見えていた成海にも、ちゃんと苦手があったわけだ。おまけに面倒の種でしかない蒼に対して、年上の見栄だとかプライドを持ち出して、ああいう形で張り合ってきた。凄《すご》すぎて近づけないという気後れも、僻みに似た歪《ゆが》んだ感情も蒼の思い込みにすぎず、本来の彼は当たり前の「人」だったんだとやけにすんなり胸に落ちた。

……金銭感覚や価値観の部分で折り合わないところは、きっとこれからも変わらない。無理して変える必要もない。たかだか見栄のためにプロに家事を依頼するなど、蒼にとってはあり得ない無駄遣いでしかなく、理由を聞いたところで賛同する気もない。

けれど、成海には成海なりの理由があってのことだとは理解した。悪意や揶揄《やゆ》は欠片もなくて、むしろ「蒼に負担をかけず自分がやるべき」に拘った結果だということも。

それなら——そこを踏まえた上で、改めて折り合いをつけることができるのではないか。

「はっきり言いますけど、今の食事はおれには豪華すぎて落ち着きません。あと、費用が成海さん持ちならなおさら、甘えるわけにはいかないです」

「いや、けど僕はきみの世話役で」

「今のおれは、衣食住全部の世話が必要なほど子どもじゃないので。あと、家事についてはある程度できると思うので、いったんおれに任せてもらえませんか」

「任せてって、でもね」

渋る成海は未だにばつが悪そうだ。だったらそこに付け入らせてもらおうと思った。

「本音を言うと、今の待遇っておれには過剰なんです。このマンションも含めて、全部」

「えー……だったら引っ越そうか？」

「ここで同居っていうのは伯父さんが決めたことなので、おれからは何とも。なので、せめておれにできることはやらせてください。一応確認しますけど、伯父さんから家事をさせないようにとは言われてない、ですよね？」

バイトの許可があったのならと確信しての問いに、成海は渋い顔をした。

「確かに言われてはいないよ。けど」

「多少の料理はできるので自分の食事は作ります。ただ、今より簡単な料理で味も落ちるので、成海さんは今まで通りか、外食してください。あと、掃除と洗濯もおれがします」

「え、ちょっと待って。それ、厭なんだけど」

さっくりと、言葉を遮られた。ある意味当然とも言える反応に、蒼はつい苦笑いをする。

「もちろん完璧にできるとは思ってません。なので何日か様子を見て、成海さんの基準で調整してください。おれも、これだけ広い場所をどの程度維持できるかはわからないので」

「いや、そっちじゃなくて食事の件。僕も蒼くんの料理を食べたいんだけど、駄目かな」

「……は？」

真面目に、耳を疑った。それでも、蒼は一応言ってみる。

「間違いなく、口に合いませんよ？　素人以下の、かなり大雑把なやつなので」

「食べてみないとわからないよね。それに、同居して食事が別なのは僕が厭かな。寂しいし」

さらりと言われた内容に、一拍理解が遅れた。瞬いて、蒼はおうむ返しにつぶやく。

「さびしい、ですか？」

「だって、ずっと楽しみにしてたんだよ。誰かと同居するとか、僕は初めてだったからね」

「え」

意外さに、つい声が出た。そんな蒼を眺めて、成海は軽く苦笑する。

「僕もある意味、蒼くんと同じでね。きみの伯父さんに拾われて面倒を見てもらったおかげで、今の仕事を始められたんだ。仕事が仕事だから誰かと暮らすなんてまず無理だし、それ以前にあまり外に出られる状況じゃなくてね。たまに出かけても最短で帰れって指示つきで、電車やバスは利用禁止だったから」

「そ、うなんですか……？　え、最短って、じゃあスーツ買いに行った時のあれも」

言い掛けた言葉が尻すぼみになったのは、成海が困ったように笑ったからだ。

「外に出る時は基本的にああかな。それ以外だと外商って言うんだっけ？　向こうに商品持ってきてもらって、その中から選ぶ形だった。けど、さすがにそれは抵抗があるだろうから」

「……すみません。その、おれ、何も知らないのに勝手なことばかり言っ……」

つまり、成海のあの「当たり前」は本人の意思とは無関係な上、他に選択肢がなかったということか。――改めて思い返せば、量販店での成海は抵抗や侮蔑、あるいは見下しといった反応を欠片も見せていない。そんなことにすら気付かなかった自分に呆れた。

「気にしないで。むしろ僕としては願ったりだったんだよ。初めて電車に乗ったし、知らない店にも入れたからね」

そう言う成海の笑顔が切なく見えて、息が苦しくなった。

「独り」をよく知っている――思い知らされたことがあるとわかる表情だったからだ。それを知りもせず、勝手に幸せだったはずと決めつけたかつての自分を、殴《なぐ》ってやりたくなった。

「じゃあ、食事についてはお試しで。明日の朝は、さっきの人たちに頼んでるんですか？」

「この後でキャンセルするよ。彼らには無理を言ってたし、潮時ってことだろうね」

「だったら明日の朝食から作りますね。あとでキッチンを見せてもらってもいいでしょうか」

念のため聞いてみると、成海はあっさり了解してくれた。

「何でも好きに使っていいよ。ただ、その……猫の手にもなりそうもないけど、僕にも手伝わせてほしいんだ。邪魔はしないようにするから」

「あ、はい。でも、おれもちょっとできる程度なので参考になるかどうかは」

「ちょっとできるだけで上等。十分参考になると思うよ」

真面目な顔で、力説されてしまった。その後は新しい「これから」の話に移っていった。

6

その話を聞いたのは、大学生活が始まって三週間後のじき春の連休に入るという頃だった。

「合宿、ですか？」

「そう。予定通り、連休後半に二泊三日だ。集合日時と場所が決まったから伝えておくな」

「……おれ、今初めて聞いたんですけど」

昼休みの学生食堂の片隅で声をかけてきた松浦に告げられて、蒼は席についたままできょとんとした。とたん、松浦はいかつい顔に怪訝な色を浮かべる。

「日程決まった時に宮地がいて、自分が伝えると立候補してきたんだが。翌日か翌々日だったか、わざわざ俺を探してバイトがないから柚森も参加だと言ってきたぞ」

「……宮地は、今日は休んでるみたいです。バイトの予定はこの前に聞かれましたけど、合宿のことは全然」

「また突っ走ったわけか。くれぐれも本人の意向を確認するよう言っておいたんだが」

手にしたクリップボードを眺めて、松浦が言う。件の日時はもう目前で、だったら宿泊先も含めて手配済みのはずだ。

「その、初日と最終日はいいんですけど、中日に予定が入ってて」

「気にするな。こっちのミスだ。もともと柚森関係をあいつに任せるには不安があったしな。あれだけ念押ししても無駄だとは思わなかったが、やっぱり直接連絡すべきだったか」

ため息をつく様子からすると、宮地にはかなり確認したのだろう。それを申し訳なく見ていると、いきなり誰かが蒼の腕に抱きついてきた。

「えー。柚森くん、合宿行かないの？」

声だけで察した相手は、やはり中野だ。目が合うなり、拗ねた顔で見上げてきた。

「だったらあたしも行くのやめようかなー。あそこ虫が出るし好きじゃないんだよね」

「おいこら、後輩をダシに今さらキャンセルはないだろ」

「だってあたし、柚森くんが行くっていうから参加決めたんだもん。でなかったら申し込んでないし」

「いや先輩、それはちょっと」

摑まれた腕を、果たして払っていいものなのか。正直言って、対処に困った。

初日の歓迎会以来、何かとこの先輩に絡んで来られるようになったのだ。言葉だけならともかく、ここ最近は今のように腕や背中に抱きつかれるようになっている。

「中野が柚森狙ってるのはいいとして、ソレはやめろ。セクハラだぞ」

「そうなの？　柚森くん、困ってる？」

「……はあ」

助け船を出してくれる松浦と、蒼に訊いてくる中野と曖昧に肯定する蒼と。ここ最近はルーチンに近いやりとりの後で、中野は名残惜しげに蒼の腕から離れてくれた。

「柚森くんもそろそろ慣れてくれていいのにー」

「慣れる慣れないの問題じゃないだろ」

「部長うるさい。何度も言うけどあたしまだ諦めてないからチャンスは逃したくないの。で、本当に合宿キャンセルしちゃうの？　柚森くんに見せるつもりで新しい服も買ったのにー」

「柚森は、キャンセルじゃなくて連絡未到達。合宿のことも今まで知らなかったし、もう予定が入ってる」

「それって宮地くん？　何やってんの⁉　だってあの子、あたしが柚森くんに連絡するって言ったらすごい勢いで止めたのよ⁉　自分が信用できないのかとまで言ってたのに！」

ぎょっとした顔で言い募る中野に、情景が目に見える気がしてきた。傍らの松浦の微妙な顔からすると、きっと同じような状況だったに違いない。

「間合いが悪かったんだろ。俺もバイトが詰まっててしばらく部室に出てなかったしな」

付け加えれば松浦がいない部室はカオスすぎるため、蒼もまず長居はしない。というより、最初から不在と知っていたここ数日は、顔すら出していなかった。

「そのへん全部計算してたのかなー宮地くん。だったら怖すぎなんだけど……って、噂の本人は？　今日は一緒じゃないの？」

今、気がついたように中野はきょろりと蒼の周囲を眺めた。それへ、蒼は苦笑して返す。

「今日は来てないみたいですね」

「そうなんだ。昨日は元気そうに見えたけど、仮病？」

「おれには何とも。休んでることも、講義になって気づいたくらいですから」

「嘘、連絡とかないの？　あれだけいつもくっついてるのに？」

そう言う中野にとっても、蒼と宮地はセット扱いになるわけだ。初日から連日連れだって同じサークルに入り、講義が始まってからも昼食時は常に一緒ともなれば、そう思われても仕方があるまい。事実、同じ講義を取る中でできた友人や顔見知りからは、同じような問答の末に「昔からの友達だとばかり思ってた」と言われたばかりだ。

「ところで合宿って、具体的に何をするんですか？　キャンプみたいなものですか」

「やだ、そんなの行かないわよー。テントで寝るとか落ち着かないでしょ」

「だからちゃんと宿舎予約してるだろうが。内容は、通常の活動の泊まり編みたいなもんだ。特に春のは親睦《しんぼく》目的だからな」

「親睦、ですか」

松浦に対する罪悪感が、また少し重くなった。それを見透かしていたように、中野が言う。

「そうなの。だからー、柚森くんも是非一緒に」

「一応でも先輩から言うと強制になるからやめろ。気にしなくていいぞ、どうせ夏にも合宿はあるしな」

気遣うように、松浦に肩を叩かれた。その後は、午後の講義も近いからとそれぞれに別行動となる。目的の教室に向かいながら、ついため息が出た。

宮地に引きずられて入ったサークルだけれど、今のところ蒼はあの会が気に入っていた。ここ最近はバイト先で、古代文明関連の本を借りているくらいだ。

なのに、宮地は何を思ってわけのわからないことをやらかすのか。

「よ、お疲れ。……で、やっぱり宮地は休み、と」

目的の教室手前で、友人と呼んでもいいくらい親しくなった相手と出くわした。午前中の必修で一緒だったんだから知っているだろうと目を向けると、頬を掻《か》くようにして言う。

「だってさあ、柚森っつったら宮地だろ？　護衛というか牽制《けんせい》というか、あれだけ威嚇してくるヤツが、丸一日柚森をひとりにするとは思えないじゃん」

「は？　どういう意味？」

「どういうって……ああ、もしかして本人自覚なし？」

定刻八分前の教室は、まだまばらにしか席が埋まっていない。いつも通り中ほどの窓際の席につくと、友人は隣に腰を下ろした。少し声をひそめて言う。

「この席さあ、いつも宮地がいるだろ。柚森が端だから当たり前だけどさ。あいつ、柚森にオレとか他のやつが声かけるの許せないっぽいんだよな」

「……そう、なんだ？」

「そう。こっちからすると妨害される。一番わかりやすいのが、柚森に声かけたのにあいつが返事をする件」

「ああ、……」

サークルの歓迎会からそうだったけれど、確かにその傾向はあるのだ。どちらに声がかかったか判断しにくい時は宮地が返事をするし、蒼を名指してあっても宮地が先に口を出す。

「ああって、柚森はそれでいいのかよ。気をつけないと食い物にされるんじゃね？」

「いいも悪いも注意しても無駄だったし。どうしても困る時は口を出せばいいかな、と」

「いや柚森がそれやると、あいつの所行に歯止めなくなるから」

「わかった。もう少し気をつけてみるよ」

面倒で放置していたけれど、合宿の件は確かに問題だ。もう一度、宮地と話した方がいい。

それにしたって、メールやSNSを使うより直接会った方がいいに決まっていた。

夕方までの講義を終えたら、バイトのない今日は買い出しだ。荷物を担ぐ前にスマートフォンを確認すると、成海から「約束通りよろしく」という連絡が入っていた。詳細を省いているせいで暗号のようだが、彼からの連絡はこんなふうに端的なのが常だ。

急ぎ足で駐輪場に走り、二週間前に手に入れたばかりの自転車を引き出す。成海を説得するのにそれだけの時間がかかったわけだが、反対理由が本気で「危ないから」というだけだと知って当時は脱力した。

「約束通り」指定の場所つまり大学から自転車で五分の距離にある喫茶店に直行すると、成海は道路からよく見える窓際の席で文庫本を広げていた。

華があるというのか、成海という人は無言で座っていてもとにかく人目を引く。今も、同じ店内にいる客がちらちらと目を向けている。連れだって歩いても同様だが、こればかりは慣れるしかあるまい。開き直りの境地で、蒼は成海の横の窓ガラスを外から爪で叩いた。

顔を上げた成海が、蒼を認めてふわりと笑う。本を閉じ、伝票を手に腰を上げた彼が出てくるのを待った。

よく笑う人だと思っていた成海だが、意外に他の人の前ではその表情を見せない。それに気づいて妙にくすぐったい気分になったのは、ごく最近のことだ。

「すみません、だいぶ待たせました？」

「キリのいいところまで読めたからちょうどよかったよ。――で、今日は何を買うの？」

「前と同じでひととおり、ですね。今日、特に食べたいものがあればメニュー変更しますよ」

合流した成海は徒歩なので、蒼も自転車を押して歩いて移動する。向かう先は最寄りのスーパーで、約束はつまり一週間分の買い出しだ。

「蒼くん、海苔《のり》ってこれでいいんだっけ?」

入ったスーパーで、ふと離れていったはずの成海が商品を手に戻ってくる。その手元を眺めて、蒼は首を横に振った。

「それ、カットされてるやつですよね。じゃなくて巻き寿司用の、でっかい一枚がたぶんふたつ折りで入ってるのがあると思うんですけど」

「わかった、もう一回見てくるよ」

踵を返した成海は、前回のおのぼりさん状態からは脱したらしい。今日は蒼のスマートフォンに表示したリストの品を取ってくるという、小学生のお手伝いみたいなことをやってくれている。当初は申し訳なかったけれど、本人が楽しそうだからいいかと割り切った。

レジをすませてぱんぱんになったエコバックを、手早くリュックサックの形に直して担ぐ。それを目にして、成海が不満げな顔になった。

「あのねえ。今日は僕にそっちを持たせてくれてもいいんじゃないかな」

「それよりおれの荷物をお願いします。そっちも結構重いんで」

こういう時は、強気で決まり事のように言った方が効果的だ。思惑通り、成海は渋々と蒼のバックパックを手にしてくれた。その代わり、自転車置き場で逆襲に遭った。

バックパックを前籠に入れようとしたら、拒否されたのだ。右肩にかけたまま断固とした顔で「僕に持てって言ったよね」と言い張られ、言い方を間違えたと痛感した。

「すみません、ちょっと寄り道いいですか？　買っておきたいものがあって」

「いいよ。どこのお店？」

結局自転車の前籠は空のまま、歩き出してすぐに思い出す。首を傾げた成海に言った。

「百円均一の店です」

「百円？　あー……うん、聞いたことはあるね」

「え、知ってはいるんですか？」

「もちろん。スーパーだって、存在自体は知ってたでしょう」

つまり知識しかないわけで、だったら初めてということか。察して向かった百円均一の店は、総合施設のワンフロアにあってかなり広い。平日の夕方らしくそこそこ客が入った店内で興味津々にそこかしこの棚を眺める成海は、スーパーの時と同様にやたら目立った。

「おれ、先に買い物してきます。成海さんはそのへん見っててください」

「了解」

会話のあと、早々に自分の買い物をすませて、蒼は成海を探しにかかる。

数分後に見つけた成海は食器コーナーの一角で、手の中のスマートフォンを苦い顔で眺めていた。顔を上げるなり蒼を認めて苦笑する。

「ごめん、その……連休の約束なんだけど。急に仕事が入って、どうも無理そうなんだ」

すまなそうに言われて、正直少し落胆した。それでも、蒼はいつも通りの声を保つ。

「わかりました。仕事だったら仕方ないですね」

「本当にごめん。通常だったら断るんだけど、今回はそういかないみたいで」

重ねて謝罪する成海は、初めて見るほど申し訳なさそうだ。それが落ち着かなくて、蒼は必死で言葉を探す。連鎖的に、数時間前のサークルの部長を思い出した。

「ええと、ですね。その——だったらおれ、サークルの合宿に行って来てもいいですか？」

「合宿、があるんだ？」

「昼に学食で部長に捕まって、約束した日と前後の三日で合宿だって言われたんです。おれは今日まで知らなかったんですけど、手違いで参加人数に入ってたみたいで。もちろん断ったんですけど、もう人数分の宿とか食事も手配してたらしくて」

「そうなんだ。……じゃあ、そっちに参加してくる？　確定じゃないけど、僕も前後で先方に出向くことになりそうなんだよね。だから」

「合宿とは別に、おれはひとりでも大丈夫ですけど？」

思わず口から出た言葉は、たぶん成海が考える内容の否定だ。推定だったが当たっていたようで、成海が「バレた」と言いたげな顔をする。

「あ、でも流れた分の予定はどこかで振り替えようね」

「はい？　振り替え、ですか」

「ですよ。これでも僕はすごく楽しみにしてたんだからね」

少し拗ねたように言われて、何となく頬が緩む。それを隠すように、蒼は短く頷いた。

「了解です。日程は早めに決めておきましょう。ということで、おれのことは気にせずに、成海さんは仕事に専念してください」

「――蒼くんて年下なのに、時々保護者みたいなこと言うよね」

苦笑した成海は蒼の反応を待たず、ふいに両手を差し出してきた。

「これとこれさ、何となくいいと思わない？」

「えー……」

百円均一ならどこでもありそうなマグカップだ。白いカップの側面にでかでかと、それぞれ「N」「S」のイニシャルが印刷されている。

「気に入った。買って来よう」

「マジですか。え、そっちも？」

「N」はともかく「S」までか、とつい口を挟んでしまった。

成海には似合わないと思ってしまったのと、自分でも趣味とは言えなかったからだ。ついでにキッチンの食器棚には、おそらく値段が百倍以上しそうなカップが複数置いてある。

「もちろん。お揃いじゃないと意味ないよね」

「は、あ……」

本気らしく、成海はふたつのカップを手に、いそいそとレジへ向かってしまった。蒼が追いつした時にはもう、会計を終えて小さめのレジ袋を手にしている。

本当に気に入ったようだと納得できたのはマンションに帰って早々、食事の支度の前に一休みとコーヒー入りのマグカップを渡された時だ。成海自身もそれを使っている上、やけに嬉しそうなのが伝わってきた。

「あ、そうだ。一応伝えておくけど、手首のそれ、合宿では特に気をつけて」

「はい?」

空になったカップを手に腰を上げた時、思い出したように成海が言う。瞬いた後で、左手首のブレスレットだと気がついた。

「たぶん大丈夫じゃないですか? まだ長袖だし、今のところ誰にも見られてないですよ」

「今みたいに腕まくりすると見えるでしょう。泊まりならお風呂もあるだろうし」

「外した方がいいですか? 先輩の中にはパワーストーンって言うんでしたっけ、数珠《じゅず》みたいなの巻いてる人も多いですけど」

「そう? だったら平気かなあ」

思案げに言いながら蒼についてキッチンに入って、成海はマグカップをシンクに置く。

「……僕が洗ってもいいかな?」

「どうぞ。おれのもお願いしていいですか」

「やけにあっさり言うね」

即答で了承したら、とても物言いたげな顔をされた。なので、蒼は素直に答えを返す。

「百均のものって丈夫で割れにくいですよ。値段がいい物の方が欠けやすいって聞いてます」

「蒼くん、言うようになったよね」

少し拗ねたような顔で、成海がスポンジを手にする。それを横目に、蒼は冷蔵庫から使う食材を取り出した。

二週間前に宣言された通り、蒼がキッチンを使う時はほぼ必ず、成海が傍で見ているのだ。本人曰く、「いつか何とか」の野望があるらしい。

……今の今、マグカップを洗う手つきを見るだけで、叶う日は遠そうな気がするのだが。もとい、コーヒーや紅茶をあれだけ美味しく淹れるのに、なぜそうなるのか不思議だ。

「とにかく気をつけて。で、何かあったら夜中でもいいから連絡すること」

キャベツを刻み始めたタイミングでするりと言われて、一拍何のことかわからなかった。包丁を使う手をそのままに、視界に映る左手首のブレスレットに目を向ける。

「了解です。なるべく見せないことと、絶対触らせないこと、でしたよね。これ、ずっとつけっ放しなんですけどよかったんでしょうか」

「それでいいよ。お守りだから外すと意味ないし」

「気をつけます。……どっちかっていうと、夏にどうするかが気になりますね」

「そこがね。また改めて相談しようか」

そう言う成海に頷きながら、ふと「コレは何なんだろう」と今さらに思う。つけるだけで、今まで視えていたものが視えなくなった。蒼にとっては天の助けに等しいが、考えてみればあまり普通とは言えないのではないか。

沈みそうになった思考を、蒼はあえて切り離す。詮索無用とはっきり言われた以上、これ以上踏む込むべきではあるまい。息を吐いて、蒼は目の前の仕事に集中した。

7

＊＊

それまで気づかなかったものが、急に目に入った。

瞬いて、そっと手を伸ばす。壁の意匠に溶け込むようにあった小さな凹《くぼ》みが、今日に限って妙に気になった。

凹みを引っかく指は、長さの割に細い。それに——視点も、いつもより低い。そう認識した時点で、気がついた。

これも、よく見る夢だ。けれど「あの人」との出会いとは違って、夢の中の「手」は蒼のものではない。見下ろす身体はガリガリに痩せた貧相なもので、伸ばした腕は手首の形どころか、着物の端から出た肘の骨の形すらはっきり見て取れた。

……引っかいてもびくともしない凹みに、もしかしたら方法が違うのかと思い至った。そこからは押したり引いたり、方角や位置を変えてみる。と、どこかでカチリと音がした。

しゃがんで通れるくらいの、ごく小さな扉が開く。その時点で、夢の中の自分はいつも躊躇《ちゅうちょ》する。本当に入っていいのか、後で叱られはしないか。迷いながら、なのに見えない何かに背中を押されるように足を踏み入れる。とたん、ぽっかりと開けた空間に驚いた。

蒼がよく見る夢は、大きく分けて三種類ある。ひとつは矛盾ばかりの、けれど夢の中ではそれを現実と捉《とら》えている夢。思い出したように見る、かつて自分の身に起きた記憶を辿る夢。そして今見ているような、妙に現実感のある夢。夢だと知っているのに、それが絶対に自分ではないとわかっているのに――どうしてか、自分自身のことのように眺めてしまう夢。

――……誰。今日は何の用？

薄暗がりの隅から響いた声に、ぎょっとした。目を凝らして、夢の中の蒼は――蒼自身ではない蒼はその場に立ち尽くす。

ほんの数メートル先に格子があった。天井から床に届くそれは、竹で作った虫籠のようだ。

――きみ、誰？　初めて見る顔だよね。

もう一度声がして、そこで初めて気づく。虫籠を連想したのは、格子の向こうに人がいたからだ。初めて見るような、息を飲むほどきれいな――。

＊＊

かくん、と衝撃を覚えて目が覚めた。

鈍く響く機械的な音に、蒼は何度か瞬く。いつの間にか落ちていた頭を上げると、ずいぶん長くそうしていたらしく首の後ろが痛んだ。直後、向かいから聞き覚えのある声がする。

「よ。目が覚めたか？　ちょうどよかったな、次の駅で降りるぞ」

「……おれ、寝てました？　え、いつから」

ようやく出た声が少し掠れているのを知って喉を押さえた後で、右隣から凭《もた》れかかる重みに気づく。見れば、中野がやけに幸せそうな顔で蒼を枕《まくら》に寝入っていた。

「柚森は乗り換えて割とすぐ。ちなみに隣はその後一時間ほど柚森の寝顔見て喜んでたぞ。ああ、写真撮影は阻止しておいた」

苦笑混じりに教えてくれた松浦は、どうやら向かいの席で雑誌を眺めていたようだ。彼の横にはサークルの副部長がいて、そちらはイヤホンで何か聞いているらしい。

合宿に向かう途中の、電車内だったのだ。シートに座ったまま寝入っていたのだから、首が痛くても道理だった。

「ありがとうございます。――あれ、宮地は？」

「柚森が寝た後で席に戻った。悪いがバスでは宮地の隣に行ってやってくれ」

「はあ……なんか、すみません」

全員集合を待って電車に乗り込むなり起きた騒動を思い出して、苦笑するしかなくなった。

宮地と中野の間で、蒼の隣の座席の争奪戦が勃発したのだ。結果は現状の通りだけれど、その後も宮地は通路に立って、勝ち誇った顔で蒼に懐く中野と喧々囂々《けんけんごうごう》に言い合っていた。

「柚森が悪いわけじゃないから謝る必要はないぞ。宮地と中野の相性がよすぎるだけだ」

「いいんですか。悪い、の間違いじゃなく？」

「本気で相性が悪かったら、あそこまで言い合ったりしない。互いが互いを黙殺して、ひたすら場の空気が悪くなるだけだ。聞いたことないか？　好きの反意語って実は無関心らしいぞ。そう言われたところで、柚森には災難でしかなさそうだが」

言われてみればと納得していたら、最後に同情めいた顔で見られてしまった。苦笑いをした蒼に、松浦は「それとな」と続ける。

「中野がスマホに柚森専用アルバム作ってる。削除は無理だったが報告だけはしておく」

「……はい？　アルバムって」

「よく写真迫られてるが、それ以外でも勝手に撮られてるだろ。まあ、個人で秘匿して喜んでるだけで、ネットに流したり勝手に売ったりはしないはずだ。さっきも柚森とツインソウルだったらいいとか、自分の夢を見てるかもとか言ってたしな」

含み笑いで言われて、当惑すると同時に「夢」という一言に引っかかりを覚えた。なので、声を落として聞いてみる。

「すみません、そのツインなんとかって何なんですか？　あと、夢がどうとかって」

「ツインソウル。魂の片割れとか、運命の人とも言う。前世で結ばれなかった相手と今世では一緒になる、とかいう映画だか小説は案外多いが知らないか」

「あんまり。っていうより、前世の相手とか覚えてるものなんですか。というより、前世って本当にあるもんなんですか？」

少々懐疑的な蒼の返答に、松浦は肩を竦めてみせる。

「そう訊かれると俺には何とも言えないな。宗教的には輪廻転生の概念自体がないものもあるが、前世の記憶がある人間も実際に存在する。ついでに、ツインソウルは実は運命の恋人だとは限らないって話もある」

「……ええと？」

「部室にあった生まれ変わりの本、柚森は読んでないか」

「はい。その、正直あんまり興味がなくて」

「世の中にはこういうことを言う人もいる、程度の感覚で拾い読みしてみるといい。――あと柚森、さっき何か夢を見てなかったか？　その中でこれは夢だっていう自覚は？」

ふいに変わった話題に困惑しながら、蒼はそれでも言葉を返す。

「見てましたし、自覚がある夢はよく見ますよ。全然ない時もありますけど。――それが？」

「夢の中でそれが夢と自覚できるものを明晰夢《めいせきむ》と呼ぶ。その夢は予知や警告や、時には自分の前世を見る、と言われてる。だから中野は柚森の夢に自分が出てきてほしいわけだ」

「はあ……そう、なんですか」

一応そう言いはしたものの、返答に困ったというのが本当のところだ。松浦の言い分はともかく、中野の思考回路に関してはさっぱり意味がわからない。

「夢以外でも、前世ってのは今世に影響を及ぼすらしいぞ。趣味嗜好《しこう》や職業や人生の傾向が似ていたり、理由もなく恐れていたものが前世の死因に関係してたり」

「部長はそれ、信じてるんですか……？」

言った後で、愚問だったと気がついた。慌てた蒼に、松浦はからからと笑って言う。

「個人的意見を言えばどっちでも構わない——というより、どうでもいい派だな。三年も部にいれば多少の知識は入ってくるって程度だ」

語尾にかぶさるように、車内アナウンスが聞こえてきた。立ち上がった松浦が「次、降りるぞ」と声をかけると、そこかしこから返事が返る。それでも眠っていた中野は、最終的には叩き起こされた。

降り立った駅でバスに乗り換えて、小一時間ほど走った先が合宿先の施設らしい。ちょうど時刻だと急《せ》かされて早足に移動し、無事乗ったところで路線バスが出た。

松浦が言った通り隣にやってきた宮地は、けれど朝の騒ぎが嘘だったように静かだ。座ってすぐに軽い雑談をしたきり、シートに沈んで窓の外に目を向けている。

ここ最近顕著だけれど、宮地の行動は本当に謎だ。この合宿の予定について追求した時も妙だった。

（は？　オレ、ちゃんと蒼に言ったよ？）

きっぱり言い切られて、それでも譲らず「いつ」と追求した。「こっちは聞いた覚えがない」と続けたら、今度は「うわ、蒼ってそんな忘れっぽいんだ」と揶揄してきた。

謝る以前に、伝言を渡さなかったと認めることすらしなかったのだ。よほど気に入らなかったのか、あとあとまで不機嫌だった。

「せめて二人部屋希望しまーす。もちろんオレは蒼と一緒で！」

なのに、行き着いた宿舎の食堂で松浦が部屋割りを告げるなり宮地はそんな声を上げるのだ。ついでのように、またしても蒼の首に腕を絡めてきた。

「馬鹿者。弱小サークルにそんな贅沢できると思うか。女子だって似たようもんだから諦めろ。——各自荷物を部屋に置いて、もう一回ここに集合な」

「うわ、部長横暴。なあなあ、蒼からも何か言ってやってー」

耳元で喚《わめ》かれて、さすがに辟易した。短く息を吐いて、蒼はぽそりと言う。

「会費と人数と場所を考えれば妥当だろ。あと目的が親睦なら大部屋使う方が合理的」

「え、ヒドい。蒼までそんなこと言う？」

泣き真似で抱きついて来るだけでなく、荷物を部屋に置きに行く間にも蒼に張り付いたまま離れない。いったい何がしたいのか、本当に意味不明だ。

「あ、柚森くんいたー！　ねえねえ、こっち来て！」

財布とスマートフォンだけ持ってしつこい宮地を振り切り、先に食堂に戻ったとたん元気すぎる声で呼ばれた。声で中野だと知って振り返った蒼は、直後に言葉を失うことになる。

「う、わ……蒼？　ホントに、蒼よね？」

顔を合わせるのは十二年振りで、厳密には血の繋がりもない。なのに、目の前にいる同世代の女性が義理の姉だとわかった。

「ホント？　間違いないみたい？」

「うん、ありがとう！　懐かしいなあ、もう二度と会えないと思ってた」

「よかったー！　すごい偶然っていうか、ここまでいくと運命よねえ」

無言の蒼をよそに、中野と義姉が華やいだ声を上げる。と、ふいに背後から肩を摑まれた。

「え、何。その人、蒼のおねえさんなんだ？」

宮地だった。いかにも好奇心満載といった顔で蒼の肩を抱いてきたかと思うと、ひょいと顔を覗き込んでくる。返事も待たずに訊いてきた。

「二度と会えないと思ってたって、理由《わけ》アリっぽい。じゃなくてもろ理由アリじゃん」

「……そうでもないよ。再婚の連れ子同士だったのが、おれが母方に引き取られただけの話」

どのみち詮索はされるだろうと、先に短く事情を告げておく。義姉がどう聞いているかは知らないが、客観的にはそれで間違っていないはずだ。

宮地の声にこちらを向いていた義姉は何やら慮ったらしく少し早口に言った。

「そうなんです。小さい頃のことで、お互い連絡先の交換とか思いつかなくて」

「そうなんっすかー。そんな昔のことなんだ。で、いろいろって具体的に何」

「悪いけど、その先はプライベートだから」

正直アテにしていなかっただけに、義姉の発言には少しだけ救われた。いい流れとばかりに、蒼はその場ではっきり宮地と、ついでに義姉にも釘を刺す。もっとも宮内の「へええ」という返答を聞くに、さほど効果がなかった気もするが。

「それはそれでいいとして、何で蒼の義姉さんがここに来てんの?」

「それは」

「はーい、あたしあたしー。早苗《さなえ》ちゃんとはね、バイト先が一緒なの。休憩中に柚森くんの写真見せびらかしたら、すごいびっくりした顔されたから追求してみました」

はしゃいだ様子で手を挙げた中野によると、その際義姉から写真の人物、つまり蒼の名前を訊かれたのだそうだ。

「苗字が彼女と違うのは当たり前として、名前がちょっと珍しい字でしょ。顔立ちもおとうさんと似てるっていうから、もしかしたらって話になって」

義姉に蒼たちの大学に来てもらうのもありだけれど、どうせなら合宿に参加してもらった方がゆっくり話す時間が取れる――と中野が提案したという。

「ビンゴだったねー！　サプライズ成功っ」

「へー。この合宿って、そんな緩いんっすか」

「宮地」

飛び跳ねる勢いで言う中野に対してするっと宮地が発した言葉に、蒼は短く制止をかける。言いたいことはわかるけれど、ここで言うのはどうなのか。得意満面の中野はともかく、義姉はすっかり困り顔になってしまっていた。

「有香ちゃん、わたしやっぱり帰った方がいいんじゃあ」

「必要ないってば。部長の許可を貰って、参加費だって支払い済みでしょ。宮地も余計なこと言わないでよ！」

宥めるように義姉に言ったかと思うと、中野はきっと宮地を睨《にら》む。

「でも今回のコレってサークル内の親睦ですよね？　そう聞いたからオレ、蒼を強制参加させたんですけど」

「はあ!?　やっぱり！　あんた、確信犯だったんだ！」

へらへらと言った宮地に中野が柳眉を逆立てて、侃々諤々《かんかんがくがく》の言い合いに入ってしまった。

熱中する宮地の手が離れたのを幸いに、蒼は軽く身を引く。そのタイミングで義姉と視線がぶつかった。物言いたげな様子に、無言で合図して歩き出す。食堂を出て振り返ると、後を追ってきた義姉と廊下で向かい合う形になった。

「あの、……久しぶりっていうか十二年振りだっけ。——元気、だった？」

「まあ。それよりさっきの宮地だけど、しつこく詮索してくるから気をつけた方がいいよ」

一番の気がかりを口にすると、義姉は拍子抜けした顔をした。それへ、追加で続ける。

「中野先輩からどう聞いてるかは知らないけど、宮地とおれは特別親しいわけじゃないんだ。そもそも個人的な事情を話す気もないし」

「あ、……うん、そうよね。わかった。さっき蒼が言った通りで濁しておくわ」

「中野先輩にくっついてれば大丈夫だと思うけどね。宮地とはああいう状態なんで」

「そうなんだ。もしかして、いつも？」

「そう」と肯定したら、そこでふと沈黙が落ちた。

正直、蒼の側からすれば特に言いたいことはないのだ。十二年前、あの家を出て苗字が変わった時点で、血が繋がっているはずの父親も他人になった。

「あの、ね。蒼——」

「柚森？　早いな、もう荷物片づいたのか。……って、あれ？　知り合いだったのか」

ずっと物言いたげだった義姉が、気力を振り絞ったように何か言い掛ける。それを遮って聞こえた声は、松浦のものだ。怪訝そうに、並んで立つ蒼と義姉とを見比べている。

「いえ、あの……わたし」

唐突に話を振られた義姉が、困ったようにこちらを見る。仕方ないのとこの際なのと、両方の動機で蒼は口を挟んだ。

「偶然ですけど、おれの義理の姉なんです。親同士の再婚で姉弟になって、いろいろあっておれが母方に引き取られてからずっと会ってなかったんですけど」

「ここで再会したってことか。それはまた」

「ですよね。偶然って凄いと思います」

さらりと返して、蒼は目顔で義姉を促した。少しまごついた義姉はそれでも察したようで、先に食堂へと引き返す。後を追うように、蒼は松浦と並んだ。

「ああ、若宮《わかみや》さんだったよな。確認なんだが、肝試しには参加できるか？　三人組作るのに、どうもひとり足りないようなんだが」

「え」

「肝試しって、そんなのあるんですか。その、どうしても参加しなきゃいけませんか⁉」

「いや、若宮さんは部員じゃないし、強制はしないが」

思いがけない言葉に足を止めた蒼の代わりのように、義姉が声を上げる。突然の剣幕に一歩引いた松浦に、迫る勢いで言った。

「あの、わたしは平気ですから二回くらい行きます。でも蒼は参加させないでください。だって小さい頃から幽霊とかたくさん見てて」

「そんなの昔のことだろ。今はもうないんだけど？」

必死の声の、その途中で心の底から苦い気分になる。なのでさっくり否定したものの、遅かったようだと直後に痛感する羽目になった。

開いたままの食堂の、引き戸のその向こうに——いかにも興味津々という顔の宮地と中野が、雁首《がんくび》揃えてこちらを見ていた。


蒼は初耳だったけれど、オカルト研究会の合宿では恒例で肝試しがあるらしい。部員の中には、心霊現象に特化して飛びつく層が一定数いる。企画や準備はそうした面々に引き継がれていて、今回の宿舎ではすでに「例年のコース」があるのだそうだ。

「グラウンドの降り口から坂を下ったら道に出るから、そこをまっすぐ歩いて。右手に納屋が見えたらすぐ左にある上り坂を上がる。階段の先にある墓所の一番奥に蠟燭《ろうそく》があるから、それをひとつ持って帰ってくる。以上、何か質問は？」

「蠟燭って、それ持って帰ったら駄目なんじゃないの？」

「こっちが設置したヤツなんで問題なし。あと、厳密には蠟燭じゃなくてキャンドルだよ。最近、好きな女子が結構いるだろ？　色とか形が変わってるやつ」

得々と続く先輩の声に、さらにいくつかの質問が飛ぶ。それを耳に入れながら、蒼はすでにうんざりしていた。

肝試しそのものは、さほど気にはしていない。気は進まないし興味もないが、視えなければ散歩と同じだ。それよりも右側と左側に、それぞれぴったりくっついてくる宮地と中野が面倒くさい。中野の横にはさらに義姉までいるからなおさらだ。

（だって蒼、前は本当に怖がってよく泣いてたでしょう）

「今は違う」と蒼が言い返した時、義姉は素直に——とても厄介なことにそう答えてくれた。

宮地と中野の好奇心を、さらに煽《あお》ってくれたわけだ。蒼がどんなに否定しても宮地は「またまたー嘘だろ？」としつこいし、中野に至っては「大丈夫！」と妙に力強く言い放った。

（そういうのって自分で閉じただけで、何かの拍子にまた見えるようになったりするんだって！　だから絶対、なくなったりしてないから！）

昼食の時も午後の会合の時も夕食時まで三人に囲まれ、うちふたりにしつこくされる羽目になったのだ。見かねた松浦や他の先輩が配慮してくれたものの、宮地と中野がタッグを組んでしまったら抑えるのはまず不可能だったと言っていい。

もっとも本音を言えば、蒼にとっては義姉の方がよほど面倒で厄介だが。

そう思っていたのにか、思っていたからこそか。説明終了後に全員で引いたグループ分けの籤《くじ》でその義姉と宮地と一緒になってしまい、本気で天を仰ぎたい気分になった。

「ねえ、蒼。本当に平気？」

「平気」

　横から声をかけてきた義姉を、あえて見もせず一言だけ返す。この状況で「行かない」などと言った日には、宮地が何を言い出すか知れたものじゃない。

「んじゃ次の組ー。柚森たち、そろそろ出発ね」

　声をかけてきた松浦の、こちらを見る目がとても申し訳なさそうだ。間際にこっそりと「大丈夫だ、今まで見たヤツはいないから」と激励してくれた。

　短く頷いて、懐中電灯を手にした宮地を先頭に歩き出す。

　小高い場所にある宿泊施設から坂道を降りてしまうと、周囲はほぼ田圃《たんぼ》のみだ。すっかり夜に沈んだ今、街灯もまばらな田舎道《いなかみち》はしんとして家々の明かりもかなり遠い。

　出発までは賑やかだった宮地は、三人で歩き出してまもなくいきなり黙った。義姉は何度か何か言い掛けてはやめてしまい、やはり無言だ。もとから喋《しゃべ》るたちではない蒼から口火を切る気分でもない。たまに、遠く車の音や風に揺れる葉ずれの音が響くだけだ。

「……納屋ってアレだよな」

「たぶん」

　そんな会話をしてすぐに、指定された左手の上り坂に入る。街灯の間隔は遠く、光も何となく薄い。そのせいか階段は坂道の続きにうっすら見えるだけで、その先は闇に落ちている。

「なあ蒼、おまえ本当は視えてんじゃねえの？」

「だからそれは昔の話だって」

「またまたー。何で隠すんだよ。いいじゃん、特殊技能持ちってことでさ」

宮地がまた絡み出す。黙ったままの義姉が、気配を固くするのが伝わってきた。

「特殊も何も、役に立ったことなんか一度もないよ」

「立たねえのか。ふーん……なあ、何か寒くね？」

突然周囲を見回して、宮地が剝き出しになった自分の手首を逆の手でこする。それへ、蒼は呆れて言った。

「袖捲《まく》ってるからだろ。伸ばせば？」

季節はまだ春のうちだ。日に日に日差しは強くなっているものの半袖で過ごすにはまだ早く、夜はまだ冷え込む。蒼だけでなく義姉も昼間の服装から一枚追加で羽織っているのに、宮地はシャツの袖を肘まで捲ったままだ。

「手首までシャツって格好悪いじゃん。おまえさ、こんなぴっちり袖下ろしてダサくない？」

いつもの上から目線で、いきなり上着ごと左の手首を摑まれた。肌に食い込む指の感触に、蒼はすぐさまそれを振り払う。

「別におれはこれでいいし。宮地も、自分がいいならそれでいいんじゃないの」

「何それ冷た……っていうかさ、おまえ手首何つけてんの。興味ありませーんって顔しといて実はパワーストーン好きだったり？」

今度は肘を摑まれた。ぎょっとした時には無造作に袖を剝かれて、手首に巻いたブレスレットが剝き出しになっている。

「は？　何コレ何でおまえがこんなもん」

「それ……蒼が持ってたの⁉」

宮地の声に被さって響いた声とともに、ネイルをほどこした細い指が蒼の手首に伸びた。

「どうして⁉　だってわたし、あの後ずっと探し――」

制止する猶予もなかった。気がついた時にはピンクの爪が似合うその指が、蒼の手首に巻き付く縒《よ》り合わされた紐と、それにくるまれた白くけぶる石を摑んでいて――。

「……っ――」

耳の奥で、硝子《ガラス》が割れる音がした。同時に押し寄せてきた圧迫感に、肌のそこかしこが一気に粟立《あわだ》つ。とてつもなく大きなものに、頭をがつんと殴られたような感覚がした。

塗りつぶされていく思考の中、自分の膝がかくりと折れた。「ああ転ぶな」と他人事《ひとごと》のように悟ってすぐに両膝が、続いて身体が横倒しになっていく。響くのは、知らぬ間に始まっていた大音量の耳鳴りだけだ。

霞《かす》んできた視界の中、地面についた頰をそのままに蒼はただ瞬く。自分と同じ高さの目線で――地から直接生えた首が、じっとこちらを見据えているのを知覚した。

8

全身に、鉛を溶かし込まれたようだった。

血管といわず内臓といわず、するすると末端へと巡ってはその場所を重く固めていく。固められた身体は重石《おもし》に似て、泥になった大地へとゆるゆると沈み始める。

何が。どうして。どうなって。そんな思考が落ちてくるものの、そのすべてが半端な切端でしかない。例えていうなら千ピースのジグソーパズルのうちの、ほんの十数ピースだけ。それぞれ遠い場所のひとかけらが、落ちてははじけて消えていく。

――悪い……急い……、から、……とにかく。

ふっと、遠くでよく知っている声がした。

半分泥に沈んでいた思考が、ほんのわずか浮き上がる。誰の声だったかと、そう思う。何度も聞いた、声だ。ずっと昔から知っている、優しくて柔らかくて――けして蒼を責めない人の。

混濁した意識の片隅に浮かんだ輪郭を、追いかける。もう少し、あと少し。届くと思った瞬間に、それはするりと遠ざかる。それと同時に、思考は一気に深い底まで落ちていった。

次に気がついた時、最初に認識したのは呼吸の難しさだった。

吸って、吐いて、吐いて、吸う。カウントするように自分に言い聞かせないと、続かない。どうしてと思う間に、引き込まれるように身体が落ちた。何だか柔らかい場所に横たえられているのに、さらにずぶずぶと沈んでいく、ような。

額に、何か冷たいものが触れる。それが気持ちよくて、無意識に顎《あご》を上げていた。ほんのわずかな間合いのあと、今度は頰に温かいものが当たってくる。頰のかたちにくるりと沿ったそれが泣きたいほど心地よくて、無意識に自分からもすり寄っていた。

「……目が覚めた？　気分はどうかな」

「え、と——……なるみ、さ……？」

ほっと息を吐いたタイミングで、ふと瞼《まぶた》が開く。最初に目に入ったのは気遣うような成海の顔で、それだけでひどく安堵した。

「どこか痛い？　特別苦しい場所はある？」

「いき、しにく……て、からだ、おも……」

「わかった、もう大丈夫だから。ずっと傍にいるから、とにかく今は力抜いて楽にして」

声とともに、こめかみのあたりを指で撫でられる。触れられた先の肌から、固く強ばっていた何かがほどけていくような気がした。引かれるようにそちらに目を向けると、「ああごめん、勝手に触って」と声がして、体温が離れていくのがわかった。

「や、……も、すこし――な、るみさん、の、ゆび……」

「ん？　――触ってもいいの。大丈夫？」

声に出すのが苦しくて、辛うじて頷いた。重くなった瞼を落としてすぐに、先ほどと同じ体温に額を撫でられて、また何かがほどけていく。

「が、っしゅく……は……？　な、んで、……なる、みさ――」

辛うじて掴んだ記憶の端っこを引っ張り寄せたら、そんな言葉が口からこぼれた。

蒼は合宿でマンションを離れていたはずだ。成海は以前言っていた通り仕事で呼び出されたとかで、だから今朝は一緒にマンションを出た。

（帰りはたぶん僕の方が早いよ）

そう言って笑っていた、けれど。まだ初日すら終わっていないはず、で。

「その話は今度ね。いいから今は楽にして。眠れそうだったら寝てしまっていいから」

優しい声に額を撫でられて、蒼は再び寝入ってしまったらしい。

眠りが浅かったのか、また夢を見た。昔からよく見る夢のひとつだけれど、合宿初日の居眠りの時のとはまた違う。その中で、蒼は今と同じくらいか、もう少し年下くらいの――けれど今の蒼とは明らかに違う少年になっている。どういう加減かセピア色の夢の中で、蒼は軍服のようなものを着て、大きな家から送り出されていく。

行かなければならないのは、知っている。でも、せめてもう一度だけ。

後ろ髪を引かれるように願ってみても、口に出すのは許されない。だから、夢の中の蒼は周囲に促されるまま歩き出す。少し先の辻《つじ》で待っている、荷車に乗るために。

それでも諦めきれなくて、一度だけ振り返るのだ。そこには見送りの人が大勢いて、なのにどうしても会いたかった人の姿はない。

——唐突に切り替わった視界の中で夢の中の蒼ががくんと膝をつく。

周囲に見えるのは生まれ故郷の緑土ではなく、異国の大地だ。色の濃い緑を背景に、荒れた大地のそこかしこで倒れ伏す数は、明らかに敵より同胞の方が多い。

絶え間なく響く鋭い音と怒号と悲鳴の中で、堪えきれず倒れた頰が剝き出しの土に擦れた。ひきつる痛みは確かにあって、けれどそれよりずっと深くて重い痛みがおなかのあたりを切り裂いている。そこから、ひどく熱いものが溢れてくるのが自分でもわかった。起きあがろうともがいてみてもとうに身体は言うことを聞かず、代わりのように視界がふっと暗くなる。辛うじて上げた目に見えるのは未だ続いている戦いと、——すでに自分が亡いことも知らず、ゆらゆらと立ち尽くす透き通った影。

もう、これ以上は。

夢の中、蒼ではない少年がつぶやくのが、どうしてか耳元で聞こえた。今にも途切れそうなその声は、最期の気力を振り絞ったように囁く。

せめて、もう一度。もう一度だけ、あの人に会いたかった——。

次に目が覚めた時に、まず気がついたのは静けさだった。

物理的な意味でなく、もっと別のものだ。たとえて言うなら、数日続いた熱がふっと下がった時のような。何年も抱えていた懸念が、一気に払拭されたような。

瞬いて、見上げた天井に違和感を覚える。深い色の木目のそれは、もしかして和室のものではなかろうか。さらに視線を巡らせると、見事な床の間がしつらえてあった。

ここは、と疑問が浮かんだ。同時に成海はどこにいるんだろうと思う。ずっと、傍にいてくれたはずだ。苦しくて辛くて身体を丸めてもがいている時、あの手が蒼を支えてくれた。

「な、るみ、さ……?」

やっとのことで声を上げても答えはなくて、とたんに背すじがぞっとした。

置いて行かれた、と。どうしてか、はっきりそう思った。

落ちてきた恐怖の深さに、必死で身を起こしていた。薄い布団に四苦八苦しながら、蒼は畳の上に滑り出る。

重量が倍になったように、身体が重かった。肌の内側にはおぞけがくるような感覚が滞っていて、動くたびはじけたような痛みを起こす。それでも、じっとしていられなかった。

早く、と思ってしまったのだ。早く、急いで会わなければ。せめてもう一度、間に合ううちに。もう二度と、後悔しないために。

這い寄った先で、障子に手をかける。本来は軽いはずのそれが、今の蒼には信じられないほど重かった。それでも全身に力を込めてわずかな隙間を開け、あとは頭から突っ込んで押し開けていく。結果、当然のことにそのまま板張りの廊下にまろび出ることになった。

身体の右側をしたたかにぶつけて、潰《つぶ》れたような声が出る。全身に走った痛みに声を嚙み殺して顔を上げた先、目に入ったのは古びていても手入れの行き届いた長い廊下だ。

どうしてか、一瞬だけ既視感を覚えた。いつか、ずっと昔に見た、ような。

「なるみ、さん……？」

どうにか絞った声は、我ながら掠れて弱い。耳を澄ませても返答はなく、全身で探ってみても人の気配がしない。

まるで、蒼以外の誰も「ここ」にいないかのように。

「……、――」

底なしに深い闇に、落とされた気がした。小さく息を飲んで、蒼はどうにか周囲を見回す。まだ痛む手足を叱咤して、膝を起こし立つことを試みる。

「――蒼くん⁉　ちょ、何やって――急に起きたりしたら」

辛うじて片膝を起こした時に、探していた声が聞こえた。反射的に顔を向けた先、廊下の向こうから駆け寄ってくる成海を認めてふっと全身から力が抜ける。そのまま冷たい床にへたっていると、傍で膝をついた成海が焦った顔で言う。

「何でこんな、……まだ動くのは無理だろうに」

「ご、めんなさ——あの、ここ、どこかと思っ……成海さんが、いたはず、って」

「電話があって外してたんだ。ごめんね、タイミングが悪すぎた。大丈夫かな、立てる？」

優しい声と、意外にしっかりした力で支えられて、先ほどまでいた布団に逆戻りした。枕に頭をつけて傍らの成海を見上げると、ほっとした顔でそっと手を伸ばしてくる。

額に落ちて目元までを覆った彼の手はひどく冷たくて、どうやら熱を出しているらしいと遅ればせに気がついた。

「具合はどうかな。まだどこか辛い？」

「えと、大丈夫……だと思いま、す」

「嘘だよね。まだかなり痛いよね？　まだ治療中なんだから本当のことを言ってくれないと」

まっすぐに問われて、ぽそぽそと今の状態を白状した。

時折頷いていた成海が、聞き終えてわずかに表情を緩める。蒼の額に置いたままの手で、そっと目元を覆ってきた。

「少しは楽になってきたね。もうしばらくはかかると思うけど」

「あ、の。ここって、どこ、ですか。うち、じゃないし、病院でもないです、よね？」

先ほど廊下に出た時、その向こうに見えたのはきちんと手入れされた、緑豊かな日本庭園だ。それも、かなり広そうな。

和室の病室などあるわけがないし、それ以前にここは病室には見えない。先ほどの長い廊下を含めた佇まいは、かなり古いけれどきちんと手入れのされた立派なお屋敷だった。

目元が覆われているせいで表情が見えないけれど、成海が苦笑したのは気配でわかった。

「どっちも違うよ。けど、心配はしなくていい」

「で、も」

「何が起きて、今どうなってるかは後で説明する。けど、話すのはもう少し楽になってからの方がいい。とりあえず、今は休んで。大丈夫、僕がずっと傍にいるから」

低く抑えた柔らかい声音を聞いて、ひどく安堵した。

そのまま、蒼はまたしても寝入ってしまったらしい。次に目が覚めた時には、和室の明かりが煌々《こうこう》と点《とも》っていた。

「気分は？　まだだいぶ痛む？」

密やかな声に枕の上で頭を巡らせて、気づく。

枕元に、成海がいた。マンションにいる時と同じような、シャツにチノパンというラフな格好で蒼の額に触れてくる。

先ほどは冷たく感じた体温が、今はひんやり程度だ。身体も少し、軽くなった気がする。

「さ、っきより、楽、です。あの、今って夜、ですか」

「二十一時過ぎってところかな。時間は半端だけど、目が覚めたんだったら何か食べた方がいいね。ちょっと待ってて」

言うなり、成海が傍に置いていたスマートフォンを操作する。ごく短く食事の指示を出した後は、蒼が起きるのを手伝ってくれた。そうこうする間に閉じた障子の向こうから物音が聞こえてくる。

「えーと、おれ、移動します、よ……?」

「今のところは駄目かな。明日以降は状況次第だけど」

「布団の上で食事って、病人みたいなんですけど」

「みたい、じゃなくて病人なんだよ。無理はしなくていいから、できるだけ食べてみて」

精一杯の抗議をものの見事にいなされて、蒼はため息をつく。

両脚は布団に入ったまま、座って肘を下ろした位置にローテーブルを置かれてしまったのだ。さらにその上にお膳《ぜん》が乗せられたら、もはや逃げ場はなかった。

「あの、座るのはひとりでも平気なので、成海さんがそこにいなくても」

何より、成海が蒼の真後ろに座ってしまったのだ。「背凭れがないと辛いよね」の一言で、強引に寄りかかる形にされた。

「自分で食べられないなら手伝うけど?」

「あ、いえ、平気です、食べます」

冗談だとしてもこれ以上の抵抗はまずい。そんな気がして、蒼はおとなしく膳の上に揃えられたレンゲを手に取る。メニューは雑炊と青菜の煮浸しで、どちらも出汁の効いた薄味だ。

食べきれず残った半分は、「無理しなくていい」との一言で断念した。下げた膳を障子の外に置くと、成海は小鉢を手に戻ってくる。

「果物は食べられそう？」

「少しだけ、いただきます。あの、成海さん。ここって他に誰かいるんです、よね……？」

先ほど出た廊下も、こうしていても成海と自分以外ではほとんど人の気配は感じない。けれどたった今下げた食事もカットしてある果物も、用意した「誰か」がいるはずだ。

「気にしなくていいよ。ここには来ないから」

言葉とともに、フォークで刺した林檎《りんご》を口元に差し出される。きょとんとしていると、今度は「あーん」との台詞とともに唇に押しつけられた。

「は？　え、ちょ……ん、」

制止しかけた口に入れられて、齧《かじ》りつくしかなくなった。子どもじゃあるまいしと恨みがましく目をやると、成海は妙に満足げな顔をしている。

「ここは蒼くんの伯父さんの本宅だよ。代々長男が継ぐ家だから、本家って呼ばれてる」

「えっ」

危うく林檎を喉に詰めそうになった。軽い咳でそれを収めて、蒼は「じゃ、じゃあおれ伯父さんに挨拶――」と身動《みじろ》ぐ。その肩を、やはり背後に座った成海に押さえられた。

「物理的に無理かな。仕事で不便だからって、かなり前からここには住んでない。今いるのは維持管理のための留守番だけだから」

「維持、管理」

「田舎だから敷地も屋敷も無駄に広いんだよね。かといって誰も住まないとすぐ傷むし」

「そ、うなんですか。あの、……そんなとこにおれが来て、よかったんでしょうか？」

勝手に留守宅に上がり込んだ気分で窺うように成海を見ると、苦笑混じりに残りの林檎を差し出された。空気を読んでそのまま齧りつくと、どういうわけか頭を撫でられる。

「蒼くんをここに、って言い出したのは伯父さんだから大丈夫。ついでに必要な間は好きに使っていいって伝言つき」

「は、い……？」

林檎を咀嚼《そしゃく》していたせいで、返事が妙にくぐもった。慌てて口を閉じた蒼が落ち着くのを待って、成海は「そろそろ横になろうか」と訊いてくる。

「や、平気です。その、それより」

「どういうことか、気になるよねえ。どこから話せばいいかなあ……うん、じゃあひとまず左手出して」

声とともに差し出された手に、反射的に自分の左手を重ねていた。その時になって、蒼は自分が淡い水色の寝間着を着せられていると知る。

「ここに巻いてたのは外して廃棄処分したから」

「はいき、……あ！」

そこまで言われて、初めてブレスレットがなくなっているのに気がついた。何で、と焦り気味に思って、すぐに経緯を思い出す。

（合宿では特に気をつけて）

あんなに注意されたのに、このていたらくだ。見られただけならまだしも、義姉にはまともに触られた。そのとたんに硝子が割れる音が、して。

「こんなことになったのは僕の注意が足りなかったからだ。今さら謝ってすむことじゃないけど、本当にごめん」

「違います！　そもそもおれが注意を守れなかったせいで」

「僕のせいだよ。人目につく機会があると知ってたのに対策を取らなかった。かといって、今さら守り石なしにするには制限が大きすぎる。だから、申し訳ないけど僕の一存でね」

申し訳なさそうに言って、成海がふと動いた。蒼の後ろから真横に移動したかと思うと、脚にかかる布団を剝《は》ぐ。反射的に目をやって、蒼は瞬いた。

「これ、……？」

引き寄せた左足首に手首にあったものとよく似た、けれど少し違うブレスレットが巻かれていた。

「手首の方が効率がいいんだけど、それだと同じことが起きる可能性があるからね。足首用に調整したそうだよ」

「……、――」

「夏前になったらまた対策を考えるけど、現状維持になる可能性が高い。だから、基本素足は避けてもらうことになると思う。……異論はある?」

「え、いえ。じゃなくて、確か寮で会った時は次はないって」

「今回は不可抗力と判断した、って聞いたよ。本人の意思じゃないのが明確だからって」

あっさり言われて、何でそんなことがわかるのかと思った。結果、ずっと抑えていた疑問がついこぼれてしまう。

「成海さん。あの、これって」

「効果は蒼くんが知ってる通りだけど、調整次第で他の効果も付与できる。門外不出っていうんだっけ? 作れるのも調整できるのも本家だけなんだ。許可が出たから話すけど、伯父さんの家はそういうことを生業《なりわい》にしてる。――ただ、これは秘匿事項だから」

真顔で見つめられて、「言いません」と即答した。それへ、成海は表情を和らげて続ける。

「それで、……何て言うのかな。蒼くんの視る力って、結局はお母さん譲りなんだよ。ここの一族の直系には、代々そういう人が多く生まれるんだ。だから、蒼くんに力があっても少しもおかしくない」

ただ、と成海はいったん言葉を切った。

「蒼くんのお母さんにはそれがなかった。他の兄弟が全員そっちだったし、それが当たり前な家だったから、早い時期から居場所がないような状態だったらしい」

それがすべての理由なのか、他にも要因があったのか。それはもう知りようがないけれど、蒼の母親は大学卒業と同時に家を出たきり帰らなかったという。

「結婚の時は連絡が来たけどほぼ事後承諾で、その後は没交渉になったから、伯父さんたちは蒼くんが生まれたこともお母さんが亡くなったことも知らなかった。……十二年前に蒼くんの存在が知れた時はずいぶん驚いたそうだよ」

小学校名と、本人の名前。それが知れたら、身元を調べるのはそう難しくはない。母親の新しい姓が、わかっていればなおのこと。

「当時の蒼くんがどういう状況だったかもすぐわかった。それで、本家から蒼くんのお父さんに連絡を入れて、引き取りたいと申し入れた」

そこで成海が言葉を切ったのは、きっと蒼を慮ったからだ。察して、蒼は苦く笑う。

「そしたら父は喜んで承諾した。……ですよね？」

「蒼くんのお父さんは、そういうことに縁がない人だったみたいでね。結婚報告の後の没交渉の理由にも、そのあたりが絡んでたらしい」

言って、成海は困ったように笑った。気を取り直した様子で続ける。

「で、本題だけど。蒼くんの守り石の役目は大きくふたつあって、『守り』と『封』」

「まもり、と……ふう？」

「守りはそのまんまの意味。封はつまり封じ、だね。そういうものを視る力を打ち消すって意味」

前半はわからないが後半は確かにと頷いてから、気づく。それでは、本家で役に立たないのではないか。

蒼の状況を知ったなら、「視て」いることも察したはずだ。それが引き取る理由のひとつでもあったはずで、それなら学園にいた頃を含めて蒼の扱いにも納得はできる。――榛原がそうあるように「いずれ使う」ための、先行投資であれば。

「それ、おかしくありませんか。知ってて引き取ったなら、守りはともかく封じたりしたら」

「前に言ったよね。伯父さんからの援助はあくまで親族としてのものだって」

「で、も」

「少なくとも蒼くんに関しては、本家側は『使う』ことを望んでいない。術者として育成するつもりなら、最初から学園に入れたりしないよ」

いつになく鋭く言われて、じわりと滲んだのは不安だ。ずっと底に沈んでいた感情が苛立ちに形を変えるのはすぐで、蒼は思わず言い返す。

「何で、ですか。それだとおれ、タダ飯食らいの居候でしかなくて」

「肝試し、だったんだよね。——守り石が割れた時のことは覚えてる？」

いきなり話題をねじ曲げられて、蒼は顔を顰める。

「うっすらと、ですけど。硝子が割れるような音の後、周りから圧縮されるみたいな感じがした、と思います」

「前者が守り、後者が封の消失だよ。——蒼くんの力に、それなりのものがあるのは確かだ。けど、術者にはなれない。わかりやすく言うと、力の質が問題」

たとえて言えば、質はボウルのような容れ物に近い。蒼の場合、ボウルそのものが大きいためかなりの力を貯めることができるという。

「人によってボウルにはさまざまな色がつくけど、蒼くんのは白だ。中に入ったものの色や質感がわかりやすいから、『視る』時もかなり鮮明だと思う。けど、さっきも言ったように質が脆《もろ》い。……わかりやすく言うと材質が紙、それもコピー用紙だ。それで作った器に溢れるほど水を容れたらどうなると思う？」

「いっぱいになる前か、なってすぐどこかから破けます。……じゃあ、あの時のおれって」

「かなりギリギリの状態だったんだよ。そうでもなければ、当主不在の本家への滞在が許されるわけがない」

長い息を吐いた成海が、そっと手のひらを蒼の頬に当ててくる。

ひどく苦い顔に、かすかに覚えているあの苦しさを思い出す。連鎖的に呼吸が詰まりそうになって、辛うじてゆっくり息をした。

「じゃあ、その……おれ、守り石、がないといつもあんな感じ、になるってこと、ですか？　でも、実家にいた頃は視えてても、そんな」

「幼い時は器も小さい。成長するにつれて大きくなって、大抵は見合った容量で止まる。けど蒼くんは例外で、現時点で質と容量が釣り合っていない。だったら今後、釣り合う可能性はまずない。——蒼くんを見つけた時の報告だと、当時は無意識に線引きしてたらしいね」

「だったら何で急に……学園でもただ視えるだけで、一度もあんなふうになったことは」

「あそこは別枠。伯父さんの息がかかってる分、対処済みなんだ。七不思議系も含めて、生きてる人間に影響を及ぼすほどのものは持ってない。だから蒼くんはあそこに入ったんだ」

思いがけない内容に、すぐには反応できなかった。そんな蒼に、成海は苦笑する。

「僕と会った時、窓際にいたやつ。あれ、卒業式以前には見なかったよね？　それって蒼くんの部屋に細工がしてあったからなんだよ」

「え」

「今回線引きができなかったのは、学園内の十二年に続いて早々に守り石をつけた弊害。意識して使っていたものでも不要になれば忘れるのが人だ。完全に無意識だったらなおさらじゃないかな」

いったん言葉を切って、成海はぽそりと言う。

「それにしたって、ここまでひどい状況になるかなあ……場が悪かった、ですませるには微妙なんだよね……」

俯き加減の成海の表情は、いつになく真剣で険しい。珍しく見た表情に気後れしながら、蒼は「あの」と声を絞る。

「成海さん、は……その、術者、の人、なんですか？」

「まさか。多少視えるだけだよ。血縁はないけど、本家の関係者ではあるね。言ってみれば裏方みたいなものかな」

「うら、かた」

「ごめん、僕にはこれ以上のことは言えない。……話が長くなったし疲れただろう？　横になって休むといいよ」

申し訳なさそうな顔で肩を撫でられて、追及は諦めた。促されるまま枕に頭をつけて、蒼は自分が予想外に消耗していたのを知る。

枕元に座る成海の表情は「心配」そのものだ。そんなふうに見守られるのには不慣れで、そのせいかやたら面映《おもは》ゆくなった。

「明日、くらいには帰れますよね。おれは連休中でも成海さんは仕事があるんだし」

「あー……それも言っておこうと思ってたんだけど、実はもう連休は終わってるんだよね」

ありえない、言葉を聞いた気がして、布団の中で固まった。

「は？　え、それって——今、何日なんで、すか⁉　大学——は仕方ないにしても、おれ、連休明けからバイトがあって」

「そこは心配ないよ。当面動けないって内容の診断書を提出して、了承ももらってる」

飛び起きかけた肩を、宥める声とともに押さえられる。再び枕に頭がつくのと成海の言葉の意味を理解したのがほぼ同時で、蒼は瞬く。

「診断書……？　でも」

「本家の仕事ではたまにあることだけど、こういう時の伝《つて》で引き受けてくれる人がいるんだ。だから第三者的には、蒼くんが合宿中に急病で倒れたことになってる。詳しい内容はもう少し身体が楽になってから教えるから、本気で覚えるように」

そう言う成海は、真顔で鋭く続けた。

「辻褄《つじつま》が合わないと面倒が起きかねないからね。これは脅しじゃなくて本家の総意だから」

「う、……はい」

気圧されるまま、素直に頷いた。その額にもう一度手を当てて、成海は打って変わった穏やかな様子で言う。

「このまま休んでて。少し外すけど、すぐ戻ってくるからね」

言って成海は腰を上げ、障子を開けて廊下に出ていく。

閉じた障子の向こう、かすかな足音が消えていくのを聞きながら、蒼は天井を見上げてみる。その後で、つまりあの出来事は表向き「急病」ということになったのだと認識した。


不調は、予想以上に長引いた。

二日目には熱も下がったのに、身体の重怠《おもだる》さがなかなか消えなかったのだ。少し動いただけで、息切れや身体の痛みが出てしまう。ほとんどの時間を床《とこ》で過ごすしかなく、結果的に何をするにも成海の手を借りることになった。

「蒼くんがこんな状況になったのは僕の責任だって、最初に言ったよね。だから、何も気にしなくていいんだよ」

笑ってそう言う成海は、昼夜問わずで傍にいた。席を外すことがあってもほんの数分で、すぐに戻ってくる。泥のように寝入っては魘《うな》されるたび、優しい声で蒼を起こし「大丈夫」と声をかけてくれた。

あれ以来、眠るたびひどい夢を見るようになったのだ。底なし沼に沈んでいったり、真っ暗な場所で得体の知れない何かに追いかけられるといった抽象的なものもあれば、子どもの頃からよく見る夢の続きだったりする。続きの方は蒼自身の記憶ではなく、蒼ではない誰かの視点で見ているもので、けれどこれまで見たことのない場面ばかりだ。

本家に来て五日目の今日、つい今しがたまで見ていたのもソレだ。夢の中の蒼はあの不思議な入り口を開けていた痩せこけた子どもで、けれど時系列ではおそらくそれ「以前」。帰らない母親を待って待って待って、待ちくたびれた果てに、やっと「会えた」時には物言わぬ骸《むくろ》となっている。けれど子どもはそれを理解できず、大喜びで駆け寄ってすがりついて、母親の手のぞっとするような冷たさに驚いて、小さな手を引っ込める。呼んでも呼んでも返事はなくて、しばらく経っておそるおそる触れてみた手はもう固くなりかけている。

その後、母親はどこかに運ばれていき、それきり帰って来なかった。子どもが暮らす場所はすきま風の吹く狭い小屋のすみで、ひとりきりで飢えて震えているしかない。

ひもじくて辛くて、だから言いつけを破って小屋を出た。ふらふらと一生懸命歩き出したところで、場面が唐突に切り替わり——今後は、深い穴に突き落とされた。闇しかない底に溜まる泥水はじわじわと、けれど確実に嵩《かさ》を増していて、膝から腰へ、腰から胸へと上がっていく。やがて必死で上げていた顎まで達したかと思うと、今度は何かに足首を摑まれ、さらに底へと引き込まれた。どろりとした水が顔を覆い、もがいた腕はただ水を掻くだけで、じきに最後の空気が、口と鼻から——。

「なるみ、さん……?」

泣きながら目を覚まして、とたんに目に入ったのは木目の天井だ。どこに、と浮かんだ疑問は、五日目ともなればすぐに思い出せた。ただ、室内に成海の姿がない。

「成海、さん」

ひどく心細くなってもう一度名前を呼んで、そこでようやく我に返る。成海の不在をやたら心細がっている自分を知って、手のひらで顔を覆った。もぞりと起こした身体は今朝とは比較にならないほど軽く、ふいに「楽になってきた」と思う。

目を向けたデジタルの置き時計は、十一時前を指している。耳を澄ませてみても聞こえてくるのは遠い鳥の声だけで、人の声も気配もない。

そろりと立ち上がってみて、先ほどの「楽になってきた」を実感した。畳の上を歩いて障子を開け、左右に長く続く廊下を眺めてみる。もう一度成海を呼んでみても、反応はない。

「しごと、かな。急に用事ができた、とか……」

自分の口からこぼれた言葉に、納得する。

何の前触れもなくいきなりここに来て、今日の今日まで蒼に付きっきりだったのだ。初日に聞いた説明からすると成海は連休後半にあった仕事を断るか延期するかしているはずで、それがなくても他の仕事だってあるに違いない。

息を吐いた時、ふと廊下の右側の方角が気になった。考える前に身体が動いて、蒼は板張りの廊下を素足で歩き出す。

廊下の向こう側、左手一面の硝子窓の外にある庭園は、明るい日差しに照らされていた。

まともに見るのは初めてだけれど、丁寧に手入れされているのはすぐにわかった。

思い立って硝子窓に向かい、目についたクレセント錠を外す。引き開けた硝子窓の外は縁側程度の高さがあったものの、ちょうど踏み台らしい石が設置してあった。その上に揃えてあったつっかけに足を入れて、ふらりと庭に出てみる。

何となく、呼ばれた気がした。狙っていたように目が向いた場所にはまだ比較的新しい倉庫のような建物があって、それに違和感を覚えてしまう。

「……ええ、と？」

困惑した自分の声を聞いて、「あれ」と思う。何で自分は外に出たのか。ここに来てからずっとひとりでは動けなくて、だから庭は硝子越しに見るだけだったはずだ。

「うわ、おれ何やってんの。早く部屋に戻らないと」

慌てて元来た通りに引き返しながら、つい周囲を見回していた。

ここを管理している人がいると、成海は言っていた。食事の支度から洗濯といった蒼に関わる家事も任せてしまっているその人が、この庭をも維持しているはずだ。そんな場所を、許可もなくうろついていいわけがない。

あの和室で目が覚めて五日目になる今も、話すどころか挨拶すらしていないからなおさら。

……なのに、気がついた時、蒼は元いた部屋とは別の場所にいた。

予想外に広くて入り組んでいた屋敷の、果たしてどのあたりになるのかは知らない。どうしてそこに来たのかも、目の前にある何の変哲もない壁をじっと見ていたのかもわからない。見るからに古いけれど、しっかり磨かれた木目の壁だ。名前がある意匠なのかどうか、額縁のように彫られた枠が四つ横並びになっている。

――確か、このあたりに。

ふっと落ちてきたかすかな意図に従って手を伸ばしかけた、その時だった。

「蒼くん、いた！　何出歩いてるの、ひとりで！」

背後からかかった声に、全身がびくりと跳ねた。振り返るより先に背後から抱き込まれて、怒濤《どとう》のような後悔と反省と、多大な後ろめたさに襲われる。

「え、あ、すみ、ません。その、気分転換っていうか、何となく……」

「僕は何度も言ったよね？　楽になったらすぐ散歩に連れて行ってあげるって」

「う、はい、そうです。……ごめんなさい」

いつになく厳しい声に、首を竦めてしまっていた。とたんに左肩に感じた重みに、反射的に振り返りかけて硬直する。

成海が、蒼の肩に顎を乗せていたのだ。あり得ないほど近い距離で、あのきれいな顔をまともに見ることになった。

「……――寿命が縮んだ」

ぽつりと聞こえた声は、明らかな安堵を含んで静かだ。裏腹に、蒼を抱き込む腕はさらに強くなっていく。

「退屈なのはわかるけど、頼むから今はおとなしくしてて」

「あの、でもさっき起きたら身体がすごく楽で」

「それは良かった。けど、まだ影響が完全に抜けたわけじゃないんだ。いくら敷地内でもひとり歩きは駄目。わかった？」

きつく抱かれたあげく、頬が触れる距離で言われた。

狼狽《ろうばい》するうちに連れ戻された部屋では、二人分の昼食が準備されていた。ここに来てからはずっとそうだけれど、今回も和食だ。

いつものように布団に押し込まれ、膝まで布団に入った格好で目の前のローテーブルに膳が置かれる。初日と違うことと言えば、今の成海が蒼の背凭れではなく、真横に置いた自分の膳を前に食事していることくらいか。

やはり美味しかった食事を終えて膳を廊下に出してしまうと、成海はさっそくとばかりに蒼を寝かしつけにかかった。

「本当に楽になったから」と訴えたものの結局は説得されて、蒼は枕に頭をつける。渋々なのが顔に出ていたのだろう、苦笑した成海に頭を撫でられた。

「悪いけどもう少しおとなしくしてて。たぶん、明後日にはマンションに帰れるはずだから」

「あさって、ですか」

「そう。ただ、帰ってからもしばらくは外出禁止だけど」

当初は喜んだものの、続いた言葉で落胆した。とはいえ、今朝までの状態を思えばひとり歩きが許可されないのは仕方がないかとも思う。

「外、に出なければいいんですよね？　だったら」

「家事も禁止だよ。食事は僕が手配しておいたし、掃除や洗濯は僕がやる。どうしても落ち着けないなら、蒼くんには家事監督を頼むから」

まずは自分のことを考えて、と重ねて言われて正直途方に暮れた。

「で、も。それだとおれ迷惑をかけるだけで何の役にも立ってない――」

「何言ってんだか。そんなこと考えなくていいんだよ。蒼くんが悪いわけじゃないんだから」

そう言う成海の声には呆れが混じっていたけれど、蒼を見る顔はとても優しかった。

「謝らなくていいし、遠慮もしなくていい。それより、素直に甘えてくれた方が僕は嬉しいんだけどね」

9

二日後の昼過ぎ、予定通りに蒼は成海と一緒に本家をあとにした。

田舎だと成海は言ったが、実際に本家はかなりの遠方にあったらしい。迎えの車の後部座席に途中から座っていられず横になり、休憩を挟みながら高速道路を経由して、帰りつく頃には窓の外はすっかり夜に沈んでいた。

どうしてわざわざ本家にいたのかは、その車中で聞いた。曰く、破裂寸前だったから守りが強い場所にいた方がいいと判断した、のだそうだ。

「本家は本家だからね。代々守りがあった土地だし、住んでなくても維持されてるから」

マンションで様子を見たのでは、回復までに倍どころではない時間がかかる。そこまで蒼が保《も》つとは限らず、保たなかった場合は助かったとしても元通りになったとは限らない。

帰りの車中で知らされて、ようやくここ一週間の成海の度を越した過保護の意味を知った。

外出禁止の身体に長距離ドライブは堪《こた》えたようで、マンションに帰るなり自室のベッドにダウンした。

疲れ果てていたせいか、立て続けに悪夢を見た。何度目かに飛び起きて、蒼は仕方なくベッドの上に座り込む。考える前に、つい口から言葉がこぼれていた。

「なる、みさ」

途中まで聞いて、最後の一音は飲み込む。

ここは本家ではなくマンションの自室で、壁の時計はすでに深夜を指していた。

……成海も、とうに自室で休んでいるだろう。蒼が目を覚ました後の三日間、きっと彼はろくに眠っていない。いつ目を覚ましても必ず傍にいたし、蒼の隣に初めて布団が敷かれたのが四日目の夜だったはずだ。

もう、これ以上。甘えるわけにはいかない——。

短く息を吐いて、蒼はけれど途方に暮れた。

身体が重い。かすかに痛みがぶり返した気もする。気分とは関係なく、身体は確かに疲れ果てていて、泥のような眠気がくる。

けれど、もう眠りたくない。だからといって、静かすぎるここに独りでいる気も、しない。

のろのろと足を動かして、できるだけ音を立てないように部屋を出た。暗い廊下を進んで、辿りついたリビングの明かりを点す。目当ては、壁際に設置された大画面のテレビだ。

某有料チャンネルと契約済みだと成海が教えてくれたのは、蒼がここに来て間もない頃だ。その時は贅沢なと呆れたけれど、成海の状況を思えば無理もないと今は思う。

電源を入れ、チャンネルを操作する。確かアメコミが原作だというアクション映画を選び、字幕なら好都合と音量をギリギリまで絞った。手近のクッションを抱え、やたら広い三人掛けのソファに座り込む。

絶対寝ないつもりで画面を睨んでいたのに、結局は寝落ちしたらしい。今度は巨大な蟻地《ありじ》獄《ごく》に、ずるずると落ちていく夢を見た。夢だと知っているのに膝のあたりに巻き付いた「何か」が離れてくれず、どんなに叫んでも暴れても逃げようがなくて、気がつけば太腿《ふともも》まで、腰まで、胸まで砂に埋もれていき、やがて鼻に達して息ができなくなって——。

「蒼くん？　起きて」

いきなり肩を揺り動かされて、目が覚めた。荒くなった呼吸を詰めながら、蒼はたった今起こしてくれた人を――成海を見上げている。

「ご、めんなさ……起こし、たんですよ、ね……？」

自分の言葉を聞いた後で、全身に汗をかいているのに気がついた。

抱えていたはずのクッションはいつの間にかカーペットに転がっていた。映画の中では未だ決着がついていないらしく、主人公が見た目にとてもわかりやすい悪役と戦っている。

「許さないよ。何度も言ったよね？　どうしようもない時は頼って、って」

寝間着姿でソファの傍に膝をついていた成海が、強い口調で言う。思わず瞠目した蒼の髪をそっと撫で、打って変わった静かな口調で続ける。

「蒼くんが悪いわけじゃないんだから、謝る必要はないし遠慮もいらない。むしろ、素直に甘えてくれた方が嬉しい。――僕がそう言ったの、もう忘れた？」

気遣うような声音に、泣き出したい気持ちになった。それに気づいたのかどうか、成海は優しく、けれど抵抗を許さない力で蒼を引き起こす。

「こんなところで寝たら身体によくないでしょう。部屋に戻ろう？」

でも、とは思ったけれど、言い返すのは憚《はばか》られた。成海の手を借りて渋々と、蒼は腰を上げる。握られたままだった手を引っ張られて「え」と思った時にはもう、手を引かれるまま廊下に出ていた。

「あ、の！　成海さん、手」

記憶にある限り、蒼は人と手を繋いだことがほとんどない。わずかにあるのも学園の行事がせいぜいで、それ以外となると生前の母親くらいだ。大学では宮地と中野にくっつかれているけれど、それも一方的なものでしかない。

「ん？　ああ、これ。もしかして、厭？」

「え、いや、そうじゃなく、て。その、慣れない、から」

けれど、今のこれは違う。一方的に握られているのではなく仕方なく握り返しているのでもなく、蒼自身が望んで指に力を込めている。

本家で魘されている間、ずっと傍で宥めてくれた手だ。そのせいだろうけれど、こうしているだけでひどく安心できた。

だからこそ、自室に戻るなり気が重くなった。成海の手を握る指に力が入ってしまう。

「エアコンは点《つ》けてなかったんだね。暑かったりしない？」

「平気、です。すみません、こんな夜中に」

目についた壁の時計が指すのは、いわゆる丑《うし》三つ時だ。改めて頭を下げながら、自分で自分が厭になってきた。

「気にしないで。それよりベッドに入ろうか」

「はい。……あの、あとはおれひとりでも平気ですから」

「いいから上がってくれる？」

重ねて言われて、逃げ場をなくした気がした。素直に上がったベッドの上、中ほどで座り込んでみて、もう慣れていたはずのダブルベッドを妙に広く感じてしまう。

「いい子だ。もう少し奥に詰めてくれる？」

「は？　え、はい……？」

考える前に動いた蒼の前で、成海が膝をついてベッドに上がってくる。足元で丸まっていた毛布を広げたかと思うと、突然距離を詰めてきた。ぽかんとしている間に腰に腕が伸びてきて、気がついた時には蒼は成海の腕に抱き込まれる格好で横になっている。

「え、ちょ、……ええ、——え⁉」

「はい、静かに。まだ夜中だからね、とっとと寝てしまおう」

「え、寝てって、でも」

言い掛けた後頭部を摑まれて、優しいけれど抗えない力で引き寄せられる。成海の胸元に顔を埋《うず》める形にされたかと思うと、今度は腰ごと抱き込まれた。

「添い寝。たまにはいいんじゃない？　リクエストがあれば子守歌もつけるけど、どう？」

「こ、もりうた、って」

「苦しい時は、無理してひとりで頑張らなくていいんだよ。……もちろんどうしようもない時だってあると思うけど、今は必要ない。僕はここにいるから安心して」

囁く声とともに、さらりと髪を撫でられた。あやすように背中を優しく叩かれる感覚と、布越しに触れ合ったそこかしこから伝わってくる体温に、勝手に全身から力が抜けていく。

もう大丈夫だと、思ってしまったのだ。この手が、この体温がこうして傍にいてくれるなら と、心底安堵した――。

優しい体温に誘われたように、蒼はあっさり眠ってしまったらしい。落ちてしまった夢の中で目にした光景に、けれど蒼はほっと息を吐く。

――かくれんぼ、しよう。きょうは、だれもいないから。

そう誰かにせがんでいる蒼は、夢の中で小さな女の子になっていた。

いつかの夢の、少し先の夢だ。大きな屋敷の奥に隠された、虫籠みたいな格子の部屋を見つけた、痩せこけた子ども。前に見た夢では、母親の骸を前に為すすべもなく呆然としていた――それが、この夢では少し背が伸び、見違えるほど頬がふっくらしている。きちんとしたものを着ているあたり、引き取ってくれる人が見つかったのかもしれない。

この「かくれんぼ」はいつもこの場面だけだ。遊びに誘う最中に途切れるか場面が変わってしまい、その後がどうなったのかも、「誰」を誘っているのかも判然としない。

――構わないけど、見つけるのは無理じゃないかな。

だから、その「声」を聞いてびっくりした。同時に夢の中の女の子の目の前、背の高い人影が現れているのを知って、重ねて驚く。

——ちゃんとみつけるもん。できるもん。

拗ねた顔で言う女の子の視点では、けれど目の前の人の顔がよく見えない。彼女が見上げる角度と発する言葉とで、大人の男性だとわかるだけだ。

——僕が本気で隠れたら誰も見つけられないよ？

苦笑いの気配の後、夢はふいに切り替わった。やたら広い家の、ひどく長い廊下を女の子は必死で走っている。一生懸命、誰かを探している。ここからは初めて見る夢で、だから蒼は女の子の内側で目を瞠っていた。

廊下の先から、人が来る気配がする。気づいた女の子は慌てて縁側から庭へと降りていく。そこにあったつっかけに見向きもせず、素足でしゃがんで廊下を行く人をやりすごす。小さなため息をついて、ふと瞬いて立ち上がる。

——……いた。

ぽとんと落ちてきたのは、きっと女の子の思考だ。けれどその中にいる蒼には意味がわからない。ただ、一目散に駆け出した女の子を見ているだけだ。

きちんと整えられた広い庭を突っ切った彼女が足を止めた場所は、横に長い母屋の外れにひっそり建っている、まだ新しい物置小屋の前だった。

小さな手を引き戸のふちにかけて、必死で引っ張る。立て付けが悪いのか、それとも引き戸そのものが重いのか。女の子の顔は真っ赤だ。うんうん声を上げながら何度も引っ張って、やっと細い隙間があく。そこに、小さな手を差し込んだ。顔の半分くらい開いた引き戸から、中を覗き込んで笑顔になる。

——いた。みーつけた！

上がった声に驚いたのか、隙間の奥でこちらを向いていた背中が振り返る。その時初めて「その人」の顔を目の当たりにした蒼は、驚きのあまり声を上げた。

「成海、さ……？」

自分の声を聞いて、目が覚めた。

「ん？　おはよう。少しは眠れた？」

即答が思いがけないほど近く聞こえて、寝起きの思考が一瞬停止する。ほとんど同時に、自分の額が誰かの胸元にあるのを知った。状況が飲み込めないままそろそろと顔を上げると、ほんの十数センチ先にあった成海の笑顔とぶつかる。ものすごい勢いで逆回転した記憶が、コンマ数秒で前夜の出来事をはじき出した。

「蒼くん？　大丈夫かな、本当に起きてる？　もしかしてどこか辛い？」

固まったままの蒼を不思議に思ったのか、気遣うように成海が言う。背中を撫でられる感

触に、もしかして一晩ずっと抱き込まれていたのかと恐ろしい予想が脳裏を掠めた。

「んー、どうしようかな。蒼くん？　おーい」

気遣う声とともに、そっと頬を撫でられる。それでも動けずにいると、ぶつかった視線の先で成海が笑ったように感じた。それがやけに眩《まぶ》しく見えて反射的に下を向くと、するりと伸びた指に元の位置まで顎を押し上げられた。

「下を向くのはなし。うん、ちゃんと眠れたみたいでよかった」

視界いっぱいに見えた成海の顔に固まったのと、額に柔らかいものが触れたのがほぼ同時だった。リップ音とともに成海の唇が離れていったのを知って、蒼の思考は一時停止する。

「あれえ。余計固まっちゃった？」

「……、な、るみさ——、今、何し……っ」

やや遅れて上げた声は掠れて、吐息に近い。きっと、この距離でなければ聞き取れまい。

なのに、成海は飄々《ひょうひょう》と言うのだ。

「何って、おはようのキス？」

「いや待ってください、だっておれ男で」

「挨拶に男女は関係ないよね」

にっこり笑顔で言われてつい納得してしまったのは、成海の容姿と雰囲気からすると違和感がなさすぎたせいだ。「いやでも自分は日本人で」と蒼が思い至った時にはもう、反論の機を逃してしまっていた。

「さて、ひとまず朝食だね」

「あ、はい。すぐ」

そういえばと起きようとしたら、先に半身を起こした成海に肩を押さえられた。じ、と見下ろされ、さっくり言われる。

「却下。当分は療養優先だって言ったよね？」

「いや、でもそれはおれの仕事で」

「それでも駄目。じき届くから待ってて。大丈夫、ここに他人を入れる気はないから」

至近距離で覗き込まれて「ね」と念押しまでされた。

こうなった成海に、逆らったところで無駄だ。おとなしく横になったまま、それでも顔で不満を訴えたら、素早くベッドから降りた成海に尖らせていた唇をつつかれた。

「準備ができたら呼びにくるから、蒼くんは二度寝してて」

部屋を出ていった成海の足音が遠くなるのを、ベッドで横になったまま聞いていた。ふと白い天井を見上げて、「あれ」と思い出す。

そういえば、昨夜このベッドに戻ってからの夢はいつも通りに戻っていた気がする。物心ついた頃から繰り返し見た、誰かをかくれんぼに誘う幼い子ども。その続きで、初めて誰かと一緒のかくれんぼをして、最後には広い敷地内にある物置、で――。

「成海、さん……？」

唇からこぼれた声を聞いて、さらに思い出す。

あの夢から覚めたのは、成海を呼ぶ自分の声がきっかけだったのではなかったか。けれど何がどうなって成海の名前、を。

眉を寄せて思考を凝らして、ようやく記憶と一致する。

夢の中で女の子とかくれんぼしていた相手が、成海だったのだ。長い髪を首の後ろで束ねていたけれど、あのきれいな顔とやわらかい笑みは間違いなく。

「……は？」

思考の行き止まりと同時に、がばりと身を起こす。ベッドの上、座り込んだ格好で蒼はもう一度自問した。

「何だそれ、っていうかどうして成海さんが夢？　添い寝、してもらったから？」

言ったとたんに、先ほどの額へのキスを思い出して顔が熱くなった。前後して内側からこみ上げてきた感覚に、知らず音のような声が出る。

いい年をして添い寝してもらったとか、あり得ない。

けれど、そうでなければきっと、間違いなく蒼は昨夜眠れていない。

「う、わあ……」

何とも形容し難い感情に、頭の中までショートしそうになった。

いったい、どんな顔で成海に会えばいいのか。

……いや、さっきまで会ってたけど。もとい、一晩ずっと一緒だったけど。

ぐるぐると空回りする思考を持て余して、蒼はベッドに倒れ込む。頭から布団を被って長いこと唸っていたらしく、成海が呼びに来るまで眠気はいっさいやってこなかった。

10

人間は習慣の生き物だと、何かの本で読んだ覚えがある。

たとえば朝起きてまず何をするのか。玄関先でどちらの足から靴を履くのか。外出から戻って最初に何をするのか。旅行等の特別な日を除いた日常での人は、選択する前に動く。

人の身体も、慣《な》れるのが早い。わかりやすく言えば、まず嗅覚《きゅうかく》。部屋に入った瞬間には感じる匂いを、ほんの数分で意識しなくなる。同じ靴であっても、履き慣れたものとそうでないものは瞬時に区別する。そして、味覚。一度上質の味を覚えると、それ以外は美味しいと感じなくなるのだとか。

――なのに、どうして自分はこうも慣れないのか。

ため息にならないよう、極力ゆっくりと息を吐く。そのタイミングでかすかな声がして、思わず全身が固まった。耳を澄ませること数秒間、それきり静かな寝息に変わったのを知って、そろりそろりと顔を上げてみた。

遮光カーテンを引いているとはいえ、蒼は習慣でフロアライトを最小に絞って点けたままにしている。その明かりとの位置関係と、吐息が触れるほど近い距離が加わって、その人──成海の寝顔ははっきり見て取れた。枕に頭を預けて眠る顔は無防備であどけなく、伏せた睫《まつげ》は男性にしては過ぎるほど長い。

きれいな人だと、知ってはいた。けれど昼間と違って意識がなく瞼も落とした成海は、どことなく出来過ぎた人形を連想させる。それも下手に触ってはいけない類《たぐい》の、たとえて言えば壊れやすい硝子細工のような。

じっと見つめすぎたのか、ふと身動いだ成海が少しだけ姿勢を変える。背中に回ったままだった腕についでのように抱き寄せられて、危うく出そうになった声を噛み殺す。

──成海に「添い寝」してもらうようになって、今日で一週間になる。

マンションに戻ってすぐの夜が明けた後、成海が手配してくれた朝食を摂りながら何度もお礼とお詫《わ》びを伝えてもう大丈夫だと言ったのに、成海は一向に納得してくれなかった。

にもかかわらず、と言うべきか。その日の午後、今度はソファでうたた寝している時にまた悪夢に魘されて、当然のように成海に起こされた。その時こそ気遣われただけで終わったけれど、夜になって蒼の部屋のドアをノックしてきたのだ。

(ひとりでも平気です。まだ魘されはしますけど、いい加減慣れないと駄目だと思うんです)

（蒼くんは、僕と寝るのは厭……？）

必死で訴えたら、悄然とした顔でそう言われてしまったのだ。

何でそうなる、と思いながら、どうしても「厭です」とは言えなかった。結果的には言質《げんち》を取られた形で、蒼は二度目の夜も成海の腕の中で眠った。

断り文句を口にしたところで、寂しげな顔の成海を前に勝ち目などあるわけもない。回数を重ねるごとにハードルは低くなって、結局毎夜のように成海と一緒にベッドに入っている。

微妙な気分を吐く息に混ぜて、蒼は顎を元の位置に戻す。

一見して細身でしなやかな印象なのに、成海の体軀《たいく》は意外にしっかりしていた。まともな体力勝負をしても、蒼が負けるに違いない。思う間にも無意識にか、優しい指が背中をゆるく撫でていくのを感じている。

添い寝と言いながら、成海は必ず蒼を抱き込んで眠る。時に姿勢が変わっていることがあっても、目覚めた時はいつも蒼は長い腕の中にいた。

——……まるで、大事な宝物みたいに。

ふと落ちてきた自分の発想の、ありえなさ加減に思考が一時停止した。無意識に逃げた背中をやんわりと引き戻されて、蒼は目の前の広い胸板に額をつける。その場所がゆっくり上下しているのを感じて、妙に安堵した。

自分でも最も不可解なのが、「そこ」なのだ。

誰かにここまで構われたのは初めてなのに、それが一回りも年上の同性だ。どうにも慣れないし、同じくらい気恥ずかしさもある。そのくせ、どこかで安心してもいる。

「だから、って」

知らず出た声は掠れて、ほとんど吐息だ。それでも、蒼は続きを胸のうちに留めて呟《つぶや》く。

だからって、——いつまでも甘えていられるわけもない。

体調は、かなり戻ってきた。当初は三回とも手配してもらっていた食事も、昨日から二食分は蒼が作っている。風呂を使って疲れ果てることもなく、炊事以外の家事は成海と分担という形にしてもらった。

(明日は久しぶりに大学に行ってみる？　ただ、まだサークルとバイトは駄目だけどね)

今朝、成海からそう切り出された時、蒼は「行きます」と即答した。壁際のデスクとセットになった椅子の上では、いつものバックパックが準備万端で朝を待っている。

早く以前の生活パターンに慣れて、バイトを再開したい。家事を引き受けたことで図書館以外のバイトはストップされたままだけれど、できればもっと増やしたい。

友人や先輩の中には平日だけでなく週末までびっしりバイトを入れ、こなしている人がいる。すぐには無理でも年内には、というのが蒼の密かな目標でもあった。

ただ、そうすると間違いなく、成海と過ごす時間は激減することになる、けれども。

「……——」

考えるだけで「寂しい」と感じてしまうのは、きっと二週間以上ずっと傍で過ごしていたせいだ。昼夜を問わず一緒にいて、常に体温を感じているような状態だった、から。

「――……どうしたの。眠れない？」

ふと囁くように聞こえた声を、額をつけたままの胸元から直接響くように感じた。

唐突な呼びかけだったのに、不思議と驚かなかった。そろりと顔を上げた先、枕に頬をつけたままでこちらを見る色素の薄い目にぶつかって、蒼は短く首を横に振る。

「すみません。起こしました、よね」

「それはないけど。眠れないなら話でもする？」

「えーっと……それやって寝不足になると、大学行きは却下されたりします……？」

他に誰もいないから、わざわざ声を潜める理由はない。なのに、成海は囁き声のままだ。つられて蒼も声を落とす。

「もちろんなるよね。それでなくとも病み上がりなのに、寝不足で外出とかあり得ない」

「前から思ってたんですけど、成海さんて過保護ですよね」

「そうかもね。実際、今はきみの保護者だし？」

即答の切り返しに、言葉で勝てるわけがなかったと実感する。

「そうでした……ええと、明日は大学に行くので、寝ます」

「はいはい。おやすみ」

くすくす笑いを聞きながら額を成海の胸元につけると、腰に回っていた手に背中を撫でられた。頭のてっぺんに何か触れるのは、もしかして顔でも擦り寄せられているのだろうか。

その全部に欠片も嫌悪を感じないのは、きっと本家で寝込んだ間に馴らされたせいだ。

……まるで、思いがけず庇護《ひご》された飢え死に寸前の捨て猫みたいに。

思考の隙間から、とろりとした眠気が落ちてくる。心地いいその感覚に、蒼は素直に全部を明け渡していく。

「今度はちゃんと、守るからね……」

意識が完全に落ちる寸前に、かすかな声が耳に届く。とたんにわき起こった違和感は、けれど呆気なく眠気に溶けていった。

自分はどうかしていると思ったけれど、どうやらそれは自分だけではなかったらしい。

「気をつけて、無理しないで。駄目だと思ったらいつでも連絡すること。それと、帰りも迎えに来るから必ず連絡を」

「了解です。大丈夫です、無理はしません。何かあったら連絡します」

車の後部座席の窓から顔を出して今朝から少なくとも十回目以上になる注意事項を言い募っていた成海は、蒼がその一部をあえて語尾に被せるように復唱した瞬間に黙った。

じ、と見つめられて罪悪感を覚えた。気まずさも全開に、けれど蒼はそれでも続ける。

「ごめんなさい。でも、もう行かないと講義の時間が」

「……いや、こっちこそごめん。しつこいのはわかってるんだけど、つい」

今度は成海に申し訳なさそうな顔をされて、正直対処に困った。なので、蒼はあえて先ほどの言い分の続きに戻る。

「その、心配してもらってるのは、ちゃんとわかってるんです、よ？」

「大丈夫。そこは僕も知ってる。これ以上遅くなるとまずいよね。気をつけて行っておいで」

「ありがとうございます。行ってきます」

頷いて、蒼は踵を返す。急ぎ足で、大学の門へと向かった。最初の角を曲がる前に振り返ると車はまだ同じ場所にいて、心配げな成海がこちらを見送っているのがわかった。

「……過保護って伝染するのかな。って、違うか。この場合、過保護なのは成海さん、で」

そのまま角を曲がってしまうのに忍びなくて、辛うじて手を振ってみた。当然のように返ってきた同じ仕草にほっとしながら、蒼はさらに足を早める。

本当にギリギリだったけれど、どうにか講義には間に合った。滑り込んだ教室の席はほぼ埋まっていて、蒼は目についた後ろの真ん中に腰を下ろす。その時点で、やや中程の窓際のあたりにたぶん友人と呼んでいい顔を複数を見つけた。

連休前の宮地不在時に連絡先を交換していた彼らからは、休み明け以降何度も連絡を貰っていた。欠席を気にする内容から始まったそれはサークル合宿での騒ぎを知って見舞いになり、蒼がマンションに戻った頃には「せめて無事かどうかだけでも」に変わっていた。

原因は単純に、蒼がスマートフォンを見ていなかったせいだ。本家からマンションに戻って三日目に成海から自分の端末を渡されるまで、存在自体を見事に失念していた。

（勝手に触るのはマナー違反だけど、僕の判断で電源は落としておいたから）

成海の言葉に曖昧に頷いて、電源を入れたとたんに怒濤のように鳴り始めた着信音に唖然とした。音が収まるのを待って確認しながら、正直に言えば「うわあ」と思った。

連絡してきたのは彼らとオカルト研のメンバーと、バイト先の知り合いに加えて榛原だ。大学関係には早々に「急病」と伝わったようだが、あまりの反応のなさに悪い想像をしたらしい。ちなみにバイト先からは見舞いと気遣いのみで、数もそう多くなかった。

最も「まずい」と実感したのは、榛原からの連絡だ。何しろ彼は合宿での騒動すら知らない。最後に届いたメールは生死を案じるものになっていて、慌てて連絡したほどだ。

あれはあれで大変だったと思い出している間に、教授がやってきていたらしい。滑るように始まった講義に、蒼は慌ててノートを開く。ペンを走らせながら、「講義内容が前回から飛んでいる」という当然の事実を思い知った。

繋がらない知識に首を傾げている間に、講義は終わったらしい。周囲の喧噪《けんそう》に顔を上げると、学生たちが次々と席を立つのが目に入る。

そういえば、このコマは午前中最後で、つまりこれから昼休みだ。ひとまず学食に行くかと腰を上げたところで、「柚森いた！　復活した？」と声がかかった。

「あー……おはよう、久しぶり。連絡ありがとう。あと、心配かけてごめん」

窓際の席にいた友人たちが、すぐ傍まで来ていた。揃ってほっとした様子で言う。

「ごめんはいいけどさ、身体もういいのか？」

「キツいようなら無理すんなよ。あ、これ休んだ間のノートな」

口々に言いながらひとりが紙の束を差し出し、ひとりが蒼の鞄に手をかける。え、と思うまに教室から連れ出され、当然のように学生食堂の一角に座らされた。自分でトレイを取りに行く前に「何が食べたい？」と訊かれ、素直に答えたとたん「んじゃ待ってな」と返されて、戸惑う間に弁当持参の友人から「で、身体は本当にいいんだ？」と声をかけられる。

「ああ、うん。一応は落ち着いた」

「何だっけ、結局アレルギーだったんだよな。アレルゲン見つかった？」

「まだ。一応調べてもらったけど、結局わかってない。気長に探すしかないって話だったよ」

成海に教わった内容に沿って返答していると、「え、マジ？」と横合いから声がした。見れば先ほどカウンターに行った友人が、器用にも二人分のトレイを手に立っている。一方を蒼の前に置くと、自分はその隣に腰を下ろしてきた。

「それで大学出てきたってまずくない？　また倒れたらどうすんだよ」

「自分でも警戒注意するってことで許可も出てるし、対策もしたから大丈夫。アレルゲンがわかるまでとか言い出すと目処《めど》が立たないからさ。ところで宮地は？　顔見ないけど休み？」

気になっていたことを口にすると、友人たちは揃って「そういえば」という顔をした。

「昨日はいたよな」

「いたいた。何か無駄に元気だった。けど、何かヤバかったよな」

「うん、絶対ヤバかった」

「……？　ヤバかったって、何かあったんだ？」

顔を見合わせた友人たちの会話に、知らない暗号を聞いている気分になった。それに気づいたのか、ひとりが微妙に顔を顰める。

「一見いつも通りなのに、大荒れ」

「そうそう。一触即発っていうの？　見るからに地雷原だったよな。下手なこと言えない雰囲気でさ。オレが見た感じ柚森の話題になるとなおさらまずい」

「オレもそれ同意しとく。って、あいつから柚森に連絡は？」

口々に言ったかと思うと、こちらに水を向けてきた。なので、蒼は素直に首を竦める。

「おれのとこには何も。余裕がなくて、こっちもしてないしね」

「は？　何だそれ、あいつ現場にいたんだろ？」

そう言われても、ないものはないのだ。白状すればつい先ほど窓際の席に友人たちを認めるまで、宮地のことは思い出しもしなかった。

「お。柚森、いたな」

横合いからかかった声に顔を向けて、蒼は慌てて腰を上げる。トレイを手に近づいてきた松浦に、頭を下げた。

「すみません、合宿中にご迷惑をおかけしました」

「不可抗力だから気にしなくていい。それより身体はもういいのか？」

「はい。アレルゲンはまだ見つかってないいんですけど——」

「あー！　柚森くん、いたー！」

会話を思い切り遮ったのは、当然ながらと言っていいのかもちろん中野だ。勢いよく駆け寄って、けれど以前のように飛びつかず直前で止まる。そろそろと窺うように言った。

「体調、どう？　少しは楽になった？」

「ありがとうございます。中野先輩にも、ご心配とご迷惑をおかけしました」

中野にも頭を下げると、今にも泣きそうな顔で「よかったあ……」と言われた。その後は、友人たちの機転で松浦と中野も同じテーブルを囲むことになる。

聞けばあの後、肝試しこそ中止したものの、合宿そのものは継続したのだそうだ。何でも蒼の身内から「中止しないでほしい」との伝言が来たという。

「全面中止したらかえって柚森が気にすると言われてね。いろんな意見はあったんだが」

「いえ、確かにその通りですから。それと、すみません。大学には出られるんですけど、もうしばらくサークル参加とバイトは禁止されていて」

この際とばかりに口にすると、中野は「えー」と落胆した。松浦はあっさり了解し、「退部じゃなくてよかった」と笑ってくれた。

今日の講義予定は昼前と、午後一番にひとコマずつだ。午後の方は友人たちと重ならないため、蒼は早めに席を立って講義室へ向かう。

その途中、追ってきた中野に呼び止められた。足を止めた蒼の前で、息を切らせて言う。

「ごめんね、すぐ終わるから。実は早苗ちゃんがずっと柚森くんのこと心配してて。一応のことは伝えたんだけど、どうせだったら直接柚森くんと話した方がいいじゃないかって」

つまり、蒼の連絡先を義姉に伝えてもいいかを訊きたかったのだそうだ。

「姉弟なんだし、許可なんかいらないと思ったんだけど部長がね。ちゃんと柚森くんに確認してからにしろってしつこくて」

「そうなんですか。――ありがとうございます」

前半は中野に言い、後半はゆったりとやってきた松浦に告げた。

気づいた中野がきょとんと振り返り、蒼と松浦を見比べる。それへ、視線を戻して言った。

「許可はしないので、教えないでもらえますか」

「何で？　だって早苗ちゃん、すごく心配してて」

「だとしても、おれには関係ないので。はっきり言いますけど、おれにとってのあの人は他人なんです。わざわざ関わる気もないですし、必要性も感じません」

淡々とした蒼の言葉に、中野は目を丸くした。「どうして」と、掠れたような声で言う。

「あの人に悪気がないことは知ってます。ただ、あの人の名字は昔のおれと同じで、つまりおれの実の父親とまだ親子なんです。けど、おれはその実父と完全に縁を切ってるんで」

「あ、の。ごめんね個人的なことに踏み込んで。でも、早苗ちゃんのことは別じゃない？」

「そう言われても。そもそも一緒に暮らしてた時だって、特に仲が良くはなかったんですよ。そんな相手に今になって心配されても困るだけです」

「柚森、くん」

途方に暮れたように中野が黙る。その数歩後ろにいる松浦は表情を変えることなく無言だ。

「先輩の気持ちを、否定する気はないです。たぶん、あの人がいろいろ話したのをそのまま信じてるだけだと思いますし。でも、だからといっておれもあの人と同じように考えてると決められるのは迷惑なんです。――正直に言いますけど、合宿であの人と引き合わされたことも、おれにとっては困りごとでしかなかったので」

「そんな」と言ったきり、中野は俯《うつむ》いてしまった。それを見下ろして、苦い気持ちになる。

言わずにすませることも、できたはずだ。けれど、それをすればあの義姉と明らかな繋がりができる。中野の在学中はずっと、下手をすればその後も切るに切れなくなってしまう。

それでいいのかと自問すれば、回答は否だ。親子だから、家族だからわかりあえるとは映画やドラマや日常でも聞く言葉だけれど、蒼に言わせると都合のいい幻想でしかない。

もちろん世の中にはその通りの家族もいるだろう。けれど、そうではない家族だっているはずだ。どちらが正しいとか間違っているとかではなく、それぞれの形があるに過ぎない。

そして、蒼にとってのそれは後者でしかあり得ない。

「でも、……じゃあ、早苗ちゃんに何て言えば……」

「そのままでいいですよ。個人的に会う気はないし、連絡先の交換に応じるつもりもない、と。セッティングしてもらえるならおれが直接言います」

「で、もぉ」

とうとう中野は半泣きになってしまった。追いつめる気はなかっただけに、蒼はどうしたものかと思案する。と、そこで松浦が中野の肩を叩いた。

「セッティングまでは必要ないだろ。そもそも連絡先の件はこいつの先走りで、向こうから言ってきてるわけでもない」

「そう、なんですか……？」

瞬いた蒼に、松浦は肩を竦めた。まっすぐに、蒼を見つめてくる。

「こいつと彼女と柚森とで結構な温度差があったのは、すぐわかったんだ。俺が安易に参加を許可したのが悪かった。とりあえず、今後中野は勝手に彼女に柚森の情報を流すな。集まりに誘うのは構わないが、その時は柚森と俺にあらかじめ情報開示しろ」

「あの、だったらおれ、サークル辞めますよ。かえって面倒でしょうし」

「本気で希望するなら受理するが遠慮の上での退部は却下だ。正直、柚森がいなくなると俺が寂しいんでね。しばらく休むならその間にゆっくり考えるといい」

苦笑混じりに言った松浦は、「もう行かないと遅刻するぞ」と蒼を促した。半泣きの中野が気になって動けずにいると、上目に見上げた彼女がぽそりと言う。

「ご、めんね……あたし、ぜんぜん気づいてなく、て」

「こちらこそすみません。その、先輩の善意なのは、わかってるんですけど」

「キリがないからそこまでにしとけ。中野も講義あるだろ」

呆れ顔の松浦が、中野の肘を引く。彼女の背を押しながら、目顔で行くよう伝えてきた。

少しだけ見送って踵を返すと、蒼は教室へ向かって足を早める。

中野への罪悪感はどうにも消えないけれど、言ったこと自体は後悔していない。

……今、許してしまったら、絶対に苦しくなると思うのだ。終わったことにするには、蒼の内側に残るあの頃のやるせなさが生々しすぎた。

思い出しかけた記憶を無理に押し込み蓋《ふた》をして、蒼は午後の講義に集中する。そのせいで、途中届いていたメールに気づくのが遅れた。

帰り支度を終えて出た廊下のすみに寄って確認すると、相手は榛原だ。珍しく誤字脱字が多い内容は「これからそっちに行く」という簡潔なもので、本気かと少し驚く。

事情説明と騒がせた詫びを伝えるメールを送った後も、榛原とは何度かやりとりをした。最初の返信は「見舞いに行く。住所を教えろ」で、成海から却下されて断りを入れたら直後に電話がかかってきた。口頭で説明し落ち着いたらゆっくり会おうと約束して、昨日は復学をメールで知らせた。数秒で届いた返信が、「明日行きたいが無理」だったのだ。

急に予定が変わったのか、それとも無理にねじ曲げたのか。判断がつかないまま、ひとまず成海に電話を入れる。事情を説明すると、「今日いきなり？」と渋い声が返ってきた。

「すみません。急なのはわかってるんですけど、あいつも無理に時間を空けたみたいで」

『……了解。でも無理はしないように。講義はどうだった？　問題ない？』

「ないです。あ、サークルの部長には当分休むと伝えておきました」

帰り際に連絡すると付け加えて通話を切ると、間で榛原からのメールが届いていた、今度は電車の路線と時刻、そして待ち合わせ場所だけが記されている。

手早く了解の返信をして、蒼は急ぎ足で歩き出す。確実に落ち合うためか、指定された場所は前回と同じ蒼のバイト先図書館から最も近い駅の前の広場だ。自転車がない今日は、電車を乗り継いだ方が早い。

できる限り急いだものの、電気系統の問題がどうとかで電車は遅れていた。おかげで駅で電車を降りた時点で約束から十分ほど過ぎている。

榛原は、遅刻するのもされるのも嫌いだ。予想通り、遠目に見える友人は不機嫌丸出しの顔をしていて、向かう足が鈍りかけた。

「ごめん、電車の遅延が出てた」

「……いい。とりあえず移動するぞ」

いつになく低く言ったかと思うと、榛原は蒼の肘を摑んだ。あとは無言でずんずんと歩き出す。声をかけても、返事どころか振り返りもしない。

榛原が足を踏み入れたのは、意外なことにカラオケボックスだった。ぽかんとする蒼をよそに部屋を確保し、店員から渡されたグラスを手に振り返る。

「おまえ何飲む?」

「……ウーロン茶で」

交わした言葉はそれだけだ。小部屋に入ってからも榛原は無言のままで、壁際のソファにどさりと腰を下ろす。天井の一方を見上げたまま、またしても沈黙が落ちた。

こういう時の榛原は、地下で煮え立ったマグマのようなものだ。自発的に話すのを待つより、外から刺激した方が早い。

「あのさ。おれ、何かやった?」

切り出したとたん、待ちかまえていたようにじろりと見据えられた。

「十日以上の音信不通の理由は」

「メールや電話で説明したろ。アレルギーの急性症状でぶっ倒れて、三日ほど意識不明だったんだよ。その後もろくに動けなくて、メールとか確認できる状態じゃなかったんだって」

今日この説明をするのは何度目か。さすがに疲れを覚えて息を吐いた蒼に、榛原は言う。

「で？　アレルゲン未定のままで出歩いてると？」

「それがわかるまでとか言い出すと、いつ外に出られるかわからなくなるだろ。大丈夫だよ、医師からも成海さんからもちゃんと許可貰ってるからさ」

うんざり気分で言ったとたん、榛原はじろりと蒼を見据えてきた。不機嫌な声で言う。

「ナルミさんの許可って何だよ。医者でもない、ただの世話役だろ」

「……動けない間、ずっと世話して貰ったんだよ。すごく親身に、丁寧に面倒見て貰ったし、ここ最近なんか痒《かゆ》くなる前に手が届くレベルで助けてもらってて」

「仕事だったら当たり前だ」

せせら笑いすら含んで聞こえる物言いに、自分の中の一部がすうっと冷めた。

そんなこと、今さら言われるまでもない。そもそも蒼と成海との接点はそこしかなく、仕事でなければ初期の時点で見捨てられていてもおかしくない。

それなのに――友人のその指摘が、今はひどく胸に痛かった。

「……だとしても、ありがたいと思うよ。心底、感謝もしてる」

発した声が含む冷ややかさに、自分でも少し驚いた。そんな蒼を見据える友人の目も表情も、ひどく冷め切っているように見える。

「そこを狙ってたんじゃねえの。蜘蛛の巣に引っかけるには最適だよな」

「おまえさ。そんなことが言いたくて、わざわざここまで来たわけ？」

返す声が、さらに尖るのが自分でもよくわかる。つきあいの長さから気づかないわけはないのに、友人は不機嫌顔を崩さない。

「ころっと騙《だま》されていいように扱われてるのを放置できるか」

「……成海さんはそんな人じゃない」

「ほら見ろ、完全に誑《たら》し込まれてるじゃないか」

数か月前までの蒼にとって、目の前の友人は一番の理解者だった。大学は分かれても、就職してどうなろうとも、それは変わらないと思っていた――のに。

「ひっくり返ってそういう人だったとしても、同じだよ。成海さんがおれを助けてくれたことも、親身になってくれたことも変わらない。騙されていたとしても、それはそれでいい」

人が簡単に手のひらを返すことくらい、蒼も知っている。

……小学校に上がってまもなく、孤立している蒼に近づいてきた子がいた。おずおずと遊びに誘ってくれて、それがひどく嬉しかったけれど、彼はその翌日には蒼から逃げた。一度だけ追いかけたら「来るなうそつき」と言われて、その瞬間に追うのをやめた。しばらく経った頃に「本当に嘘つきだった」と言いふらしているのを耳にした。

学園でも大なり小なり、その程度のことは起きたのだ。「知られる」のは回避できたけれど、集団に属さずぽつんとしていたせいか何度も都合よく使われた。

「それでもいいって、おまえ正気か」

露骨に眉を顰めた榛原の声は、よく研いだ刃物のようだ。切れ味がよすぎて、痛みを自覚するまで傷ついたことにも気づかない。

「正気だよ。成海さんがおれを利用するとしたら何か理由があるんだろうし、それで役に立つなら悪くない」

「好きなのか。その、ナルミさんて世話役」

「……すき、って。そりゃまあ、あれだけよくしてもらったら誰だって」

唐突な言葉に面食らって瞬くと、畳みかけるように言い返された。

「そういう意味じゃなくて。恋愛感情が、あるのか」

「どうしてそうなるのかわからないんだけど？」

意味が読み取れず眉を顰めた蒼を、榛原は改まったように見据えてくる。

「入学式前と、顔も言うことも違う。――いつからだ。いつのまにそうなった？　学園にいた頃は、男や女以前に人に興味なんか示さなかったくせに」

「勝手に話を作るなよ。確かに成海さんのことは好きだし、一緒にいると安心するけど、それとこれとは話が」

言い終わるより先に、いきなり動いた榛原に肩を摑まれた。座ったソファの背凭れは肩胛《けんこう》骨《こつ》の高さしかなく、結果蒼は身を仰け反《のぞ》らせた格好でその奥の壁に押しつけられる。

「……っ、ちょ――榛原、何し……っ」

「どこがどう違うって？」

ずいと顔を寄せてきた親友を、顰めっ面で見返した。

肩を押す力はけして弱くはない。もともとの体格差に加えて今の体勢では、抵抗しても無駄なのは目に見えている。

それに、……榛原が、本当の意味で自分に危害を加えるとは思えない。

「おれが成海さんを恋愛の意味で好きだったとしても、それは榛原には関係ないよね？」

近すぎる距離で蒼を見据えたまま、榛原が黙る。険しい表情で、鼻で笑ってみせた。

「関係ない、ね。おまえはそう思うわけだ」

「おれがそう思うって、どういう……あのさ、とりあえず、肩。離してくれないかな」

「その前に、本当に関係があるかどうか、教えてやるよ」

肩を押さえていた手が、胸骨の上へと位置を変える。痛むほどの力にぎょっとして目をやっていると、今度は逆の手で顎を摑まれた。何が、と目を上げ瞬いた時にはもう、吐息が触れる距離に榛原の顔があって――。

「……っ！――」

反射的に背けたはずの顎は、けれどわずかにしか動かなかった。ただ、それでも十分だったようで、榛原の唇は蒼のそれの横、頬よりも内側を掠めて止まる。

「逃げるなよ。教えてやるって言ってんだろ」

囁く声は、ひどく近い。一音ごとに吐息が蒼の頬を掠めて、それを異様だと感じた。

「じょう、だ……おい榛原、ふざけるのも、いい加減、に」

「そういう意味でナルミさんとやらを好きじゃないなら、このくらい何でもないよな」

押しつけるような声とともに、強引に顎を引き戻される。抵抗を封じるためか、鎖骨の上を押さえていた手が逆側の頬に回った。え、と思った時には唇に、榛原の吐息が――。

反射的に、膝を蹴り上げていた。屈《かが》み込んでいた榛原の腹にそれが食い込む感触に、ひどく気分が悪くなる。それでも、倒れかかってきた友人の身体を精一杯押しのけた。

がたがたと響く音を耳に入れながら、転がるようにドアへ向かう。かすかに呼び止める声がしたと思ったけれど、かまわず外へと飛びだした。

そこから、どう動いたのかは記憶にない。気がついた時、蒼は見覚えのある建物の前に突っ立っていた。

バイト先の、私立図書館だ。平日の今日は当然開館していて、来館者らしく駐車場の車に乗り込む人や、今しも中に入っていく後ろ姿が目に入った。

周囲に榛原の姿がないことに安堵してスマートフォンを確かめると、時刻はもうじき十六時という頃だ。榛原からのメール着信に気づいて画面を睨んでいると、通話の着信が来た。表示された友人の名を眺めて、蒼は意図的に通話をオフにする。

榛原とは、当分関わりたくない。だからといって、すぐ成海に連絡する気にもなれない。

「ちょうどいいから挨拶とお詫び、だけでもして来ようか、な」

連絡したとは言われたし、見舞いメールの返信もした。けれど、図書館そのものに来たのは連休以来初めてなのだ。

午後のこの時刻は催しがないため、図書館は静かだ。正面玄関を抜けて真正面にあるカウンターに目をやると、タイミングよく井上が立っている。返却されたものらしい積み上がった本を横に中腰でパソコンを操作しているのは、予約本の確認をしているのかもしれない。

「こんにちは。……その、お久しぶりです」

近寄って声をかけると、井上はぱっと顔を上げた。黒縁眼鏡の奥で意外そうに目を瞠ったかと思うと、眉を顰めてしまう。

「お疲れ。せっかく来たところで何だが、すぐ帰った方がいいぞ」

「え、あの、すみません。もしかしておれ、バイトはクビ、だったりします……?」

いきなりの欠勤に続いて二週間以上休むなど、そうなっても仕方がない。今さらに青くなった蒼に、井上は「いや?」と否定した。

「それはない。事情は聞いてるし、診断書も出てるしな」

「でも帰れ、って」

「あー……とりあえず移動な。こっちこっち」

言葉とともに、カウンター奥にある控え室に誘導された。別名を休憩室とも言うが、そのさらに奥には男女別の更衣室が作られている。

蒼を休憩室のソファに座らせた井上は、再びカウンターに出ていった。しばらくして戻ったかと思うと、備え付けの冷蔵庫に常備されている冷たい麦茶を出してくれた。

「ひとまず柚森はそれを全部飲むこと」

謎の指示をぽんと寄越して、井上は更衣室に入っていく。

思考が働かないまま、蒼は目の前のテーブルの上で水滴を浮かべていくグラスを見つめた。何か忘れている気がしたけれど、それが何なのか思い出せなかった。脳裏に繰り返し浮かぶのは榛原のいつもとは違う顔と言葉と、――最後に唇を掠めていった体温ばかりだ。

「お待たせ。で、柚森に質問だけど、甘いもの好き?」

唐突な声にびくりと振り返って、頷く。母親がいた頃はともかく、亡くなってからはまるで縁がなかった。学園の売店で売っていても無駄遣いはできなかったし、植村にねだることもしなかった。寮や学園の食事にたまに出てくるデザートを楽しみにしていたくらいだ。

「だったらケーキでも食べに行くか。食欲はあるんだよな?」

「えっ……あの、でも井上さん、仕事は」

「早番なんでこれで上がり。このあと予定があるなら無理にとは言わないが」

「ええと、――行きます。すみません、いきなりで」

考える前に、そう答えていた。そのまま、蒼は井上について図書館を出る。

先を行く井上の足取りは軽い。聞けば、最寄り駅前に知り合いの店があるのだという。

「新作ケーキの試食を頼まれたんだが、俺は興味がなくてね。連れは甘いものが天敵だし」

そんな物言いとともに案内された駅前の通りにある小さな珈琲店は、入り口の扉を押すとどこか懐かしい鈴の音がした。外装通り建物そのものが古いようだけれど、壁にかかった絵や椅子に置かれた手作りらしい座布団が、微妙にレトロな雰囲気を作っている。

「柚森、こっち」

声に呼ばれて進んだ先は、たぶん店の一番奥だ。せいぜい二畳半ほどの空間が、衝立《ついたて》とグリーンでさりげなく仕切られている。

「あの、ここって」

どう見ても「密談場所」な様子に、蒼は先に腰を下ろした井上を見る。頬杖をついた彼は軽く眉を上げ、「人に聞かれたくない話があるんだろ?」と笑う。その表情が、図書館にいる時とは別人に見えた。

「あんな顔してたらモロわかりだぞ。何かありましたって叫んでるようなもんだ。――そんで帰れないから図書館に来たんじゃねえの」

「う」

「無理もないよな。おまえんとこ過保護だし、そのまんまの顔で帰ったりしたら心配して根掘り葉掘り訊かれそうだ」

知っていたことのように言われて、怪訝に首を傾げていた。

初日の買い物で蒼が反抗したせいか、バイトに関しては成海はノータッチだ。送り迎えでも敷地には入らず図書館自体を利用している様子もない。ついでに蒼は、大学でもバイト先でも成海の話題は出したことがない。

「毎回律儀に帰るコールとか、遅番だと迎えとか。大学生の男にはふつうないよな」

「あ」

ちょくちょく成海からメールが来るから、都度都度に返信していたのは事実だ。帰る前の連絡は、しないでいるとやたら心配されるからだけれど、傍目《はため》にはそう見えても当然だろう。

「そう、かもですね。すみません、……ちょっと今いろいろゴタついたっていうか、自分でも収拾がつかなくなってて」

「いいんじゃねえの。それも学生の特権だろ」

井上が笑った時、先ほど出入り口で迎えてくれた白髪の老婦人が姿を見せた。井上の前にコーヒーを、蒼の前にはコーヒーとケーキを置き、「ごゆっくり」と笑って離れていく。

「それが新作な。よかったらあとで感想教えてやって」

「はい。……いただきます」

先に食べるよう促された気がして、蒼はフォークを手に取った。

久しぶりのケーキは、甘くて優しい味がした。見た目はふつうのショートケーキに見えるくせ、複数の木の実がクリームと一緒に挟み込まれている。意外に思いながら咀嚼《そしゃく》しているうち、落ち着いてきたのか少しずつ思考が戻ってきた。

「あの、……訊きたいことが、あるんですけど」

「どうぞ？」

「その、恋愛感情の好き、とそれ以外の好きって、どう区別するもの、なんでしょうか」

「は？」

自分なりに整理して口にした問いに、カップを手にした井上が眼鏡の奥で目を丸くする。

それへ、早口に続けた。

「実は、さっき友達からいきなりキス、されそうになったんです。友達のことは好きなんですけどものすごい違和感があって、それで、その……おれ、が今お世話になってる人のことを、恋愛の意味で好きなんだろうって言われて」

ひとつひとつの言葉を確かめながら、蒼は自分の中を整理する。結果、今自分が混乱している原因に行き着いてしまった。

「それは違うって、言い返したんです、けど。――でも、その人にはこの前から朝の挨拶だって額にキスされるようになってて……それが、全然厭じゃなくて。どころか、一緒にいると安心して、よく眠れたりする、し」

俯いたまま一気に吐き出して、蒼はそろりと顔を上げた。

向かいの席にいた井上は、カップを口元に運んだまま静止していた。蒼と目が合うなり、我に返ったようにぎこちなく言った。

「あー、いや、そりゃ……別に友達でもキスくらいいいんじゃないか？　彼女の方が望むんだったら役得ってことでさ。柚森はフリーなんだろ？」

「男なんです」

「……は？　え、友達が？」

「友達も、お世話になってる人も、男性です」

再び、井上が凝固する。それをまともに目にしてから、気がついた。――忘れていたが、一般的に恋愛は男女でするものだったはずだ。

まずいことを言ったかもしれないと遅ればせに思った時、ようやく井上が口を開く。ずれてもいない眼鏡を押し上げて、蒼を見た。

「一応、事前確認な。柚森は、男同士の恋愛とか生理的嫌悪がある人？」

「ない、です。その、学園では割と、よくあることだったし」

今にして思えば特異な閉鎖空間だったからこそだろうが、一部に明け透けすぎて人目を憚ることをしない連中がいたのは事実だ。

蒼の出身校を知る井上は、どうやら的確に意味を悟ったらしく複雑そうな顔をした。おもむろに、カップをテーブルに戻して言う。

「了解。そうなると、個人的見解では答えが出てるように思うけど」

「え、と?」

「ひとまず友人は受け付けなかった時点で却下。世話になった人は、要確認」

「よう、かくにん?」

「額にキスされて平気だったんだろ。その前に確認だけど、柚森って額のキスに慣れてる?」

問いに、首を横に振った。キス以前に、身体を触られることすら慣れていない――もとい、慣れていなかったはずだ。宮地と中野にくっつかれるせいで多少の免疫はできた気がするが、それは一方的に「される」ことに慣れたに過ぎない。

「けど、厭ではなかったわけだ。そうなると、世話になった人への好意は恋愛寄りだと思っていいんじゃねえの」

「……――れんあい、よりですか。あの、訊いていいですか? れんあいかんじょうって、どういうもの、なんでしょうか」

「おい待て。ここでそれ言うか?」

露骨に呆れたように言われて、蒼は首を縮めた。

「今まで全然、興味がなかったんです。むしろ無縁でいいとずっと思ってて」

「マジか。あー……相手の顔見たり触ったり触られたりするとどきどきするとか、そういうんじゃねえの？　あと、どうしても気になって仕方がなくて放置できないとか」

「そういうもの、なんですか……」

一応頷いていたものの、まったくぴんと来ていないのは井上の目にも明らかだったようだ。困った顔で、腕組みをしてしまった。

聞き覚えのある電子音がしたのはその時だ。一拍遅れて自分のスマートフォンだと気づいて、蒼は急いで確認する。画面に表示されていたのは成海の名前だ。

さすがに無視できず、井上に断って通話に出た。三分ほど話して通話を切ると、待っていたように井上が言う。

「家の人っぽいな。時間切れか。──そこの駅まで迎えに来るって？」

「はい。着いたら連絡するから、それまではここにいるようにと」

「やっぱり過保護だ」と苦笑混じりに言われて、こちらも曖昧に笑うしかなかった。

「ありがとうございます。おかげで少し、整理ができたと思います」

「全然役に立ってない気がするが。……まあ、頑張れ」

何をだろう、と思っている間に、再び成海から着信が入った。じきロータリーに入るので、駅に向かうように言われる。それならと井上も腰を上げて、揃って珈琲店を出ることになった。ちなみに支払いは井上の奢《おご》りだ。

「御馳走様《ごちそうさま》です。すみません、時間をいただいて迷惑をかけて、その上」

「この状況で学生に出させる方がおかしいだろ。――あー、余計なことかもしれないが、気になるんで一言だけいいか？」

アーケードの途中で、蒼は井上を見上げる。と、わずかな躊躇に続いて声が落ちてきた。

「その、おまえが好きかもしれない相手、な。年上っぽいし、恋人がいる可能性もあるんじゃないか？　額のキスとなると、人によっては挨拶程度にしか思ってないことも」

「……それ、言われました。ただの挨拶、って」

ぽつりと返した蒼に、井上は申し訳なさそうな顔をした。しばらく黙ってから言う。

「おまえだって、相手の全部を知ってるわけじゃないだろ。だからそこらへんをな」

その後、井上が続けた言葉はよく覚えていない。すっきりしたはずの頭はまたしても破裂しそうにぎゅうぎゅうになっていて、駅まで送ってくれたお礼を言うだけで精一杯だった。

11

頭の中が、飽和している気がした。

そのせいで、成海《なるみ》の声を聞き逃した。辛うじて耳に入ったのは語尾の「ね？」だけで、我に返って狼狽《ろうばい》する。

「……っすみません、ぼうっとしてました。何でしょうか!?」

「いや、食が進まないみたいだから。もしかして、今日の料理は口に合わなかった?」

はずみで箸をテーブルに転がした蒼《そう》に、向かいの席にいた成海は苦笑した。

「久しぶりの大学で疲れたのかな。友達にも会ったりで忙しかったみたいだし」

「あ、ええと……平気、です。本当に、何でもなくて」

答えながら、自分でも下手《へた》な言い訳だとつくづく思う。拾った箸を持ち直しながら見れば、成海の前の皿はほぼ空っぽになっていた。引き替え蒼の分の料理はほとんど手つかずのままで、慌てて食事を再開する。温かかったはずの料理は、すっかり冷めてしまっていた。

「口に合わなかった? だったら他のデリバリーでも頼もうか」

「いえ平気です、美味《おい》しいです。これ、いつものところのですよね?」

本家から戻って以降、成海が手配する食事は比較的どこにでもある家庭料理だ。とはいえ食べてみると意外な隠し味があったりして、むしろ好みに近い。

「そうだけど。でもまあ、ものによるかもしれないし」

「それはないです。だって全然、飽きてないですし。――成海さんの、行きつけのお店のでしたっけ?」

初日の昼食の時、確かそう聞いたはずだ。通常は出前をしないのを、知り合いの伝《つて》で頼み込んでどうにか了解してもらった、という話だった。

「当分行ってないからなあ……たぶん店の方は覚えてないと思うよ。そういう意味では、きっかけを作ってくれた蒼くんに感謝かな。おかげでうちで食べられる」

「や、その感謝は知り合いの人にした方がいいんじゃあ」

楽しそうに肩を揺らして笑う成海につられて。つい頰《ほお》が緩んだ。そうする間にもふっと耳の奥で響くのは、数時間前に別れた井上《いのうえ》の台詞《せりふ》だ。

(恋人がいる可能性もあるんじゃないか?)

(額のキスとなると、人によっては挨拶程度にしか思ってないことも)

ここ最近、食事の後片付けはふたりでやるのが定番だ。使った皿を食洗機に入れ、成海がダイニングテーブルを、蒼が調理台の上を片付けているとふいに耳慣れた電子音が響く。この音は、成海のスマートフォンだ。

「ちょっと外すね。風呂の準備ができたら先に入ってて」

了解し、成海がリビングから出ていくのをカウンター越しに見送った。最後に使った布巾《ふきん》を洗って干した時、タイミングを計っていたようにキッチンの壁に設置されたパネルから機械音声が風呂の準備ができたと告げてくる。

ダイニングとキッチンの明かりを落とし、代わりにリビングの明かりを点《つ》けてから蒼はいったん自室に戻った。着替えの準備をして、浴室へ向かう。

「成海さん、……こいびととか、いるの、かな。いてもおかしくない、よね……」

顎《あご》まで湯船に浸かって、ぽつんとそんな言葉が落ちた。

生活が制限されていたと聞いたけれど、まったく動けないわけではなかっただろう。伯父《おじ》の家業の関係者なら同僚もいるはずだし、何よりこの春からはいくらか自由になっている。生活の中心に蒼を置いてくれているのは知っているが、その蒼も平日日中は基本的に不在だ。だったら、出会いがあってもおかしくはない。

考えるたびにずんずんと落ち込んでいく気がするのは、どうしてだろう。浴槽の端に組んだ両手を顎を乗せて、蒼は顔を顰《しか》めた。

今のこの生活は、四年後には確実に終わる。成海の仕事は本家絡みの秘匿《ひとく》事項だと聞いた。そして、蒼自身は本家の本業に関わることはないと、はっきり告げられている。

つまり、大学を卒業したら成海との接点はほぼ完全に消える。十二年前に別れたきりのあの人のように、二度と会えなくなるかもしれない。

辿《たど》りついた結論に、心臓の奥が痛くなった。ぶるぶると頭を振って、蒼は風呂を出る。湯上がりの髪を適当に乾かして浴室を出ると、明かりの点《とも》った廊下はやけにしんとしていた。奇妙な心細さを覚えて足を向けたリビングにも、同居人の姿は見あたらない。

まだ、電話中だろうか。それとも、そのまま仕事に入ったのかもしれない。

自室に戻る気がしなくて、リビングのソファに腰を下ろした。テレビを点けてみたものの、何度切り替えても観たい番組はなく、結局は電源を落としてしまう。

こぼれたため息が、やけに大きく響いた気がした。そのままソファに凭《もた》れて天井を見上げていると、急にドアが開く音がする。

「蒼くん？　ここにいたんだ。どうしたの、何か考え事？」

急にかかった声に、心臓が跳ねた。振り返った先、ドア口から入ってくる成海を認めて、ひどく落ち着かない気分になる。

「あ、……何でもない、です。成海さん、は電話はもう？」

「終わったよ。じゃあ僕もお風呂使わせてもらおうかな」

言葉とは裏腹に、成海はソファに近づいてくる。固まったように動けない蒼の前まで来ると、ひょいと顔を覗《のぞ》き込んできた。

「……やっぱり大学で何かあったんだ？」

「いえ。でも何か、やっぱりちょっと疲れた、のかも」

「それだけ？」

首を傾《かし》げた成海の様子に、何もかも見透かされているような気がした。逃げるように蒼はソファから腰を上げる。

「おれ、部屋に戻ります。休んでる間に講義が進んでたんで、勉強しないと」

「ああそっか、それもあるよね。休んでる間のノートとかは」

「今日友達から貰《もら》いました」

そう、と返した成海に、辛うじて笑ってみせる。リビングを出て自室に戻りながら、不自然な態度だと自分でも呆《あき》れた。帰り着いた自室のドアを背中で閉じて、自分の内側で波立つものを持て余す。耳の奥によみがえったのは、井上の台詞だ。

(顔見たり触ったり触られたりするとどきどきするとか)

(どうしても気になって仕方がなくて放置できないとか)

「……恋愛感情、って」

コレが、そうなのか。だったら——自分はやっぱりそういう意味で、成海が好きなのか。

ドアに凭れて考え込んで、どのくらいそうしていたのか。背後から響いたノックの音と振動にぎょっとした後、目についた壁時計が一時間以上進んでいると知って唖然《あぜん》とする。

「蒼くん？　もう寝てるかな……入るよ？」

「へ、え⁉」

返事のなさに痺《しび》れを切らしたのか、目の前でノブが回った。反射的に蒼が飛び退《の》くのとタイミングを合わせたように、ドアが開いていく。

「あれ、……もしかしてずっとそこにいた？」

「あ、いや、ええと、その」

反射的に否定しようとして、無駄だと気づいてやめた。完全にタイミングを逃して意味不明の声を上げた蒼に、成海が露骨に心配顔に変わる。

「やっぱり何かあったんだね。いったいどうしたの」

「……別に、本当に、大したことじゃなくて」

「だったら話してみてくれないかな。まあ、聞くしかできないかもしれないけど」

「いえ。わざわざ話すほどのことじゃない、ですから」

間違っても成海にだけは、言えるわけがない。そんな心境でどうにか笑ってみせると、成海はきれいな眉を顰《ひそ》めた。

「……もしかして、僕には言えないこと？」

「そ、ういうわけじゃないんです。ただ、その……」

言葉が続かず、黙るしかなくなった。

目の前の成海は落ち込んだ顔をしていて、どうにも申し訳ない気分になる。同時に、うまく話を逸《そ》らすこともできない自分が厭《いや》になった。どうすればいいのかわからず奥歯を噛《か》んでいると、成海が小さく息を吐くのが聞こえる。

「わかった、もう聞かないよ。しつこくしてごめん」

「い、え。その、こっちこそ、ちゃんと話せなく、て――」

こちらを見下ろす成海とまともに視線がぶつかって、語尾が掠《かす》れて消えた。いつも通りの優しい表情の中、見つめてくる目だけがひどく寂しげに見えて、きりきりと胸が痛くなる。

俯《うつむ》いた頭上に、馴染《なじ》んできた重みが落ちる。宥《なだ》めるように軽く叩《たた》かれて、いつもは嬉《うれ》しいそれにすら罪悪感を覚えた。

「そろそろ寝ようか。明日も大学、行くんだよね？」

「それはもちろん……あの！　今日はもう本当にひとりで平気、ですから！」

ほっとして頷《うなず》いて、けれどその直後、昨日までと同じように背中に腕を回されてぎくりとした。慌ててその腕から逃げると、不思議そうな顔の成海に見下ろされる。

「平気って、それはないでしょう。昨夜だって魘《うな》されてたよね？」

「で、でももう大学にも行ってるし！　いい加減、自分で何とか」

「いい心がけだよね。蒼くんらしいっていうか、自立心旺盛で真面目《まじめ》」

感心したように、成海が言う。その言葉に安堵《あんど》して、同時に胸が痛くなった。相反するような感覚に混乱していると、苦笑混じりの声が続けて落ちてくる。

「でもまだ駄目だよ。せめて魘されるのが何日かに一度くらいにならないと」

「え、で、ちょっ……！」

身構えた時は遅かった。ほんの一歩で距離を詰めた成海に背中から抱き込まれて、蒼は思わず悲鳴を上げる。

「はい、捕まったから諦めて。こういうのは油断大敵って言うんだっけ？」

「いっ、いやいや成海さん、ち、ちか、ちかす、ぎ……っ」

「うん？　どこが。このくらいもう慣れてるよね？」

苦笑混じりの声が、すぐ傍《そば》で響く。吐息が耳元の髪を掠めるのを、痛いほど意識した。走り出した鼓動が成海の耳にまで届きそうで、あり得ないと知っていてもそれだけは駄目だと思ってしまう。

この人は、こんなふうに恋人に触れるのか。思った端から、そんなわけがないと否定する。仕事で世話しているだけの蒼と、本気の好意を抱《いだ》いた恋人との扱いが同列なわけがない。きっと、もっと優しく艶《つや》めいた声で、指で表情で、誰よりも大事な恋人を扱うのだろう。そこまで考えたら、もう無理だった。

「お、ねがいです、からっ――もう、これ以上、は」

喉《のど》からこぼれていった声は、自分の耳にも泣き声に聞こえた。

異変を感じたのか、背後の気配が変わる。窺《うかが》うように、すぐ傍で――真横から、覗き込まれるのがわかった。

「蒼くん……？　いったい、どう――」

「な、るみさん、にもこいびと、とか……います、よね？　その、いくらおれが男で、仕事上保護しなきゃいけない相手、でも」

「いないよ」

即答はおそろしく近かった。反射的に顔を向けると、吐息が触れるような距離で目が合う。

「恋人はいない。いたとしても今はどうでもいい。僕にとって一番大事なのは蒼くんだから」

穏やかに告げられた言葉に、絶望した。気づかれないよう奥歯を噛んで、蒼は言うべき台詞を口にする。

「そういう、の。やめた方がいい、です、よ？　恋人さんに、誤解、されます」

「誤解？」

「おれの面倒を見るのは仕事だから、ですよね。伯父さんに言われて断り切れなかったとか、引き受けた仕事は完遂するとか、そういうのは成海さんらしいと思います、けど。仕事と、プライベートは別にした方がいいと思うんです」

卒業式以降の数か月で、それなりに親しくなったとは思う。特に肝試し以降、あれだけ気にかけてもらったことを、全部「仕事だから」で括《くく》るつもりもない。

けれど、あの献身は相手が蒼でなくても与えられたものだ。当初あれほど反抗した蒼ですら気にかけてくれたこの人は、きっと相手がどんな人間だろうと心を砕いたに違いない。

蒼だからあそこまでしてくれたなどと思うのは、ただの自惚《うぬぼ》れでしかない——。

「待ってくれる？　蒼くん、その仕事っていうのは」

怪訝《けげん》な声とともに、背中から抱き込む腕が強くなる。先ほどよりはっきり伝わってきた体温に、ひどく切ない気持ちになった。

「大丈夫です、ちゃんとわかってます。変に図に乗ったり自惚れたりしません、おれも自分がどういうヤツか知ってます。……ですから、プライベートで大事な人がいるなら、その人を優先してください。でないとおれが困ります」

「……？　困るって、具体的にどういう意味？」

「おれ、そういうのに慣れてない、から。境界線とか、わからないんです。だから、あんまり構ったり、大事にしないでほしいんです。そうでないと、勘違い、するから」

必死で言葉を探しながら、改めて思い知る。

きっと、境界線を間違えたのは蒼の方だ。だって、植村《うえむら》と過ごした長期休暇では一度もこんなふうに思わなかった。いつでも冷静に冷めた視線で植村と、植村の前にいる自分とを眺めて、言葉はもちろん振る舞いにも神経を尖《とが》らせていた。

……いつ、また捨てられるかわからないと思っていたからだ。

小学部の頃の蒼にとって、信じるに足る大人はあれきり会えない「あの人」だけだった。植村はいかにも仕事として相手をしてくれる風でしかなかったし、一度も会いに来ない伯父に至ってはいつ気まぐれを起こしてもおかしくない相手にしか思えなかった。

成海にも、ちゃんと警戒していたはずだ。大学が始まるまでは自分でもどうかと思うくらいだったし、打ち解けてからも距離は置いていた。それが、肝試し騒動を契機に大きく変わった。変わってしまったことに、今の今まで気づけなかった。

そして——気づいたからといって、簡単に元に戻せるものでもない。戻りようのない感情は、いつのまにか蒼の中に深く居座ってしまっていた。

「だから、……仕事なら仕事と、はっきり態度に出してください。でないと、もう」

「蒼くん」

語尾を切り取るように、低い声で名前を呼ばれる。無意識にびくりと全身を跳ねさせたせいか、宥めるように指の腹で頬を撫《な》でられた。その指で、今度は顎を捕らわれる。優しいけれど抗《あらが》いを許さない強さで、俯いていた顔を横向きに上げさせられた。

「今の蒼くんの言い方だと、僕のことが好きなようにしか聞こえないよ……?」

ぶつかった視線の先の強さに、見つかったと——知られてしまったと、悟った。

熱湯でもかけられたように、顔が熱くなった。瞬《しばた》いた成海はその変化も見つめたままで、悩むような、考え込むようだった表情がふと移っていく。

「蒼く、」

馴染んだ声で名前を呼ばれた。なのに、初めてそうされたように感じた。

考える前に、身体《からだ》が動いていた。とにかく逃げようとドアに向かおうとして、けれど一歩すら進むことなく長い腕に引き戻される。無意識にもがいたとたんにきつく抱き込まれて、もう逃げられないと絶望的な気持ちで悟った。

「蒼くんに、告白されたと思っていい……?」

低い声と同時に、わざとのように耳朶《みみたぶ》に触れてきたのは間違いなく唇だ。その証拠に、うなじに押さえた吐息がかかってくる。それが、今はひどく恐ろしかった。

「ご、めんなさ……ま、だよく、わからな——い、ままでそういうの、興味なく、て。で、も。成海さんが困る、のは、知って、ます」

俯いた足元に見えるのは、自分の足と背後にいる成海のそれだ。知られた以上、きっとこの距離は終わりになる。四年が過ぎるまでもなく、成海は離れていくに違いない。

「お、れ男、だから無理、ですよ、ね。だから、聞かなかったことに、してもらえた、ら」

「そんなこと言われても。……それこそ困るよ」

耳元で聞こえた長いため息に、心臓が痛くなった。

覆水盆に返らず、だ。一度言ったことを、なかったことにできるわけがない。そんなこと、蒼だってよく知っている。

結局、自分で駄目にした。混乱して、言わなくていいことばかり言って、成海を困らせてしまっただけだった。

「あのね、蒼くん。誤解してるみたいだから言うけど、僕はそんなに優しくはないよ」

柔らかい声とともに、またしても顎に手をかけられる。顔を見られたくなくて、見たくなくて頑《かたく》なに俯いていると、宥めるように頰を撫でられた。

「どっちかっていうと好き嫌いが激しくて、それが顔に出る方だ。親しくしてる連中には、少しくらい取り繕えって言われるくらいにね」

する、と左側の首と肩のあたりに知っている重みがきた。さらりと肌を撫でていく感触は、よく知っている――成海の髪の毛だ。

「仕事なのは否定しない。けど、やりたくない仕事を無理に引き受けるほど殊勝な性分でもない。ついでに、仕事で面倒を見てるだけの年下の男の子に、添い寝なんかしない」

「……、――？」

凝って固まっていた箇所を、少しずつ温められている気がした。ほんのわずか上がった顎を誉《ほ》めるように指で撫でられて、蒼は何度か瞬く。

「放っておけなかったから添い寝したし、気になったから構い倒した。それは相手が蒼くんだからだ。――白状するけど、今こうやって抱きしめてることも含めて、伯父さんに知られたら僕の方がまずいことになるんじゃないかな」

苦笑混じりの声とともに、指で喉を擽《くすぐ》られる。慣れない刺激に思わず上がった顎を、追いかけてきた指で固定された。

逃げ場もなく瞬いた視線の先で、成海が小首を傾げて見下ろしていた。

「まだよくわからないって言ったよね。今も、そう？」

「今、は。その……どう、したらいいか、わか、らなくて」

「そっか。――今、こうしてるのはどうかな。まだ逃げたい？」

柔らかい問いに、数秒迷ってから首を横に振った。腰に回る腕も顎を捉える指もそのままで、きっとどうしたって逃げられない。

けれど、それが厭ではないのだ。さっきまであんなに逃げたかったのに、怖くて仕方がなかったのに——今は、伝わってくる体温に安堵していた。

「フェアじゃないから言うけど、僕は蒼くんが好きだよ。弟みたいとか世話してる子だからとかいう意味じゃなく、キスしたいと思う方の好き、なんだ」

意味を受け取り損ねて、蒼は瞬く。口から、勝手に言葉が出ていた。

「ひたいにする、あいさつ、の、キス……？」

「それもいいけど、できればこっちがいいね」

苦笑混じりの声とともに、顎にあった指が動いた。たった今言葉を放った蒼の唇を、そっと押さえてくる。それでも飲み込めず見返していると、今度は唇のラインをなぞられた。

遅ればせに意味を悟って、驚いた。瞠目《どうもく》して固まった蒼を楽しげに眺めて、成海は言う。

「ちょっとだけ、試してみる？」

「た、めす……？」

「そう。厭なら逃げていいよ。無理強いする気はないし、したくもないからね」

言って、成海は蒼を抱き込んでいた腕をほどいた。唐突な解放感に戸惑う蒼の、今度は真正面に立つ。腰を屈《かが》めて笑った。

「無理しない、我慢しない。厭な時はちゃんと逃げる。——いい？」

「え、と……はい、……？」

気圧《けお》されて素直に頷いたら、今度は左右の頬を優しい手のひらでくるまれた。展開についてけない蒼をよそに、気がついたら目の前に成海のきれいな顔、があって――。

そっと唇に触れた体温が、ほんの一瞬で離れていく。それを、物足りないと感じた。

「大丈夫、かな。逃げなくて、よかった……？」

鼻先が触れる距離にいた成海が、首を傾げて言う。それへ、引き込まれるように頷いていた。とたんに柔らかく笑って、またしても顔が近づいてくる。

「――、っん、……」

二度目のキスは、最初の時よりも長かった。少し体温の低い唇で、蒼の唇を挟むように触れていく。最後に小さく聞こえた湿った音に、ぞわりと背すじに何かが走った。そのまますぐ離れていくかと思ったのに、再び重なってくる。気がついた時には腰と首の後ろに回った腕に囚《とら》われていた。繰り返し落ちるキスは息をつく間もなくて、苦しいし目眩《めまい》はするし途方に暮れるのに、どうしてか離れたくない。終わってほしくなくて無意識に成海の袖を握ると、さらに深く、食らいつくようなキスをされた。

かくんと膝が崩れて、そのまま落ちそうになる。寸前で拾ってくれた腕に思わずしがみつくと、今度は背中ごと何かに――おそらくは壁に、押しつけられた。

呼吸のタイミングがわからずつい開いた唇を、上と下と順番に唇で食《は》まれる。狭間《はざま》を嘗《な》め

るように動いた体温に気を取られている間に、腰に回っていた腕にきつく抱き込まれた。首の後ろにあった指がいつのまにか動いて、左側の耳朶をゆるゆると弄《いじ》られる。そのたび、勝手に背すじがびくびくと跳ねた。

「全然、慣れてない、ね？」

キスの合間の囁《ささや》きに、「う」と呼吸はまた詰まる。恨みがましく見上げた視界が揺れて、そこで初めて自分が涙目になっていたと知った。

「そこで睨《にら》んでも可愛《かわい》いだけなんだけどなあ……知ってて煽《あお》ってたりする？」

「し、らな……」

煽るって何が、と言いたかったのに口がもつれて言えそうにない。なので短く否定しようとしたのに、それすらうまく声にならなかった。

耳元で、「本当に可愛いな」と声がする。聞かせるためでなく、ごく自然にこぼれた言葉だと察しがついて、今さらに気恥ずかしくなってきた。

「そんな顔してると食われちゃうよ？　それでもいいの？」

互いの額をぶつける形で告げられて、蒼は一拍きょとんとする。数秒後、意味を悟ってぎょっとした。無意識に動きかけた腰を引き戻されて、またしても額を合わされる。

「意味、わかるんだ？　ちょっと意外」

「う、……えと、学園、では珍し、くなくて」

「ああ、なるほど。――怖い？　それとも、厭？」

首を傾げて訊く成海はやっぱりきれいで優しくて、声音だって柔らかい。なのに尋問だと感じるのは――逃げられないと思ってしまうのはどうしてか。答えを探して悩む蒼の額や眦《まなじり》やこめかみに、次々落ちてくるキスのせいだろうか。

「厭なら厭で、そう言っていいんだよ？」

「や、ではないと、思います、けど！　だ、ってこ、んなことになる、とか」

事態が急転直下すぎてついて行けない。やっと見つけたその答えを口にすると、成海は何度か瞬いた。その後で、いきなり笑い出す。意味がわからず、それでも少々むっとしていると、今度は少し痛いくらいの力で額をぶつけられた。

「大丈夫。そっちは蒼くんがわかったと思うまでお預けにするよ」

「お、あずけ、って」

「その代わり、キスはいいかな。そっちも駄目？」

顎を引いて、上目に窺うふうに言うのは明らかにわざとだ。そんなもの、今さら聞くほうが絶対おかしい。ついでに、無言で返答をねだるのも狡《ずる》い。

そう思うのに、――知らん顔も保留もできない自分もきっと、どうかしている。

今の自分の顔は絶対に真っ赤だ。悔しいような情けないような、それ以上に嬉しいような。とても複雑な気持ちで了解した蒼に、成海はもう一度、啄《ついば》むようなキスをくれた。

イキガミさまの、お役に立てるようになりなさい。

その言葉が、彼女の指標になった。

＊＊

12

――本当に行くの。

背後からかかった声に、振り返る。今日も格子の奥にいたその人は、気負って頷いた自分を見て顔を顰めた。

――まだ、早いと思うんだけど。

続いた言葉には頷ける部分もあって、けれど頷けない事情もある。だから自分は――夢の中で十代半ばほどに成長した彼女は、意識して笑顔を作る。

――平気。ちゃんと教えてもらったもん。覚えがいいって誉めてくれたよね？

そう言う彼女は、以前から繰り返し見る夢の――例のかくれんぼの彼女だ。格子の奥でその笑みを複雑そうに見ているのは、かくれんぼの時に物置で彼女に見つけられた人だった。

――それは否定しないけど、でも今回の話は。

——大丈夫。ちゃんとやる。それで、帰ってくる。そうしたら、ここで一緒にごはん食べてもいいんだってお師匠さまが言ってた。

考えるだけでわくわくするのは、通常その人が格子の奥から出てくることがないからだ。食事も眠るのも、本を読むのもその場所で、外に出ることは叶《かな》わない。あの「かくれんぼ」の時は本当に例外だったと、後になって知った。

——そんなことにために行くの。

なのに肝心のその人が呆れ声で言うから、つい頬を膨らませてしまった。

——そんなことじゃないもん。だって、

続く言葉を、無理に飲み込む。だって、そうでもしないとこの人とはゆっくり話もできない。言ってみたところで意味はないし、かえって悲しい顔をさせるだけだ。だから、代わりに別の言葉を繋《つな》ぐ。

——誰でも初めてはあるって言ったよね。それが今なだけだもん。

思った時、とん、と戸を叩く音がした。呼ばれていると気がついて、彼女はもう一度格子の奥に目を向ける。

——行ってくるね。すぐ帰ってくるね。

——待って。

踵《きびす》を返したとたんにかかった声に、きょとんと振り返る。いつのまにかその人が格子の傍にいて、木でできた枠を握りしめているのを知った。

――無理はしないで。器に負担がかかりすぎると破綻《はたん》するよ。

以前から何度も言われていた注意に、大きく頷いた。そうして、彼女は格子を摑んだままのその人の手に自分の手を重ねる。

――わかってる。大丈夫、ひとりじゃないもん。

こんこん、と今度は二度、戸を叩く音がした。急《せ》かされていると知って、彼女は慌ててそちらへ向かう。戸を出る前に、もう一度だけ振り返った。

――行ってくるね。

手を振った彼女が最後に目にしたのは、格子を握ったまま食い入るようにこちらを見つめる大好きな人の姿だった。

＊＊

また、初めての夢を見た。

ベッドの中に転がったまま、蒼は目の前にある寝間着の胸元を見つめた。なるべく身体を動かさないよう注意してそろりと視線を上げていくと、昨夜も一緒に眠った世話役――兼、恋人未満、の成海の瞼《まぶた》はまだ閉じたままだ。

目覚ましが鳴った気配はないし、そもそも成海は寝坊はしない。ここ最近ずっと一緒に眠っているから、教えられるまでもなく知っている。だったら、わざわざ起こすこともない。

小さく頷いて、蒼は顎を元に戻す。わずかにずれた枕《まくら》の位置を戻しながら、今の今まで見ていた夢を思い起こす。

例の、かくれんぼの女の子の夢だ。そこからたぶん数年経《た》った頃。相変わらず格子の中にいた人に、喜んで報告に行く。なのに、その人――やっぱり成海と同じ顔をした人は喜んでくれない。それが物足りなくて、けれど他に道はなくて。だから彼女は出かけていく。

「……――どこ、に？」

知らずぽろりと落ちた問いの答えを、蒼は知らない。夢の中、当のあの女の子は知っているはずなのに、内側にいる蒼には窺い知れない。何度も重ねて見た夢ならわかることはあっても、回数が浅いうちは見えないことも多い、けれど。

「何か雰囲気、剣呑《けんのん》、だったような……」

「ん？　何が剣呑？」

またしても口に出していたと、気がついたのは低い声を聞いた後だ。ぱっと顔を上げるなりこちらを見ている成海と目が合って、とたんに顔が熱くなるのがわかる。

「え、あの、おはよう、ございます。……何でもないです、ちょっと夢見がいろいろと」

「何それ。夢見がいろいろって」

くすくす笑いとともに伸びてきた手に、頬を撫でられる。ずっと腰を抱き込んでいた腕が強くなったかと思うと、平行だった視界が唐突に垂直になった。つまり、成海が起きるのに合わせ、抱き込まれたままで起こされた。今の蒼は、ベッドに座った成海の膝の上だ。

いきなりのことにぽかんとしていると、鼻先に何かが触れてくる。あ、と思った時にはもう、目の前に成海の顔が来ていた。押し当てるようなキスをされて、蒼はかちんと凝固する。

「おはよう。蒼くんも相変わらず慣れないね」

「……う、」

図星ではあるし否定はしないけれど、それは蒼が悪いのか。少しばかりむっとして、蒼は成海をじっと見返す。

「起き抜けにいきなりキスされて、どう反応すれば慣れたことになる、んです……？」

「うーん、それは内緒かな。教えたら僕が楽しくなくなる」

「た、のしくないって、成海さん……」

恨みがましく睨んだはずなのに、満面の笑みでまた唇を啄まれた。そのたび少し収まりかけたはずの熱が再燃するのは、我ながらどうにかならないものか。

「あの、すぐ朝食にしますね」

「え、今日も作るんだ？　たまにはどこかに食べに行こうって昨夜——」

「言われましたけど、おれは了解してないです。そういうわけで、離してください」

わざと口を「へ」の字にし、腰に回ったままの成海の腕をぱしぱし叩いた。「えー」とか「何で」とか続ける成海から、やっとのことで離れてベッドを降りる。準備していた着替えを手に、そそくさと洗面所へ向かった。

期せずして蒼が告白まがいのことをやらかしてから、今日で五日目になる。

(とりあえず、恋人未満かな。一歩手前くらいでどう?)

成海のその申し出に、思考がうまく回らないまま同意してしまった蒼は、以来連日のように手慣れた大人に転がされている……気がする。

まさか、成海の態度がここまで変わるとは思ってもみなかったのだ。何しろ告白など欠片《かけら》もなかったあの時点で、すでに成海は十分すぎるほど過保護だった。

けれど、実際の「恋人一歩手前」はそんなものではなかった。たとえて言うなら、以前は「砂糖を全身にまぶされていた」のが、今や「全身蜂蜜《はちみつ》漬け」だ。視覚的なイメージで言えば、琥珀《こはく》に閉じこめられた昆虫《こんちゅう》の気分に近い。

「……成海さんの、本当の恋人って」

いったいどんな状況になるのか。想像しただけで十分怖い。

手早く身支度をすませて洗顔しながら、蒼は目の前の鏡を見つめる。気のせいか、そこに映る自分の顔は妙に赤い。

ちなみに未《いま》だ同じベッドで寝ているのは、単純に例の「添い寝」の続きだ。当初の言葉通り成海との関係はキス止まりで、あれは冗談だったのかと考えてしまうほど先を匂わせない。

「蒼くん、実は外食は苦手なのかな？」

「苦手、ではないと思いますけど。作った方が早いっていうか、メニュー決めて買い物してるので残ったら勿体《もったい》ない、のかも」

朝食の席で成海に訊《き》かれて、思案する。はじき出した答えに、自分で納得した。同時に、気がついたことも付け加えておく。

「慣れてないのは確かですね。あと、外食だと味付けが濃いことが多いので」

「なるほど。だったら次の買い物の前に調整したらどうかな」

さらりと言う成海は、意外に健啖家《けんたんか》だ。相当舌が肥えているはずなのに、蒼が作った見た目ふつうで味もそこそこな料理を平然と平らげている。

「……成海さん、もしかしておれが作ったからって我慢して食べてたりしませんか？」

「そんなふうに見える？」

「見えません、けど。おれ、まだレパートリーも少ないし」

「頑張って増やしてるから十分じゃないかな。僕も、不満があって外食に誘ってるわけじゃないしね？」

楽しそうに笑った成海にほっとして、いったん自室に戻った。荷物を手に玄関に行くと、そこでは外出準備をすませた成海が待っている。

「ええと、そろそろ自転車でも大丈夫、だと思うんですけど」

「今日は駄目。手配済みだからね」

つんと鼻の頭をつつかれ、エレベーターに押し込まれた。言葉通り地下駐車場で待っていた車に乗り込んで、蒼は先ほどの話題を蒸し返す。

「だったら、明日からは自転車でも」

「こうやって送り迎えするのが楽しみなのに、つれないことを言う子だなあ……うん、けどまあ、週明けからならよしとしようか。バイトの方も、週明けから解禁でいいよ」

「えっ」

予想外にあっさり言われて、素直に驚いた。そうしたら、今度は頬をつつかれた。

「バイト先には今日中に連絡しておく。ただし、時間は様子を見ながら増やす方向でね。昨夜はそうでもなかったけど、たまに魘されてることもあるし」

「あ、……ええと魘されるっていうより夢見がちょっと。あの、じゃあサークルの方はどう、なんでしょうか」

オカルト研の活動内容は、例の合宿騒ぎの後で報告済みだ。「霊関連」に微妙な顔をした成海にそれが主体でないと説明したものの、けして賛成されていないのも察している。

「学内での参加なら問題ないかな。ただ、泊まりは避けた方がいいだろうね」

「了解です。おれもそっち関係から全力で逃げます。ヘタレだと思われた方が楽だと思うんで……というか、やっぱり辞めた方がいいですよね」

「でも楽しいんでしょう。例の、古代文明だっけ？」

軽い笑いとともに、成海は蒼の頭にぽんと手を置く。

「やりたいものを無理に制限する必要はないよ。ただ、避けるものをきちんと避けることだけは忘れないように。……僕としては、むしろバイトを辞めてもいいんじゃないかと思うけどね。伯父さんの世話になるのが心苦しいなら、僕が出資してもいいし」

「何言ってんですか、そんなのあり得ないでしょう。ヒモじゃあるまいし」

「蒼くんみたいなヒモなら僕はいつでも大歓迎だけど？」

憤然と言い返したら、流し目でそう言われた。声音はいつも通りなのに、器用なことに目だけはやたら艶やかで、どういうわけか背中から腰のあたりがぞくぞくしてきた。

「……っ、そもそも成海さんはおれに甘すぎます。あんまり甘やかして、堕落したらどうするつもりなんです？」

「もちろん、責任持って生涯面倒見るよ」

運転手に聞こえないよう声を落として文句を言ったら、同じく抑えた声に耳元で囁かれた。びくりとして耳元を押さえた蒼を見る顔は、どうかと思うくらいに楽しげだ。

「な、るみさ」

「着いたよ。そろそろ行かないと講義に間に合わないんじゃないかな」

余裕の笑みで言われて慌てて目をやると、いつのまにか車は連日送ってもらう場所——大学から歩いて三分ほどの町中で、とうに停車していた。

いったいいつからと唖然として、ふと気づいて成海を見る。とたんに向けられたにっこり笑顔に、全身で脱力した。——明らかに、遊ばれているのだ。

「成海さん、案外性格悪いですよね……」

「人によると、案外なんて可愛いものじゃないらしいけどね」

「……行ってきます。帰りはまた連絡します」

息を吐いて、蒼は車を降りた。気をつけて、と手を振ってくる成海に同じ仕草を返し、急ぎ足で大学へと向かう。頬に当たる風が妙に冷たいと思うのは、きっと気のせいだ。

「よ、柚森《ゆずもり》。今日は宮地《みやじ》は……またいないのか」

「あいつ、ちょっと自主休講長すぎだろ。ひとりで夏休みの前借りでもやってんのかよ」

辿りついた講義室の、いつもの窓辺の席につく前に友人たちから声がかかった。蒼をしげしげと眺めての台詞は、ここ最近で定番と化しつつある。

「そういえば長く見ないな。今日で五日だっけ。——何か連絡あった？」

「全然。柚森は？」

「メールはしてみたけどなしのつぶて、かな」

仲が良かったなどと言われると疑問符が浮かぶ相手ではあるが、比較的親しかったのは事実なのだ。放置するのもどうかと思えて、連絡はしてみたのだが。

「事故って入院とか急病だったら、どっかから話が来そうなもんだしなあ」

顔を顰めて唸《うな》る友人に、他の面子《メンツ》が次々と言葉を投げる。

「あいつ一人暮らしだっけ？　どこに住んでんの。家族と同居？」

「え、それ知らね。柚森は聞いてる？」

「聞いてない。というより宮地ってプライベートなことは一言も言わないよね」

「は、そうだっけ？」

蒼の返答に皆が怪訝な顔をしたところで、講師が姿を見せた。それぞれが席につく中、蒼はテーブルにノートを広げて準備をする。

実際のところ、宮地の周辺は見事に謎だ。あれだけよく喋《しゃべ》るのに、プライベートを聞いた覚えがない。

午前中もふたコマを終えたら、あとは午後一番の講義だけだ。友人たちはこれから映画に行くとかで、教室を出たところで別れた。いい天気だしひとりだしと、売店でサンドイッチと飲み物を買って中庭に行くことにする。

木陰のベンチで昼食をすませ、残った時間にサークルの先輩に借りていた本を開く。と、数ページ進んだところで近づいてくる足音がした。

「へえ。もう具合よくなったんだ」

かかった声に目を上げると、そこにいたのは宮地だ。負けん気が出た顔つきも、洒落《しゃれ》っけのあるスタイルもテノールの声も間違えようがない。

「宮地、来てたんだ。ずいぶん長く休んでるから何かあったんじゃないかってさっき──」

かけた声が途切れたのは、違和感を覚えたからだ。じっとこちらを見つめる宮地が、同じ顔で同じ格好の、別人のように見えた。

「ふーん。この程度ならわかるのか。……この程度しかわからない、とも言うけどさ」

「は？　何、言っ──おい！」

大股《おおまた》に近づいた宮地に、いきなり左腕を掴《つか》まれる。そのまま宮地自身の脇に挟むように引っ張られて、肩の付け根に痛みが走った。

借り物の本が、手から滑り落ち膝に当たって地面に転がる。横に置いていたペットボトルが、鈍い音を立ててその隣に落ちた。

「い、……っ、何、し──っ」

思わず声を上げた蒼に構わず、宮地の手が左の袖を引く。手首に食い込む袖口を目にして舌打ちしたかと思うと、ボタン部分を引きちぎった。袖《そで》を捲《まく》られた拍子に爪が当たったのか、肌に一直線の痛みが走る。

「ない、と。そりゃそうか。同じ轍《てつ》を踏むわけもなし」

「ちょ、宮地……っ」

抗議の声とほぼ同時に、呆気《あっけ》なく左腕が自由になる。代わりとばかりに、今度は左足首を摑まれ、もぎ取る勢いでスニーカーを脱がされた。

守り石、と本能的な警鐘が鳴って、慌てて逃げようとした左足を容赦なく引き戻される。ジーンズの裾《すそ》を引き上げられて、悲鳴に似た声が出た。

けれど、宮地の暴挙はそこで唐突に終わった。そろりと目をやると、彼は剝《む》き出《だ》しになった蒼の左足首を――正確にはそこに巻かれた守り石を、睨むように見据えていた。

ふっと強い息を吐いて、宮地が蒼の足を離す。唐突さにバランスを崩しかけてベンチに手をついたのを、突っ立ったまま見下ろして言う。

「一応、訊いてやる。何で、おまえが守り石を持ってんだよ」

「……え」

「それ、アサツキでも限られた人間にしか渡さない代物なんだけど？　おまえ、修業もろくにしてない、ってよりそれ以前だろ。役に立たない力だとか言ってたよなあ？」

不意打ちの問いに、蒼は絶句した。

守り石は、秘匿事項だったはずだ。肝試しで目にした時の宮地の反応は薄くて、「知っている」ようには見えなかった。

「さっさと答えろ。こっちは仕事上がりで疲れてんだよ」

「し、ごとって」

「はあ？　おまえ馬鹿かよ。幽霊退治に決まってんだろ」

その一言で、繋がったと思った。それでも蒼は一応の問いを口にする。

「宮地、は……術者、って人なんだ……？」

「半分外れ。これでも一応、アサツキの次の当主なんだよなあ。……で？　まだ質問の答え貰ってないんだけど？」

返る声は淡々として低い。怒鳴られているわけではないし、宮地の表情はむしろにこやかだ。それなのに、抜き身の刃物を突きつけられているような気がした。

息を飲んで必死で考えて、蒼の口から出た言葉は一言だけだ。

「成海さんを、知ってる、んだ……？」

「はあ？　おまえ馬鹿？　逆だろ。おまえ程度のヤツが成海のこと知ってる方がおかしいって言ってんの」

鼻先で笑って、宮地はベンチの脚を蹴り上げる。伝わる振動に、知らず肩が大きく跳ねた。

「これ、は――成海さんから、渡されて」

「そんなもん、言われるまでもなく知ってるよ。朝だってまあ、よく往来であんなにいちゃつけるもんだって呆れたしな」

「……は？　いちゃ、つくって、何……」

「たかだか歩いて二十分の距離を、運転手つきの車で送り迎えとか。成海もどっかおかしいんじゃねえの」

放り投げるような言葉で、気づく。つまり、宮地は今朝蒼が成海に送られてきた場面を見ていたわけだ。そしておそらく、マンションの位置も知っている。

「おまえが一緒に住んでんのも、成海に世話焼かせてんのも知ってるよ。そのくせ、成海のことを何も知らないのもな」

「知らない、……？」

「実際その通りだろうが。成海の仕事が何か、あいつが今までどこで何してきたか、何でおまえの世話役なんかやってんのか。おまえ説明できんの？」

「そ、それは……成海さん、言わないし。おれも、訊いたことない、から」

口にしたあとで、自分のその言葉にどきりとした。案の定、宮地は侮蔑も露《あら》わに蒼を見下ろしてくる。

「言わないし、訊かないから知らない、ってか。そんで？　成海がどれだけ割を食ったところでどうでもいい、ってわけだ」

「割を食うって、どういう意味」

「今さら慌てても意味ないし。結局、おまえは自分が楽ならそれでいいわけだ。オレ、そういうヤツって死ぬほど嫌いなんだよ。絶対、今のままじゃすませてやらないから覚悟しとけ」

唾棄するように言って、宮地は背を向けた。

講義棟へ向かう背中を呆然《ぼうぜん》と見送って、蒼はのろりとしゃがみ込む。拾った本の埃《ほこり》を払い、同じく拾ったボタンをポケットに入れた。袖口を、左右とも軽く折り返してから気づく。

「……――、講義っ！」

泡を食って確かめたスマートフォンの時刻は開始一分前を指していて、超特急で荷物を片づけ腰を上げた。すでに講師の声が響く講義室の後ろ、一番近い空席につく。幸いにして、出欠カードはまだ前方を回っているところだ。

息を吐いてノートを広げた蒼は、かなり離れた前の席に宮地を認めて呼吸を止めた。

先ほど投げつけられた言葉が、耳の奥で反響しているような気がした。

自分のことを、言いたくないから他人のことも訊かない。そのスタンスが功を奏してか、学園にいた頃から蒼は周囲より格段に情報が遅かった。それで馬鹿にされたことも、見下されたことも数知れずだ。

けれど、蒼にとってはどうでもいいことだ。その手の情報の多くは他人のプライベートや人間関係に関することだから、知った時の方が面倒が増えると思う。

だから、大学でもそのスタンスを変えていない。宮地だけでなく他の友人に対しても――成海に、すらも。

（おまえだって、相手のことを全部知ってるわけじゃないだろ）

つい先日、恋愛相談もどきを持ちかけた時に井上から言われた言葉を思い出す。

あの言葉は、先ほどの宮地の言い分とは意味が違う。けれどその両方で、蒼が「知らなすぎる」のは事実だ。

成海がどんな人かと訊かれても、答えることはできる。けれどそれは「蒼にとってどういう人か」ということだけだ。秘匿事項だという仕事は仕方がないとしても、それ以外の、たとえば生《お》い立《た》ちや伯父と出会い世話になった経緯すら、欠片も知らない。

あの年齢で量販店も百円均一も、コンビニエンスストアすら初めてで、電車に乗ったこともない。そんなのはふつうあり得ないと承知の上で、あえて追及しなかった。それは、あの時点の蒼にとっての成海が「期間限定の世話役兼同居人」でしかなかったからだ。

けれど、今は違う。違っている、はずだ。なのに結局蒼は以前からのスタンスのままで、その結果成海が割を食っているのだとしたら――。

今日最後の講義が終わってすぐに、蒼は席を立った。ざわつき席を立つ周囲とは無関係なふうに座ったまま、窓の外を眺めて動かない宮地の元へと急ぐ。

「――さっきの話。詳しく聞きたいんだけど」

声をかけても、宮地は反応しなかった。たっぷり十数秒ほど、蒼の存在すら無視して外を眺めたまま、独り言のように言う。

「へーえ。わざわざオレに？」

「成海さんに、直接聞いてもいい。けど、たぶんおれには話してくれないと思う。宮地も、わかってるよね」

あえて淡々と告げたら、ようやく宮地はこちらに顔を向けた。ちらりと眺めただけで、また外に目をやる。

「時間は？　おまえ、バイトやらサークルは制限かかってんじゃねえの」

「友達に、誘われたって連絡するよ。それなら大丈夫だと思う」

「おまえそれ厭味かよ。……まあいいけどさ。いい加減、こっちも我慢の限界だし」

言うなり、宮地は席を立った。まだ広げたままだったノート類を乱雑にバックパックに突っ込み、一方の肩に担いで歩き出す。ついてくるよう短く言われて、蒼は黙って従った。


「はあ？　何っだそれ、馬鹿じゃねえの。おまえ本気で何も知らないいんじゃん」

というのが、蒼の知る「情報」を耳にした時の宮地の第一声だった。

連れて行かれた先は、大学からほど近いアパートの一室だ。学生向けの1DKロフトつきで、意外に広い。――もっとも、そう思うのは室内にほとんど何もないせいだ。何しろ、玄関から足を踏み入れた時点で「空室だ」と直感し、奥に通されて「引っ越し前か、引っ越し後のどっちなのか」と訝《いぶか》った。

（どっちでもねえよ。仮の部屋だしな）

嘯《うそぶ》いた宮地によると、ここは大学に「自宅住所」を届けるためだけに借りているのだそうだ。人を呼ぶ気もなし、本人も入ったのは三度目だという。意味がわからず瞬いていたら、「やっぱりな。そんなことも知らねえわけだ」と呆れ果てた顔で言われた。

その後は、どうでもよさそうに座るよう言われ、知っていることを話すよう促された。フローリングの、何もない床にじかに腰を下ろした格好で始めた説明は当然ながら数分とかからず終わってしまい、とたんに心底呆れたため息を吐《つ》かれたわけだ。

「浅月《あさつき》、って名前すら聞いたことないとか、マジかよあり得ないだろ。そういやおまえ、オレの名字にも反応しなかったよな」

宮地が中庭で繰り返し口にしたその名は、成海が言う「本家」の総称なのだそうだ。

「苗字とは違うからな。登録商標みたいなもんだと思っとけ」

「わ、かったけど。でも、だったらおれの柚森って苗字は」

そして本家、つまり蒼を援助してくれている伯父の苗字は「宮地」なのだそうだ。今の今、初めて知ったが宮地はその伯父の息子、つまり蒼の従弟《いとこ》だという。

「知るか。どっか遠縁から引っ張ってきたんじゃねえの？　……あー、マジあり得ない。本気で面倒くさ。成海の物好きにもほどがあるってか」

「宮地、成海さんを呼び捨てしてるんだ……」

同じくフローリングであぐらに組んだ脚に頬杖《ほおづえ》をついた宮地は、蔑む目で蒼を見た。

「ガキの頃から知ってる相手だ。おまえと一緒にすんな」

「子どもの頃、から……？」

「こんなんにいちいち説明すんのか。だいたい何で親父《おやじ》も、じじい連中もこんなヤツを放置してんだか」

宮地の顔にあるのは、苛立ちだ。言葉が出ない蒼を睨み据え、忌々《いまいま》しげに言い捨てる。

「役立たずだって言ってんだよ。宝の持ち腐れ。豚に真珠」

「そんなこと言われても、おれは本当に視《み》えるだけ、で」

「視えてんだろ。そんで六歳で浅月に拾われて、何でのうのうと学園なんか行ってんだよ。卒業後は好きに生きろとか、冗談だろ」

投げられた言葉は、蒼の急所だ。あり得ないとずっと思ってきた、どうしても腑《ふ》に落ちない自分の未来。

「おまえみたいな縁戚だけじゃなく、無関係な家からも視えるヤツは浅月に来るんだ。オレみたいな直系だって、そいつらと一緒に修業に入る。六歳だったらむしろ、遅い方だ」

「しゅ、ぎょう……？」

「視えるだけって、おまえ言ったよな。そんなもん、何の準備も訓練もなきゃ当たり前だ。自分でわかるヤツもいるにはいるけど、全部が全部そうじゃない。修練して工夫して、その上で自分のやり方を知る。それが当たり前だ」

ふん、と強い息を吐いて、宮地はふいと顔を背けた。

「最初から持ってるもんを、ない扱いなんかできるわけないだろ。使いたくないと思っても、使わなきゃ下手したら自分が死ぬ。だから全員、必死で修業するんだよ。――なのに、何でおまえだけ逃げられるんだ。どうして許されてきた？」

顔を戻した宮地の、その言葉が重い。見据える目に今は苛立《いらだ》ちも怒りもなく、ただ疑問だけが浮かんでいた。

「守り石だって、浅月でもよっぽど上の、かなり厄介な案件を受けるようになって貰えるもんなんだよ。望んだところで手に入るわけじゃない。他人が触った時点で割れて使い物にならなくなるから、余計にな。それを」

宮地の視線が向かったのは、蒼の左足首だ。今はジーンズと靴下に隠されたそこに「守り石」がある。

「で？　おまえ、ここまで聞いても豚に真珠やってくのかよ」

「そ、れは――合宿の、あの騒ぎの後で成海さんから、器の質に問題があるから対象外だって言われて、て」

「そんなもん、修業しなけりゃ当たり前だ。オレは今後もそうやって成海に囲われて過ごすのかって聞いてんだよ。ま、なーんにも知らないフリでお姫様扱いされてりゃ一番楽だよな」

嘲笑を孕《はら》んだ物言いに、言葉が出て来なかった。それでも、ずっと気になっていたことを口にする。

「おれがそうすると、成海さんが割を食う、んだよね……？」

「別にいいんじゃねえの。制約はあっても成海は金払いがいいし、過保護だし？　うまく使えば一生左団扇《ひだりうちわ》だ。成海は成海で、絶対おまえに本当のことは言わないだろうしな」

「……本当のことって、何」

「教えてやってもいいけどさ。オレが口で言ったところで」

言い掛けて、宮地はふと言葉を切る。ついと蒼に向けられた目からは、今の今までの膿《う》んだような色が消えていた。

「そうだよなあ。直接、成海から聞くのが一番だよな」

「……宮地？」

くす、と笑う声がした。見れば、宮地は妙に楽しげな——けれど確かに毒を含んだ顔で、蒼を見つめていた。

「お膳《ぜん》立《だ》て、してやってもいいけど。おまえはどうする？」

13

帰り着いたマンションの自室のドアを背中で閉じて、蒼は短く息を吐いた。壁際のデスクに向かい、スマートフォンを充電器に繋げる。教わったばかりの操作を、ひとつひとつ確かめながら進めていく。

蒼と成海が暮らすマンションは、繁華街の駅のすぐ傍だ。地上はもちろん、地下駐車場の出入り口も、場所さえ把握していれば出入りは確認できる。

そう嘯いた宮地は蒼をその地下駐車場出入り口が見える場所――マンションの斜向《はすむ》かいの二階にある、二十四時間営業の喫茶店に連れ込んだ。

目の前で宮地が電話をかけた相手は、成海だ。ご丁寧にスピーカーにして呼び出しをかけた。電話に出たのは確かに成海で、開口一番に「宏典《ひろのり》？」と宮地の名を口にして、確かに親しい間柄なのだと納得させられることになった。

とはいえ、当初成海は宮地からの誘いを一刀両断した。「急に言われても」と繰り返すのへ、宮地は切り札とばかりに言ったのだ。

（柚森蒼の件だけど。おまえ、あいつに自分のこと何も話してないよな）

（それは宏典には関係ないよね？）

（ないけど、四年も同居すんのに教えないってのもあいつが気の毒じゃん。だから、オレが代わりに言ってやろうかと思ってさ）

（……――余計なことはしないでくれないかな。何度も言ったはずだ。あの子には何も知らせない。教えるつもりもない）

スピーカーから聞こえたその言葉に、固まったまま動けなくなった。結局宮地は成海を呼び出すことに成功し、あっさり通話を切った。

（んじゃ、オレはアパートに帰るんで。おまえもマンションに帰ってすぐ準備しろ）

辛うじて頷いた時、今度は蒼のスマートフォンに成海からのメールが入った。急用で出かけることになったから、連絡が取れなかったらタクシーで帰るようにという内容だった。

宮地の指示で、それには「今友達と一緒だから、大丈夫です。用事が終わったら連絡をください」と返信した。前後して窓の外に見える地下駐車場出入り口から、いつも成海が使っている車が出ていくのを見届けた――。

小一時間前に教わった通りの画面が、スマートフォンに表示される。指示された箇所をタップすると、すぐに呼び出し画面が出た。待つほどもなく切り替わって、今度は白い壁の部屋が見下ろす角度で表示される。ぐるりと動いた画面の中、こちらを見ているのは宮地だ。

『うまく絵が入るかどうかは微妙だけどな。――絶対、声や音は立てるなよ』

声が出なくて、ただ頷いた。続いてガタガタと音がして画面が動き出す。合間にインターホンらしい音が鳴り響くのが聞こえた。

ロフトのどこかに端末を固定したらしく、やがて画面は室内を見下ろす角度で静止した。カムフラージュなのか、画面の右から左、下の方に布らしいものが映り込んでいた。

はいはーいと軽く返す声は宮地のものだが、今は画面に姿がない。ややあって話し込む声に続き、ドアを開閉する音がした。間を置かず、画面に宮地と成海が映り込む。

『んなこと言ったって、こっちは今朝まで仕事だったんだよ。成海だって知ってんだろ』

最初にはっきり聞こえたのは、どことなく甘えたような宮地の声だ。こちらに顔を向ける位置に立って、真正面にいる成海を見上げている。

『……まあね。一応、聞いてはいたけど。問題はなかった？』

『なし。無事終了。ってことでー、たまには成海と夕飯行きたくてさ。いいだろ？』

あえてそうなるよう誘導したのだろう、画面上の成海はこちらにほぼ背中を向けていた。

それでも、無邪気そうな宮地の言い分に苦笑したような気配が伝わってくる。

『今日の今日は急すぎるよ。言ったでしょう、僕は今』

『子守中だっけ？　仕事も修業もせず援助だけ受けてる出来損ないの』

『宏典』

短く諌《いさ》める声は、成海にしては鋭い。挑戦的に見上げる宮地に息を吐き、室内を見渡した。

『それはそうと、どうしてこの部屋には何もないのかな』

『大学用住所確保用だから。オレもこんなとこ住む気ないし。――けど、人に聞かれるとまずい話をするにはちょうどいいよな。例の出来損ないのこととかさ』

『……ちょうどいい。僕も、宏典に確認しておきたいことがあったんだ』

成海の声が低くなる。珍しい響きに無意識に身を縮めながら、それでも蒼は耳を澄ませた。

『合宿の肝試しの時、墓所に細工したのは宏典だよね？　おまけにその場で蒼くんの守り石まで割った。――いったいどういうつもりであんな真似をした？』

「……っ！」

　思いがけない言葉に危うく出そうになった声を、無理矢理飲み込んだ。そのまま、蒼は画面の中の成海の背中を見つめる。

『確かに細工はしたよ。能力持ちにしては鈍すぎたし、成海から左手首に何か貰ってんのは最初からわかってたんでね』

　つまり、宮地は最初から蒼が何者かを知って近づいてきたわけだ。だったら妙にくっついてきたり、変に離れたりしていたのも納得できる。

『どの程度か確かめるにせよ、成海から貰ってるもんを剥《は》がさなきゃ無理だろ。そんでひん剝《む》いたら、まさかの守り石で驚いた。その隙にあいつの義姉って女が勝手に触って割った』

『……あね？　蒼くんの？』

『親同士の再婚でできた義姉で、十二年音信不通だったとか聞いた。詳しく聞く前にあいつが倒れたんで詳細不明。成海はそのへん聞いてないんだ？』

　揶揄《やゆ》めいた言葉に、成海の返事はない。ややあって、ぽつりと言う。

『……聞かない限り話さないし、聞いても詳しくは言わない子だからね。言葉で辛《つら》い想いをしてきたせいだろうけど』

『それって成海も信用されてないだけじゃん。何でそんなのを構うんだか気が知れないね』

『宏典』

『十二年も好き勝手させた上に大学まで行かせて無駄金使うより、とっとと修業させりゃいいだろ。あいつの力、結構使いであると思うけど？』

『……宏典』

咎《とが》める声に名を呼ばれても、宮地が頓着する気配はない。ヒートアップしたように続けた。

『成海から言えないいんだったらオレから言う。親父も成海も甘やかしすぎだ。あいつの母親だって、出ていったにせよ浅月の人間だろ。あいつの力を知った上で放置しただけでもろくでもないのに、やっと引き取ったのに何で何も教えないいんだよ。おまけに封じの守り石まで』

『——宏典』

立て板に水とばかりにまくし立てていた宮地が、ふと黙る。それより少し早く、蒼は呼吸を止めていた。

成海の気配が変わったのが、痛いほどわかったせいだ。画面の中の後ろ姿は少しも変わらないのに、動画とはいえリアルタイムで送られているのに——眠っていた危険な生き物を強引に叩き起こした、ような。

『蒼くんは浅月とは無関係だ。修業であれ仕事であれ、いっさい関わらせるつもりはない。通達は十二年前に出ているはずだ。……まさか、知らないとは言わないよね？』

聞き慣れたはずの成海の声が、凍り付くように冷たく聞こえた。動けない蒼をよそに、画面の中の宮地は露骨に表情を歪《ゆが》ませる。

『それがおかしいって言ってんだろ⁉　何であいつだけそんなに扱いが違うんだよ！　オレだって、タイチだってマサヤさんだって、本当はこんなふうに力を使いたかったわけじゃない！　封じの守り石があるんだったら、何で使わせてくれなかった⁉』

『だから蒼くんに修業させて、初仕事で死ねばいいとでも？』

激昂《げっこう》した宮地に動じた風もなく、低い声が言う。その意味が、すぐには理解できなかった。

『はあ？　そんなもん、修業が足りないだけの自業自得だろ！　初仕事なんか必ずフォローがつくんだ、それで死ぬようなヤツは素質なんかないに決まってて』

『――だから。蒼くんにはその、素質がないと言ってる』

成海に遮られて、宮地が黙ったのは一瞬だ。苛立ちを隠さず、間髪を容《い》れずに言う。

『あいつの力が結構なもんだってくらい、オレにもわかるんだけど？』

『事実だよ。あの子はこれまでほぼ毎回、初仕事で生命《いのち》を落としてる。二度目の仕事に至ったことは、僕が知る限り一度もない。原因はすべて器の破裂だ』

『…………は？　何だよ、その何度も死んでる、って』

『宮地の家系図に、大抵は脇腹の生まれで、若くして亡くなってる者が複数いる。その全員が蒼くんだと思っていい。家系図に載せてもらえなかった時もあったけどね』

『成海』

宮地が何か言うのが聞こえたけれど、内容までは耳に入って来なかった。代わりに、サークルで何度も耳にした言葉が脳裏に浮かぶ。

――輪廻《りんね》転生。世に言う前世。あるいは、生まれ変わり。

『成海さあ、そういうやり方で話を』

『僕が、かなり長く浅月にいることは宏典も知ってるよね』

『知ってるよ。オレが生まれる前どころか、亡くなったじいさんが生まれる前からうちにいて、じいさんのじいさんから無礼はするなって叱られてたとかさ。けど、それとこれとは』

『同じだと思うけど？』

成海の声は平然として、日常会話のようだ。けれど画面を見つめる蒼は声もなく、思考もうまく働かない。

宮地の祖父の、その祖父すらも成海を知っている――としか、聞こえなかった。

『局所的に頭が固いところ、宏典も前に会った時と変わらないよね。――今の宏典になる前の前の人生だと思うけど、やっぱり浅月の当主の最初の子として生まれたんだ。類希《たぐいまれ》な力があったからその気になれば跡も取れたのに、自分は女だからって長男に譲った。周囲に何を言われても、最期までそれでいいと頑なに信じてたな』

『……は？　それ、オレの前世だとか言う……？』

『うん。生涯嫁がなかったから、家系図を見れば特定できると思うよ？』

『いや、いやいやちょっと待て。成海ってそういうこともわかるのかよ』

珍しくも狼狽《うろた》えたように、宮地が言う。それへ、成海は首を竦《すく》めてみせた。

『魂のかたちが見えるらしいんだよね。前の生で逢《あ》っている相手ならすぐわかるよ』

『その魂の形であいつの前もわかったってこと……は？　さっき成海、あいつはほぼ毎回、器が壊れて死んでるって』

言い放った宮地の言葉が、半端なままで宙に浮く。しばらくの沈黙のあと、成海が息を吐くのが聞こえた。

『力だけを言えば確かに、蒼くんは宏典より上だ。けど、それに見合う強度がない。そのくせ受容性だけは高すぎるほど高い』

『そ、れは——だったらフォローさせればいいだろ。オレには無理でも他に』

『打てる手を打ってきた結果がそれだ。知っていて、見ているしかできなかった。——だから今回は絶対に許すつもりはない。宏典や当主を敵に回しても、だ』

画面の中、遠目にも宮地が息を飲んだのがわかった。

デスクに肘をついたまま、蒼は未だに身動きが取れない。目の前の端末から届く声を、ただ聞いているだけで精一杯だった。

『だったら、……そこまで言うなら何で、あいつを浅月に引き取ったんだよ。術者として使えない、使う気もないヤツをどうして大学まで』

『面倒だから黙ってたけど、蒼くんの援助をしてきたのは浅月でも宮地でもなく僕だ。未成年を引き取るには保護者が必要だから、血縁になる当主に書類上その立場を取ってもらっただけだ。浅月も宮地も、いっさい金銭的負担はしていない』

『それだって浅月のものだろ！　戸籍もない成海に自由になる金なんか』

『そこも面倒だから言わなかっただけで、僕は一方的に浅月に依存してるわけじゃない。特にここ二十年は持ちつ持たれつの対等だ。わざわざ離れる理由がないからこうしてるだけで、何かを我慢してまで浅月にいなきゃならない必然性は感じていない。――はっきり言うけど、今すぐ浅月を離れても僕は何ら困らない』

淡々と言う成海の声はいつも通りなのに、その響きをやけに事務的に感じた。そんな蒼とは別の印象を持ったのだろう、宮地が噛みつくように言う。

『待てよ。そんなわけないだろ！　成海のどこが』

『守り石は、僕にしか作れない。それは宏典も知ってるよね。――今の浅月に、どうしてもそれが必要不可欠だっていうことも』

とたん、宮地は言葉に詰まる。ぐっと唇を噛んだかと思うと、まっすぐに成海を見た。

『……何をそんな入れ込んでんだよ。どのみち四年で捨てるくせに』

『捨てるって、どうしてそういう言い方になるのかな』

『成海が自分で言ったんじゃん。あいつが卒業したら同居やめて、その後は二度と会わないし連絡もしない。何があっても一切関わらない、ってさ』

『僕がいなくても、あの子は困ったりしない。大学卒業までの学費を含めた必要経費や、万一の保険は弁護士に預けてある。適切な助言さえあれば、ひとりで十分やっていけるはずだ』

宮地の言葉にどくんと跳ねた心臓が、成海の返答で走り出す。ひとりで、という言葉が、楔《くさび》を打ち込むように蒼の内側に罅《ひび》を入れた。

『いつ捨ててもいいように準備してる、ってことだろ。そのくせやたら構って甘やかして懐かせて、何やってんだと思ったけど納得したよ。結局、成海が気にしてたのは前世とやらのあいつで、今のあいつじゃないわけだ』

『……ずいぶんな言い方をするね』

宮地の言葉に、返す成海の声は苦笑が混じって重い。その重さはきっと、肯定でしかなく。

『だからあいつに何も教えないわけか。四年で離れるもんに知られるわけにはいかないし、そもそもあいつ本人はどうでもいいなら知らせない、と。——向こうも全然、気づいてないみたいだし？』

くす、と笑う宮地の声が、毒を含む。成海に近づき袖を引いて、どこか甘えた様子で言う。

『十二年前に会ってんのにな。あいつを見つけて拾い上げて、何日だっけ？ ずっと一緒にいて子守りまでしたんだろ。なのに気づかないとか、鈍いにもほどがあるよな』

『……わからないのは、むしろ当たり前だと思うけど？』

呆れ混じりの成海の言葉に、宮地の「十二年」という声が重なって聞こえた。

それでなくとも動かない思考を、蒼は必死でフル回転させる。——たった今。宮地と成海はあり得なくてとんでもなくて、けれどとても大切なことを言わなかったか。

『そうかもな。十二年経っても年を取らず見た目が変わってないとか、想像つかないか』

『宏典みたいに、ずっと見てれば違うだろうけどね』

(今の家にいるのは好き?)

倦《う》んだような成海の声に、記憶の声が重なっていく。時も場所も違うのに、どちらの声も知っていたはずなのに——今、初めて「同じ声」だったと認識する。その頃には端末から届く声も音も、映像すらも意味をなさないものでしかなくなっていた。それでも目を離すことができずに、食い入るように小さな画面を凝視している。

——画面の中の成海の背中が、宮地が何か言ったとたんに振り返る。焦ったようにこちらを振り仰いだ彼と、そんなはずがないのに目が合った気がした。いったん画面から消えたかと思うと、大きく揺れて動いたそこに、今度はひどく近い距離で映り込む。

今朝まで一緒だったその人が、何を言ったのかは聞こえなかった。なのに、どうしてか自分の名前を呼ばれた気がした。

14

部屋のドアを、ノックする音がした。

ふと我に返って、蒼は瞬いた。

目の前にあるのは、デスクの上で横にして固定したスマートフォンだ。かなりの間放置していたらしく、画面は暗い。端末の端っこから延びた充電コードを目で追いかけると、デスクの背後に消えていた。そのさらに下、床に近い位置にコンセントがあったはずだ。

けれど、……そんな状態で何をやっていたのだったか。

ぼんやり思った時、再びノックの音がした。びくんと背中を跳ね上げて、蒼は椅子に座ったまま自室のドアを振り返る。同時に、いつ帰ってきたんだったかという疑問符が浮かんだ。

時刻を見れば、そうあっておかしくない頃合いだ。まだバイトもサークル参加も止められているし、午後一番の講義の後に予定はない。せいぜいが、成海が迎えにきてくれた時にスーパーに立ち寄りたいけれど、運転手つきの車でそうしていいものかと悩んでいた、だけで。

「――、……！」

さわりと、全身に鳥肌が立った。その瞬間、蒼は先ほどのことを――講義終わりに自分から宮地に声をかけたのを思い出す。光が走ったように一直線に、起きたこともすべて――。

「蒼くん？　帰ってる、よね？」

ノックではない聞き慣れた声に、大袈裟《おおげさ》なほど肩口が跳ねた。凝固したように動けずにいる間に、同じ声が「入るよ」と言う。

制止したはずの声は音にならず、少し離れたドアが開く。そこに立っていたのは、たぶん今一番蒼が逢いたくなかった人――成海だった。

時間が止まった、気がした。あるいは空間ごと凍ったように、蒼は振り返った姿勢のまま動けない。成海はドア口に立ったまま、中に入ろうとせず無言だ。

……援助してくれていたのは伯父ではなく、この人だった。先ほど聞いたばかりの言葉が怒濤《どとう》のように落ちてくる。

(今の浅月に、どうしてもそれが必要不可欠だってことも)

本家――浅月の下っ端どころか、むしろ重要人物で。

(十二年前に会ってんのにな)

十二年前、蒼を拾い上げてくれて、それきり会えなくなっていた「あの人」と同一人物で。

(年を取らず見た目が変わってないとか)

それなのに成海の外見は、記憶のまま時を止めていたかのようで。

(亡くなったじいさんが生まれる前からうちにいて、じいさんのじいさんから無礼するなって叱られてたとかさ)

少なくとも五世代にわたって宮地の家系とともに在ったのなら、それは当たり前の「人」であり得るわけもなく。

（同居するのはあいつが大学を卒業するまでで、その後は二度と会わないし連絡もしない）

最初から四年だけと決めていたのに、つい先日には蒼に告白とキスをくれた。いずれ恋人になったらという言葉だって貰ったのに、どうしてなのかと覚えた疑問の答えは。

（前世とやらのあいつで、今のあいつじゃないわけだ）

宮地の言葉が、すべてだということだ。成海が好きなのは蒼自身ではなかった。あの告白もあのキスも優しい抱擁《ほうよう》も全部、成海が知るという「蒼の前世」へのものだった……？

「蒼くん？」

近く名を呼ぶ声に、全身が大きくびくついた。瞬いてみれば、いつのまにか目の前に成海がいた。

改めて眺めた顔は、確かに十二年前の「あの人」と同じだ。どうして今まで気づかなかったのかと、自分で自分に呆れ返るくらいに。

「さっき、聞いてたんだよね。僕と、宏典の話」

声もなく、かくかくと頷く。するりと伸びてきた手に、どうしようもなく身体が逃げた。はずみでバランスを崩してしまい、椅子ごと身体が傾いたのを知って、「転ぶ」と覚悟する。けれど予期した衝撃はなく、どころか椅子に座ったまま、ゆっくりとバランスを戻された。

意味がわからず目を開くと、横から小さくため息が聞こえた。反射的に目をやると、そこには蒼が乗った椅子を支えた成海がいて、

「……――っ」

助けて貰ったとわかったのに、考える前に身体が逃げた。空回りする思考に、今起きていることすら判断できなくなっていく。

そんな蒼をじっと見つめて、成海は短く息を吐いた。

「僕の仕事に関しては秘匿事項だって、前に言ったよね。覚えてる?」

返事ができず、それでもどうにか顎を引く。ほんの少し表情を和らげて、成海は続けた。

「追加で注意しておくけど、僕自身の個人的事情や情報も秘匿事項だ。口外禁止だから、覚えておいて。脅すつもりはないけど、下手に漏らすとろくなことがないから」

「――、……」

音を立てそうになった奥歯を、きつく噛んで堪《こら》えた。それでもと、蒼はどうにか声を絞る。

「なるみさん、が……おにいさん、だったんだ……?」

「違う、と言いたいところだけど。無駄、みたいだね」

短い肯定には苦い響きがあって、本当に「知らせる気はなかった」のだと思い知った。そうなるともう言葉は出てこずに、蒼はただ成海を見つめるしかできない。

「あのね、蒼くん……」

声とともに、成海がふと動く。とたん、びくりと全身が竦んだ。呼吸すら止めて俯いた蒼の耳に、小さなため息が届く。

どうしてか、「違う」と思った。なのに自分でも思考がまとまらなくて、それでも蒼は必死に口を開く。

「ご、めんなさ――今、の、ちが……」

「驚くのは当たり前だし、気にしなくていいよ。――話があったんだけど、しばらく時間を置いた方がよさそうだ」

視界のすみでふと動いた成海の手が、半端に止まる。きっとあの手は蒼の肩か、頰か頭に置くはずだったんだろうと、回らない思考のすみで妙にはっきり悟った。

「また、そのうち時間を取ろう。とりあえず、さっきの注意を忘れないように。いいね?」

ひとつ、大きく頷いた。それで納得したのか、成海はそのまま背を向ける。廊下へと続くドアに手をかけた。

ゆっくりと、ドアが閉じる。その音が、何かが終わった合図のように聞こえた。

その夜、就寝の頃になっても成海は蒼の部屋には来なかった。代わりに届いたメールには「今夜はひとりで大丈夫?」とあった。

「大丈夫です」とだけ返信した。夕飯を摂《と》ることも風呂に入ることも忘れ、ベッドの上に座り込んだまま、蒼は一睡もすることなく朝を迎える。

長いはずなのに、ひどく短い夜だった。カーテンを開いて朝日を浴びても、空腹すら感じない。それでもいつも通り、七時には身支度をして部屋を出た。気のせいか廊下すらいつもより静かで、自分以外誰もいないような気がした。

——それが気のせいでなく事実だとは、リビングからダイニングに入ってすぐわかった。テーブルの上に、成海からの置き手紙があったからだ。一読した内容は本家の関係で集まりがあるから、当分は早朝から不在になる。夜中には帰ってくるが、時間が読めないことと、食事は先方で準備されるので成海の分は準備しなくていい、という。

簡単な内容なのに、一度では理解できなかった。繰り返し何度も文字を目で辿って、ようやく飲み込んだのはふだんならとっくにふたりで朝食を摂ってる時間になってからだ。

——何かあったらいつでも連絡するように。それから、ひとりでずっと我慢しないように。

最後に付け加えられた文章が、ひどく胸に痛かった。

自業自得、だ。昨日、部屋まで来てくれた成海の顔を、まともに見ることもしなかった。話があると言われたのに聞くことすらできなくて、きっと呆れられたに違いない。

わかって、けれど連絡はできないと思う。だってまだ気持ちの整理ができていない。たとえ今ここに成海がいても、落ち着いて話すことなどできそうにない……。

小さなメモ用紙に書かれたそれを、丁寧に折り畳んでポケットにしまう。その後で、絞り出すように言った。

「大学、……そろそろ行かない、と」

これから準備して食べていたら、朝一番の講義に間に合わない。それに——こんな冷えた場所で、ひとりで食事はしたくない。

自室に戻りバックパックを背負って、蒼はエレベーターに駆け込んだ。——昨日まであった「行ってらっしゃい」という声がないことを、ヒリつくように寂しいと感じた。

＊＊

初めてその人に会ったのは、あまりのひもじさに狭い小屋を出た日のことだった。

目についた壁の、凹《くぼ》みに触れて開いた出入り口の先。その奥の、格子の中にその人はいた。ふらついて、歩けなくなって座り込んだ蒼——蒼であって蒼ではない幼い子どもを、慌てたように呼んでくれた。

ここまでおいでと言われて顔を上げたら、握り飯が見えた。今まで食べたことのない真っ白できれいなそれが欲しくて、必死で這《は》って近づいた。格子の隙間から差し出されたそれをがつがつ食べて、——ふと気がついたら格子の中で、その人の膝に丸まって眠っていた。

名前は、と訊かれて、答えられず首を傾げた。母親が呼んでくれていた声は覚えていたけれど、まだ自分ではうまく言えなかったからだ。

そうしたら、困り顔になったその人が名前をくれた。嬉しくて笑った頬をきれいな布で拭《ぬぐ》ってくれれ、そのすぐ後に現れた声の大きい怖い人から庇《かば》ってくれた。

――血筋の子だと思いますが。力も持ってるようですし。

――そもそも自力でここに辿りついてますし？　そんな子、今までいなかったでしょう。

元の小屋に戻されると思ったのに、不思議なことにそうならなかった。それどころか、たらいをかかえてやってきた女の人たちにお湯で全身を洗われて、今まで着たことのないきれいな赤い着物を着付けてもらった。そばでずっと見ていたその人は、気恥ずかしさに俯いた頭を撫でて「似合うよ」と笑ってくれた。

お屋敷の中でも特別な、偉い人だとは何となくわかった。けれどその人はとても優しくて、一度だけかくれんぼにつきあってくれた。

――本当に見つけられるとは思わなかったなあ。

そう言って、まだ幼い頬を撫でてくれたその人は、周囲から「イキガミさま」と呼ばれていた。古くから続くこのお屋敷で、代々続く生業《なりわい》に助言をくれ導いてくれる。人に見えてけして人ではない特別な存在だと、だから無礼をしてはならないときつく教わった。

納得できたのは、その人がいつまで経っても同じ姿をしていたからだ。子どもが少女になり大人と呼ばれる年頃に近くなっても、初めて会った時のまま、髪の毛ひとすじも変わっていない。

――イキガミさまにお助けいただいたのだから、ご恩を返しなさい。

彼女に「仕事」を教えた人は、食事の世話をしてくれた人は口を揃《そろ》えてそう言った。

――イキガミさまの、お役に立ちなさい。そのために、救っていただいたのだから。

＊＊

＊＊

赤紙が届きましたと告げた時、「その人」はきれいな眉を露骨に顰めた。

――どうして。特例があると、……から聞いたよ。

彼が口にしたのは、自分の父親の名だ。なので、それには苦笑で答えた。

自分はこの家の、三人目の息子だ。そして他の兄弟たちとは違い、家業では役に立たない。

特例があるとはいえ、兵役のすべてを免れるわけもはない。戦況が長引いていると聞く昨今ではなおさらだ。事実、村の若者のほとんどがすでに兵隊に取られている。

だから……この結果は順当だ。むしろ、遅かったと言っていい。

その言葉に、その人――この家の「守り神」は顔色を変えた。

――役に立たない、わけじゃないでしょう。きみにだって、ちゃんと力があるのに。

それも事実だが、他の兄弟と比べれば劣っているのは明らかだ。

「守り神」のお気に入りだと、幼い頃にはよく言われた。事実、兄弟の誰よりも呼んでもらう頻度は高かったし、可愛がってもらったと思う。

結果が出なかったことが、申し訳ないくらいに。

だからこそ落ちこぼれの自分が、彼の前に挨拶に来るのを許されている。

——いつ、行くの。配属とか、は……？

明日朝に。はっきり聞いてはいないが、おそらく外地かと。

短くそう返すと、格子の向こうにいたその人は今度こそ顔色を失《な》くした。そのタイミングで、背後から戸を叩く音がする。

「守り神」と呼ばれる彼は、自分の父親の祖父の、そのまた祖父が存命の頃からこの家にいたという。自分がほんの幼い頃から今現在に至るまで年を取らず、姿を変えてもいない他に代えがたく稀少な存在だ。この家が代々受け継ぐ家業を守り立て、力と知恵とを授けてくれる。当然のことに会える者はごく限られており、許される時間も長くはない。跡取りでなく、家業で役に立たないならなおさらだ。

そろそろ刻限と心得て居住まいを正し、格子の向こうでこちらを見つめるその人に頭を下げる。腰を浮かせると、震えた声に久しく名を呼ばれた。

——待って。どこまで役に立つか、わからない、けど……守り、を。

細い声とともに、手招かれた。しばし迷って格子の近くへ進み出ると、同じく格子に寄ってきた彼に手を出すよう言われる。頷いて応じると、きれいな両手で緩く握りしめられた。

――ごめん。僕は、見送りには行けない。

承知のことと、無言で頷いた。じきに離れていった指の少し低い温度を肌に刻みつけながら、最後に一言だけ告げた。どうかご健勝に、と。

自分なりに思案した果てのあの言葉が「守り神」にどう伝わったのかは、わからない。

送られた異郷の地は、文字通りの地獄だった。

人を殺すことに、躊躇《ためら》いがなくなった。というより、躊躇った瞬間に自分が死ぬのだと、隣で、背後で、目の前で逝《い》った戦友たちを目の当《ま》たりにして思い知った。

できるなら、殺したくはない。自分が殺した相手が、その肉体を呆然と見下ろすのを何日も、何か月も同じ場所に居続けるのを、視ていたくもない。

けれどそれをしなければ、生きて帰ることはできない。

絶対に、帰る。帰ってもう一度、あの人に逢うのだ。思うのはそれだけで、それ以外には心を凍らせた。何を見ても、何をしても何も感じない。そうしなければ、生きていけない。

……けれど矛盾したことに、敵の襲撃を受けて倒れた時にどこかで安堵した。これでもう殺さなくていいのだと、そう思った。

最期に思い出したのが「守り神」の顔だったことに、心から感謝した――。

「彼」の内側でただ傍観していた蒼は、その時初めて「彼」が言う「あの人」であり「守り神」の顔を見た。

末期の「彼」の脳裏に浮かぶその人は、成海とまったく同じ顔をしていた。

＊＊

15

立て続けに、夢を見た。

柚森、と名前を呼ばれて起こされて、頭に浮かんだのはまず、それだった。

伏せていた机からのろりと顔を上げたものの、ひどく目が痛かった。すぐさま閉じた瞼を手のひらで押さえて小さく唸っていると、横合いから心配げな声がする。

「おまえ大丈夫？　きついんだったら無理せず帰った方がいいんじゃね？」

「……いや、平気。ごめん、ありがとう……」

声を聞いて、それが大学の友人だと気がついた。ようやく楽になった目を開いた先、整然と並んだ机を目にしてそういえば大学にいたんだと思い出す。

「え、あれ……講義、は？」

けれど机は見事に全部空いていた。ここに座った時はほぼ埋まっていたはずと思い、直後に気づく。

「おれ、また寝てた？」

「おう。熟睡。もとい爆睡？」

「何だか苦悶《くもん》の顔してたけどな。起こそうかと思ったけど、下手やるとバレるんで静観した」

即答した友人に続いて、もうひとりが手で拝む仕草をする。それへ、額を押さえたままで苦笑いした。広げたきり使わなかったノートと文房具をまとめてバックパックに放り込む。

「いいよ、ごめん。というかむしろありがとう。……ところでおれ、寝言言ってなかった？」

爆睡した講義を担当する講師は、居眠りには寛大なくせ私語に厳しいので有名だ。嘘《うそ》のような話だが、寝言は二回まで見逃すが私語は一音でも咎められると聞く。

「言ってた。けど言葉にはなってなかったぞ。夢でも見てた？」

「……うん。それも、ふたつ」

「何それ覚えてんのかよ。で、どうすんだ。帰るんだったら送っていくぞ？」

ひとりで帰したら途中の路上で寝そうだと、冗談めかして言われて苦笑した。

「いいよ。どうせ帰っても寝られないから」

「は？　何だそれ、もしかして不眠症？」

ぽそりと返した言葉に、ひとりが反応する。追いかけるように、もうひとりが言った。

「違うだろ。ここんとこの柚森、毎日どっかの講義で爆睡してるし。——え、それって家限定で寝られないとか？」

「さあ？　自分の部屋以外で寝ようと思ったことないから」

「そんで講義で寝てんのか。しかも相手を選んでるとこが凄《すご》いわ」

少し遅くなったが、ちょうど昼時だ。出遅れたからと学生食堂を避けて、三人で大学からほど近い喫茶店に行くことにした。

席についてランチをオーダーし、蒼はぼんやりと窓の外へ目を向ける。よく晴れた空と色を濃くした木々に、そろそろ夏だなあと今さらのように思った。

「柚森さ、あんまり続くようなら病院行った方がいいかも」

「……うん？」

不意打ちでかかった声に目をやると、友人がやけに心配そうにこちらを見ていた。ぴんと来ずに瞬いた蒼に、今度はもうひとりが言う。

「賛成。おまえさ、本来居眠りとかしない方じゃん？　それがここんとこ立て続けだよな。昨日なんか、中庭のベンチで寝てたって？」

「うわ、見てたなら起こしてくれたらいいのに」

「いや話に聞いただけ。今聞いてて思った、やっぱり病院行け」

「や、原因は、うん。何となく、わかってるから」

双方から言われて、辛うじてそう答えた。とたん、「でも対処できてないだろう」とさらに窘《たしな》められる。

「いや、病院はさ……バイトも詰まってるし、時間的に無理」

「バイト？　え、でも柚森のバイトってほどほどじゃなかったっけ」

「いろいろあって、ちょっとここ最近は閉館までのシフトに入ってる、から」

すると友人たちは揃って黙った。じ、と蒼を見つめたかと思うと、ひとりが言う。

「柚森さ。マジで何かあったよな。もしかして、それって宮地絡み？」

「オレもそれ疑ってた。やっと宮地出てきたかと思ったらすんごい決裂してるしさあ」

「うん、まあ……ない、とは言わないけど仕方ないっていうかさ」

噂《うわさ》の宮地は先ほどの講義で、廊下側の最前列にいたはずだ。ここ三日教室で姿を見るものの、見事なまでに蒼にも友人たちにも近づいてこない。蒼本人はいっぱいいっぱいでそれどころではなかったが、気にして声をかけた友人のひとりからは「見知らぬヤツにいきなり声かけられたような反応をされた」と聞かされた。

昼食後、午後一番の講義をすませたら今度はバイトだ。どうやら居眠りしなかった講義のノートをバックパックに詰め込んで、蒼は私立図書館へと向かう。

――成海が「本家の所用」で出かけるようになって、今日で五日目になる。

最初の夜が引き金だったように、以降の蒼は不眠に陥った。大学に行きサークルに参加しバイトをし、できるだけ空き時間を作らず忙しくしているのに、夜にベッドに上がると眠気が消えてしまう。

「こんにちは。すみません、少し遅れました」

「はーいお疲れさま。大丈夫、遅れてないわよ。むしろちょっと早いくらい」

辿りついた図書館の、控え室で身支度してカウンターに出ると、成海と同世代の女性司書が笑顔で迎えてくれた。

蒼がやる作業はほぼ決まっているし、イレギュラーが入った時は都度に指示が来る。今日は遅番の井上は休憩で外出中だとかで、だったらまずは通常の作業からだ。

カウンター内に積み上がった返却本のうち、処理済みのものをカートに乗せていき、いっぱいになったところで書架へ向かった。

バイトを初めて三か月目に入れば、本のラベルを見ただけで何となく場所の予測がつくようになる。最初の頃のたぶん三倍のスピードで、ワゴンの本は消えていった。最後に残ったのは見慣れないラベルの、結構古そうな専門書だ。

どの書架だったかといつも持っている一覧を出してみたものの、該当の場所が見つからない。確認した方がよさそうだとカウンターに引き返すと、休憩を終えた井上と鉢合わせた。

「お疲れさまです。今日もよろしくお願いします」

「おう、どうした。……ああ、それ閉架から出したやつだな。場所はわかるか？」

素早くワゴンの上を見て取った井上が言う。迷いのない判断に「さすが」と思った。

「ラベル見て探してみます。——あ、でもそこっておれが入ってもいいものでしょうか」

「いいだろ。ただし、基本貸し出し禁止のヤツばかりなんでそのつもりで。これ鍵《かぎ》な、終わったら即返却よろしく」

閉架の本は原則として、カウンター横のスペース限定での閲覧のみなのだそうだ。閲覧終了後に返却されたものを、蒼が間違えてワゴンに乗せてしまったらしい。

「うわ、すみません。今後気をつけます」

「いや、気づいて戻ってきたから上等。処理の方、よろしく」

ぽん、と軽く頭を叩かれて、ふいにこの五日間会えずにいる人を思い出した。それが顔に出たのか、井上が怪訝そうに言う。

「どうした。何かあったか？」

「いえ、何でもないです。行ってきます」

無理にも笑って、教わった閉架へ向かった。先ほど渡された鍵で中に入り、明かりを点して周囲を見回す。意外に広いその空間は、気のせいか空気が淀《よど》んでいるようだ。

ラベルを確認し、並んだ書籍の間へと収めていく。ジャンルがばらけているため、思った以上に時間がかかった。最後となった一冊を片づけて、つい息を吐いてしまう。

「……あ、れ？」

壁際のガラスケースが目についたのはその時だ。どうやら古い資料が並んでいるらしい。何げなく近づいてみると、見るからに色褪《いろあ》せた古い本が、丁寧に陳列されていた。

「うっわ、年代物っぽい」

文章もそうだけれど、漫画や絵本であっても何となく一目でそれと知れるものがある。目についたのはまさにそうした絵をフルカラーの表紙にした、どうやら雑誌らしい。赤い絣《かすり》の着物を着た女の子が、朝顔をバックに笑っている。

「赤、……」

ふっと、今日の講義中に見ていた夢のひとつを思い出した。

いつも見る、蒼ではない「誰か」の視点で見る夢の、続きというのか知らなかった前部分と言うのか。例の、かくれんぼの女の子の夢だ。ひもじさに耐えかねて外に出て、格子の先にいた人と出会って、たぶんその後の流れだったと思う。生まれて初めて着た赤い絣の着物を、弾むように喜んでいた。

続けて見たもうひとつの夢も、よく見る人の視点だ。出征し、戦場で最期を迎える青年の、おそらく直前の光景。

「守り神、だっけ。それも成海さんと同じ顔だったのって」

気にしているから夢に見たのか、それとも――もしかして、あれが成海の言う前世なのか。

「成海さん、……元気、かな。どうしてる、んだろ……」

ガラスの下の着物の赤を眺めて、そんな言葉がこぼれて落ちた。

宮地の提案で成海を誘い出したあの日――部屋まで来てくれた成海とろくに話せないまま

終わったあの時から、蒼は成海に会っていない。

間違いなく、マンションに帰ってきてはいる。防音がしっかりしているとはいえ、同じ部屋の中ではそれなりに音は響く。真夜中となればなおさらだ。

専用エレベーターが丑《うし》三つ時前後に上がり、翌朝未明に下がっていく音を聞くには、耳を澄ませる必要もない。眠れなくなった蒼はずっとベッドで座っているから、廊下を行き来する気配もうっすらわかるようになっていた。

思い切って廊下に出てみればいいんだと、思う。口実は何だっていい、それこそトイレでも喉が渇いたでも構わない。顔を合わせさえすればきっと、成海は話しかけてくれるはずだ。よく、わかっている。わかっている、のに――どうしても、それができない。

絵の中の赤い着物を見たまま奥歯を噛んでいると、ふいにノックの音がした。ほぼ同時に井上の声に名前を呼ばれて、蒼は慌てて返事をする。ワゴンに飛びつき、ドアへと向かった。

「ずいぶん遅いな。何か問題でもあったか」

「え、いえ。すみません、ちょっとケースの中が気になって見てました……」

つまりサボリだと自己申告すると、井上は「ああ」と眉を上げた。

「興味があるなら休憩時間に見ていいぞ。場所のせいでろくに見る人もいないからな」

「いえ、そこまでは」

「そうか」と頷いた井上が、ふと膝を曲げる、ひょいと顔を覗き込まれて戸惑っていると、気がかりそうに言う。

「それはそうとおまえ、来月のバイト希望がほぼ休みなしで全日閉館までって本気か？　それだとろくに遊ぶ時間もないだろうが。……体調がよさそうにも見えないしな」

身を起こした井上は、訝しむというより心配そうだ。それに、蒼は慌てて言う。

「平気です。その、ちゃんと食べてるし一応は寝てますし。講義の合間とかバイトの前とか、自由な時間もありますから。その……いろいろあって、空き時間を作りたくないだけで」

「なるほど。だったら今日、仕事上がりに何か食べに行くか。空いてるんだろ」

「帰って寝るだけ、ですけど。でもそれだと井上さんの帰りが遅く……」

申し訳なさに言い掛けた時、ぽんと頭の上に重みが乗った。黒縁眼鏡の奥、目元で笑ったかと思うと「予定なしか。じゃあ決まりな」と決められてしまった。いくら何でもと見上げたら、今度は「俺とじゃ不満？」と訊かれる。

「それはない、です。むしろ嬉しいというか」

「よし。二十一時半には出るからな。そのつもりで動けよ」

あっさり告げられた言葉に、蒼は小さく頷いた。

またしても井上に奢《おご》ってもらって、マンションに着いたのは二十三時を回る頃だった。

「ただ、い——」

エレベーターを降りて玄関を開けてすぐ、出そうになった声を噛み殺す。センサー反応で瞬く間に明るくなった玄関先に立ったまま、かえって取り残された気分になった。

五日前までは、違っていた。リビングの明かりは点いていたし、何より蒼の隣には——。

「まだ帰ってない、よね」

しん、とした廊下にも暗いリビングにも、人の気配がしない。そんなはずはないのに、気温まで下がったような心地がした。

中に上がって着替えを準備し、手早くシャワーをすませて自室に戻る。明日の講義の準備をすませたらやることもなくなって、あとはぼんやりベッドに座っているだけになった。

どうにかして寝ようという努力は、三日目になる一昨日にやめた。眠気が来ないならともかく、眠くて眠くて仕方がないのに眠れないのはどうしようもない。場所を変えたらいいのかとリビングのソファに横になってみたこともあるけれど、広すぎる空間にかえって目が冴《さ》えた。講義中居眠りできるならと自室のデスクに座ってみた時は、結局頬杖をついたまままんじりともせず朝が来た。毛布にくるまってフローリングに転がってみても身体が痛いだけで、同じことならベッドの上にいた方がましだという結論が出た。

リビングはそれ以降使っていない。ついでにキッチンにも、足を踏み入れていない。

寝不足のせいか、食欲も落ちたからだ。朝、出かける前に何か食べようという気がしなくなって、ここ最近は途中のコンビニエンスストアでパンやおにぎりを買ってすませている。夕食も、あの翌日に作ろうとしたもののどうにも気が進まず寝てしまい、翌日からはバイトの帰りにファストフードに寄ったり、コンビニエンスストアで買ってすませている。実際、ひとり分となると外食するか、出来合いを買って帰った方が安上がりだ。

それ以上に、あのダイニングもリビングも広すぎて嫌いだ。そこに「居る」だけで、独りきりだと感じてしまう、から。

「それも変、だよな。……慣れてるし、独りでもへいき、じゃなかったっけ」

六歳までを過ごした実家では、もっと状況が悪かった。学園に編入してからも、半年近くは友達ができなくて、独りでいるのが当たり前だった。

ここには蒼を否定する人はいない。蒼を無視して行動されることも、ない。

それなのに。

耳が痛いような静寂に、知らず呼吸を押し殺す。ため息すら、吐いてはいけない気がした。

その時、遠くエレベーターが作動する音がした。

ベッドの上にうずくまったまま、顔だけを上げていた。閉じた自室のドアを見たまま、耳を澄ませてみる。

最初に聞こえたのは、玄関ドアが開閉する音だ。続いて足音が廊下を進み、今度は近い場所でドアが開閉する。――成海が、帰宅したのだ。

無意識に腰を浮かせかけて、それ以上動けずまた腰を落とす。部屋に入ってしまえば物音は聞こえないから、次に聞くのは成海が出かける時だ。

それまで待たなければいけないわけでもない。今ならきっと成海は寝支度をしているはずで、声をかけたら応じてくれる。

簡単なことだ。ベッドから降りて廊下に出て、成海の部屋のドアをノックするだけでいい。

「だ、けど」

いったい何が言えるのか。何を言えばいいんだろうか。

十二年前のお礼を？　それはきっと今さらだ。五日前のあの時ならともかく、今になって切り出すことじゃない。

蒼に何も言わなかったことを？　……そんなこと、どうして言えるのか。実は成海が援助してくれていたことすら知らなかった、自分に。

だったらあの告白の真意を？　成海が気にしていたのは「蒼」じゃなく、「蒼の前世」だったとはっきり聞いたのに？

卒業後には二度と会わない連絡もしないと最初から決めていたと知らされた、のに？

「そ、うだよ、ねえ」

十二年前を別とすれば、蒼が成海と出会ったのはこの春だ。半年にも満たない時間で、蒼は成海を好きだと思うようになった。最初は驚いたキスも最近は嬉しくて恥ずかしいだけで、抱きしめられるだけで安心した。

けれど成海は出会いの時から一貫して、蒼に甘かったのではなかったか。

……入学式の前日に距離が縮むまで、蒼の態度は露骨だったはずだ。当初は他人行儀に距離を置いていたし、途中からは自分でもどうかと思うほど反抗的だった。

そんな人間に、好意を抱けるものなのか。考えるまでもなく、否だ。

なのに、成海は一度も蒼を咎めなかった。変わらず穏やかに、柔らかく気を配ってくれた。

その理由が成海の言う「前世」なら――蒼が夢で見る「蒼ではない誰か」だと仮定すれば、すんなり納得できてしまうのだ。何しろ彼ら全員が成海が「何」なのかを知っていた。その上でまっすぐに信頼し、その信頼において真摯だった。

彼らに比べたら蒼なんか、疑り深くて臆病な上に自分勝手だ。そんな蒼に、成海に好いてもらえる理由があるはずもない。

「成海さんが本当に好きなのは、おれじゃない……ってこと、だよね」

成海が言うように「彼ら」が蒼と同じ魂だとしても、蒼は「彼ら」とはまるで違う。それは、自分自身が一番よく知っていた。

十二年ぶりに再会した義姉を、「あの頃を思い出したくないから」という理由で切り捨てた。六年間、親友だと思っていた榛原の言い分を聞こうともしなかった。そんな、ちっぽけな人間でしかない――。

膝を抱えたまま、どのくらい経った頃だろうか。廊下でドアが開閉する音がした。石になったように動けないまま、蒼はただ耳を澄ませる。廊下を玄関の方角へと遠ざかる気配を追いかけ、エレベーターが作動する音が消えるまで、瞬きもせずにそうしていた。

＊＊

穀潰《ごくつぶ》しだと、影で呼ばれているのは知っていた。

小さく咳《せ》き込《こ》んで、青年は自分の身形《みなり》を検分した。もうじき初仕事だ。準備は万全にしておきたい。そう思い、顔を上げた先で目に入る小さな位牌《いはい》に近寄る。厳《いか》めしい戒名が書かれたそれは、数年前に亡くなった母親のものだ。

青年の母親は貧しい家の出て、生来丈夫ではなかったという。けれど幸運にも村で一番の家の跡取りに望まれた。ただし、生まれと体質とを理由に妾《めかけ》という形になった。その二年後に生まれたのが、青年だ。

当時、跡取りである実父には正妻がいたが子どもはなく、一時的にとはいえ青年は長男として遇されることとなった。

実父の家には代々の生業があり、それには特殊な力を必要とした。その力を、青年は歩き出す前に発現し――結果、生母と彼の住まいは離れから母屋へ変わった。

もっとも、それも長くは続かなかった。二年後に正妻が生んだ子は、二歳になるやならずでさらに大きな力を発現させた。その時点で代替品《スペア》とされた彼は、さらに一年後、正妻の第二子にまで力で劣ると判断された。

そこからは、坂道を転がるようだった。彼が代替品になった時点で離れに戻された母親は間もなく体調を崩し、彼が代替品ですらなくなるより先に呆気なく逝った。その頃には彼自身も不調を感じるようになり――気がついた時には「穀潰し」と呼ばれるようになっていた。体調のせいで学校にも行けず、農作業どころか不吉だからと女たちの仕事すら任されず、ただ離れの小部屋ですり切れた本を読むしかない日々が続いた。

……どうせ長くないなら、一度くらい見返してやりたい。

そう決意したのが、半月前だ。ひとり部屋で寝ている時に咳き込んで、思わず口元を押さえた手拭いに赤いものが散っていた。

母親は、肺病で逝った。実父に頼んで用意してもらった薬は気休めにしかならず、見る見る弱って儚《はかな》くなった。それと同じ道を辿るのだと、しんとした真夜中に悟った。

いったん決めてしまえば、あとは容易《たやす》い。まず父親に、家業に携わりたいと願い出た。保留にされたと知った時点で、今度は一族の長老に訴えた。

遠戚として、一族の末席で構わない。末席が無理であれば子飼いでも。そう告げると、その場で許しが出た。どうせ持ち腐れているなら使えばいいと、そんな言葉が耳に残った。

そうして彼は、「跡取り」だった頃に何度も会っていた相手――父親の家を代々守護するという「イキガミ」と、十年ぶりの邂逅《かいこう》をした。母屋の奥の、巧妙に隠された場所にいたその人は十年前に会った時と少しも変わっておらず、当時同世代だったはずの父親よりもずっと若く見えていた。

幼少の頃に彼を可愛がってくれたその人が、文字通り「生き神」だということを改めて思い知った。

――どうしても、やるつもり？　正直、僕は勧めないよ。

もう決めたことだと、一歩も譲らず言葉を返した。幸い長老たちが口添えしてくれて、絶えて久しい「力」を使う訓練を始めることができた。

……初仕事が決まった昨日、久しぶりに「生き神」に会った。悲しげに彼を見て、「やめるつもりはないか」と訊いてきた。頑なに無言でいたら、ため息混じりに近くへと呼ばれた。

――守りを、かけておく。ただ、これは万能じゃない。そう長くは保《も》たない。だから、

他に聞こえないようにだろう、低く囁かれた言葉を最後まで待たず、腰を折って前から辞した。呼び止める声に気づかないフリで、そのまま「生き神」に背を向けた。

意固地になっているのだと、自分でも気づいていた。今さら引き返せないことも、他に行く道がないことも。

初仕事の現場までは遠く、荷車で移動となった。半日揺られて辿りついた村の中央にあった屋敷に出る物《もの》の怪《け》を退治する、という。初仕事だからと詳細は知らされず、ひとり指定さ

れた部屋に出向くことになった。

そこで、世界が割れるのを目の当たりにした。視界が崩れ傾き、何もかもが溶け落ちていくのを、身を持って知った。

それが自分にだけ起きている、ということも。

途中で響いた、高く澄んではじける音が、「生き神」が言う「守り」だったことも。

下になった頬が凍えるように冷たいのはそこが板張りだからか、他に理由があるのか。

僕は勧めないよ。

色を失い光も失せつつある視界の中、浮かんできたのは「生き神」の顔だ。色褪せた記憶の中、まだ幼かった青年を抱き上げ膝に乗せてくれた——彼。

守りを、かけておく。

最後に聞いた声の響きを、思い出す。そうして今さらに、あれは「逃げろ」という意味でなく「生きろ」と言いたかったのだと悟った。

今に、なって。もう、手遅れなのに。

最後の光が、目の前でかそけく消える。手遅れを承知で、わずかな意識だけでそれを追いかけた。

同じ死ぬなら、と。彼は思う。

せめて生き神のために。ただひとり、最期まで自分を気にかけてくれた人のために、死にたかった……。

＊＊

最悪の、夢見だった。

翌朝、洗面所で顔を洗いながらまず思ったのはそれだった。

眠るつもりはなかった。というより眠れるはずがなかったのに、夢を見た。それも、ほんの数分の間に。

成海が出かけた後、サークルの先輩から借りた本を読んでいたのだ。ふと気がついたら本の上に突っ伏していて、夢を見た覚えがあって、なのに時刻は五分と進んでいなかった。

ここ最近頻繁に見る、「蒼ではない誰か」の夢だ。けれど今回の「誰か」は、今まで見た覚えがない、まったく初めての人だった。

なのに、たった五分で流れのようにどんな生まれでどんなふうに生きて、亡くなったかまでがノンストップだ。その内容だけでもきつかったのに——その夢に、また成海が出てきた。

「蒼ではない誰か」の視点で見る夢には、必ず特別な人物が出てくる。誰もが簡単に会えるわけでなく、「蒼ではない誰か」も望んだからといって会える人でなく。

「いきがみさま、とか。守り神、っていうのもあったっけ」

前者はたった今見た夢の青年と、子どもの頃から見ていたかくれんぼの女の子が。後者は戦場に行った彼が。

多少の呼び名の違いはあっても「神」と呼ばれるその存在は、いつも成海と同じ顔だ。蒼がよく知る心配げな、気遣う顔で「蒼ではない誰か」を見ている――。

「本当に、前世……って、こと？」

鏡を睨んでみても答えはない。ため息をつき、顔を拭って洗面所を出た。自室から取ってきたバックパックを背に玄関先に向かって、

「……え、」

シューズボックスに、メモ用紙が貼ってあるのに気がついた。吸い寄せられるように近づいて、そこに書かれている文字が成海のものだと知る。今日の夕食から知人に頼んで届けてもらうよう手配したことと、何かあれば必ず誰かに相談すること、とあった。

「バレた、かあ。……うん、そうなる、かも」

成海は、蒼の身の回りをよく見ている。……今も、見てくれている。それを嬉しいと思うと同時に、「誰かに相談」という文字にうっすら厭な予感がした。

初めて出会った時からずっと、成海は彼自身に何でも相談するよう言ってくれていた。五日前の書き置きでも、それは変わらなかったはずだ。

それなのに。

落ち着かない気分のまま大学に行き、午前中の講義を終える。途中で出くわした宮地とは

会話どころか目も合わないまま、蒼はオカルト研の部室に顔を出した。今日の昼食は松浦《まつうら》と約束しているのだ。

「そういや、ここんとこ宮地は全然顔出さないな。講義には出てるのか?」

松浦お勧めだという大学近くの弁当屋に行った帰り道、目当ての限定弁当を抱えた松浦にふと思い出したように訊かれる。少し迷って、蒼は短く肯定した。

「午前中、同じ講義受けてました。——すみません、あいつがサークルに来ないのってたぶん、おれが出入りしてるせいだと思います」

「は? 何だそれ喧嘩《けんか》でもした?」

「喧嘩、……じゃなくてそれ以前、といいますか」

言葉を濁したら、先輩は軽く首を傾げた後で納得したように言った。

「そりゃまた面倒《めんど》そうな。まあ宮地は最初っから柚森に含むところがあったみたいだしな」

「……そう見えました?」

「見えてなかったらそっちの方が問題だろ。ま、気にしなくていいんじゃないか? 突っかかったのってどう見ても宮地の方だしな」

はあ、と苦笑したら、そこで宮地の話は終わりになった。

人気《ひとけ》のない部室に戻って昼食を終え、松浦お勧めのドキュメンタリー番組の録画を観る。現地の映像に解説までついた内容は見応《みごた》えがあって、心配していた居眠りをせずにすんだ。

録画を観終わる頃には、部室のそこかしこに複数のグループができていた。

「柚森、悪いが少し出てくる。すぐ戻れると思うから適当にやっててくれ。用事があるとか退屈だったら帰っても構わないぞ」

「大丈夫です、待ちます」

どこからか電話を受けた松浦が、そう断って部室を出る。ふと思い立って書棚に向かった。何か借りる本はないかと眺めてみる。

「……これ、かな」

目についたのは、合宿の時に松浦が言っていた「生まれ代わり」の本だ。ひとまず最初のページを読んでみた蒼は、結局それを手に元の席に戻った。気がついたらのめり込んでいたようで、肩を叩かれるまで松浦が戻ったのに気づかなかった。

「あ。……おかえりなさい」

「それ読んでたのか。案外面白いだろ？」

「そ、うですね。本当にあるのかな、とは思いますけど」

「まあな。ただ、俺もそれっぽい記憶というか、説明がつかないことはあったんだ。眉唾もんかもしれないが」

言葉とともに、缶コーヒーを渡された。流れですんなり受け取った後、慌てて代金を出したら「先輩の面子」の一言で断られた。

聞けば、松浦には真夜中に飛び起きる癖があったのだそうだ。心当たりもなく定期的に、唐突にそうなって、しばらくは無意識に周囲を窺ってしまうのだという。

「赤ん坊の頃からそうだったらしくて、自分でも何だコレって思ってたんだが。去年卒業した先輩がそういうのがわかる人でね」

入部したばかりの頃、いきなり言われたという。――前世、真夜中に突然後ろから殺されてるね、と。さらにはその前世でどんな生まれで、何をしてきたのかも。

「生まれはともかく、性格とか考え方が今と変わらなくて驚いた。それと、話を聞いてから夜中に飛び起きることがなくなったな。半年に一度はあったのが、もう二年ほど起きてない」

偶然かもしれないが、と松浦は首を竦める。それへ、蒼はそろりと言ってみた。

「もしも前世で親しかった人が今どこかにいるとしたら、また会いたいと思ったりします？」

「ないな。そもそも環境や状況も今とは違う。悲恋の恋人とかならアリかもしれないが、記憶があったとしても今の自分が今の相手を好きになるとは限らないだろ」

豪快に笑われて、何とも言えない気分になった。

その感覚は、たぶん蒼と同じだ。「今の自分」の記憶でなく「夢の中の、自分ではない誰か」と認識しているから、そこに明確な距離がある。どんなに悲惨でも悲しくても、映画を観ているのに似て他人事《ひとごと》だ。

けれど、成海はずっと「成海」として生きてきたという。だったら、それが遠い過去であっても他人事ではあり得ず――どれほどのことを身の内に抱えているのか。

……そんな人の気持ちも感覚も、蒼なんかに理解できるわけがなかった。

ひとつ息を吐いた時、遠慮がちな声がした。

「柚森、くん。ごめん、ちょっといい？」

部室のドアを半開きにして覗いていたのは、先輩の中野《なかの》だ。入部から合宿までは笑顔で蒼にくっついて回っていた彼女からは、義姉に連絡先を知らせてくれるなと告げた日からわかりやすく距離を置かれるようになっている。

そのこと自体は、仕方がないと割り切った。とはいえ、彼女への態度を測りかねているのは事実だ。

「行ってきな。その間にこっち調べとくから」

背中を押すつもりか、松浦がさらりと言う。こちらを見つめる中野を放置できるわけもなく、蒼は躊躇いがちに部室を出た。

「あの、ね。早苗《さなえ》ちゃんのこと、なんだけど」

人気のない廊下の端に辿りつくなり、中野はぽそぽそと切り出す。

「柚森くんの、気持ちっていうか……いろいろ困ってるってことだけ、伝えたの。そしたらごめんなさい、もう近づかないからって。無理せず元気でいてね、って伝言があって」

「――そう、ですか。すみません、おれの勝手で言いづらいことを」

「ううん、元々はあたしが余計なことやらかしたせいだから。こっちこそごめんね？　それで、早苗ちゃんからもうひとつ、こっちは柚森くんが許してくれた時だけっていう伝言を預かってて」

続いた内容に、つい眉を顰めていた。

「さっきの伝言とは別で、ですか」

「そう。伝えたいのはたぶん自己満足で、柚森くんは聞きたくないかもしれないって。だから、無視してもらってもいいって」

抽象的すぎる物言いに、どうしたものか判断に迷った。それでも、蒼は顔を上げる。

「わかりました。……聞かせてください」

「ええと、ね。ブレスレット？　を、柚森くんが持っててよかった、って」

「――え？」

「どうしても欲しくて取り上げちゃって、でもそのあと柚森くんがいなくなって、ずっと気になってたって。返そうと思って探しても見つからなくて、同じのもどこにも売ってなくて。それを持ってるのがわかって安心したって。あの時は本当にごめんなさいって」

予想外すぎて、言葉が出なかった。

当時の姉はまだ小学生だった。お洒落やきれいなものに興味が出る年頃で、それを思えばあのブレスレット――守り石はきっと、宝石のように見えただろう。子どもらしい我が儘《わまま》で欲しがって、蒼から取り上げて自分のものにした。

その三日後に、蒼はあの家を出たのだ。

義姉が、あの時の状況をどこまで理解していたかはわからない。けれど、まだ自分の考えが定まらず周囲に倣《なら》って当然の年齢だったのは事実だ。まさか、十二年が経つ今になっても気にかけていたとは思わなかった。

中野に礼を言って部室に引き返したものの、それ以上何かしようと思えず帰ることにした。バックパックを背に自転車に乗ったけれど、バイト開始まではまだ早い。少し迷って、目についた喫茶店に入ることにした。

何か、大事なものを見落としている気がしたのだ。目の前にあるのに、別のものに気を取られて見えていない、ような。

「……、——」

運ばれてきたコーヒーカップを前に、小さく息を吐く。そのタイミングで、メールの着信音が鳴った。表示された差出人は「榛原《はいばら》」だ。

……榛原とも、あれきりだ。最後に会った直後は連続して来ていた着信とメールは、頻度こそ落ちたものの今だに時折届いている。どちらも着信拒否をせず、かといって通話に出ることもメールを見ることもしていない。

未開封のまま増えた数は、そろそろ三十近い。

思い付いて届いたばかりのメールを開くと、文章はごく短かく「もう一度、話がしたい。連絡が欲しい」とあった。

必要事項のみを抜き出したようなメールに、榛原らしいと思う。そう思えるくらいには榛原を知っている、つもりでいた。

なのに、蒼は未だに榛原があんな真似をした理由を知らない。当初はただ唐突さに驚いて、一方的なやり方に腹が立って、だから着信に応じなかった。お互い頭を冷やした方がいいと思った、のもある。

比較的落ち着いてからも連絡しなかったのは、気まずさと対処法がわからないことに加えて、時間が空きすぎたことによる気後れのせいだ。

「……おれひとりで考えたって、わかるわけないのに」

数時間前に渡された、義姉からの伝言もそうだ。当時も今までも蒼の中には大事なものを奪われた事実だけで、義姉があの出来事を気に病んでいたとは思いもしなかった。

他人の気持ちなんて、そんなものだ。どんなに考えても推測しても、本当のところは本人にしかわからない、のに。

「結局、同じことやってんじゃん、おれ……」

昨夜にも、その前にも成海と話せなかったのではなく。実際には「蒼が話そうとしなかった」だけだ。

榛原の理由を聞かなかったように、成海の気持ちを確認しようとしなかった。何をどう言えばいいかわからなくて、時間が経てば経つほど会うのが怖くなって、ただうずくまっているばかりで。

「聞いてみる、しかないんだ、よね」

成海の考えと事情は、確かに聞いた。けれど、あれは「宮地に」言ったことだ。

結局は同じだとしても――同じだったらなおさら、成海から蒼への言葉として聞きたい。同居が四年間と決まった時に「二度と会わない、連絡もしない」と決めたとして、「今も」変わらずそうなのか。あの日の成海の「好き」は、「今の」蒼へのものなのか、それとも蒼が知らない「前世」へのものか。

本当に訊きたいのは、それだけだ。他はみんな枝葉でしかなくて、なのにそちらにばかり気を取られた。勝手な邪推を重ねたあげく考えるのが厭になって、小さくなってやり過ごそうとした。それはまだ実父と暮らしていた頃の、幼い蒼がしていたそのままだ。

……本当は、聞きたくなかっただけだった。蒼自身が好きなわけじゃないと、だから本当はいらないと言われたくなかった。

もう一度棄《す》てられるのだけは、耐えられないと思った――。

スマートフォンを睨んでいると、また着信音がした。今度もメールで、相手は井上だ。

今日のバイトは十七時から二十一時までで、まだ時間がある。誰か早退でもして手が足りなくなったのかと急いで開いてみて、思いがけなさに瞬く。

『今日はバイトはなしで。まっすぐうちに帰れ』

「え、……と？」

もう一度、確認しても差出人はやはり井上だ。意味がわからずもう一度本文に目をやって、蒼は首を傾げてしまう。

急なヘルプ要請ならともかく、こんなメールは初めてだ。怪訝に感じたものの、思い返せば昨日の夕飯に誘ってくれた時も、居酒屋でも気遣って貰っていた。大学の友人たちの様子を併《あわ》せればきっと今の蒼はわかりやすく不調に見えるに違いない。

……そんなふうに気遣ってくれる人が、ちゃんと周囲にいるのだ。それすら、ここ最近の蒼は忘れていた。

少し考えて、「ありがとうございます。そうします」と返信をした。ポケットにあったメモ用紙を広げて眺めてみて、今夜こそ成海に声をかけてみようと心に決める。その後で少し考えて、榛原に「そっちの話は聞きたい。けど、落ち着くまでもう少し待ってほしい」とだけメールを送った。

「夕飯、は……届くんだっけ」

だとしても、ここ五日は冷蔵庫を放置したままだ。明日以降の食事の手配は断るにせよ、中を整理した方がいい。

思い決めて、畳んだメモ用紙をバックパックのポケットに入れ直す。カップに残ったコーヒーを飲み干すと、伝票を手に腰を上げた。

16

異変が起きていることは、エレベーターが三十二階に着いてすぐにわかった。

玄関が、全開になっていたからだ。見れば、開いたドアの下に何かを咬《か》ませて固定してあった。おまけに目に入る廊下や壁には、養生シートのようなものが貼りつけられている。

「は……？」

何が、と思った直後、そのドアから人が出てくる。抱えていた重そうな段ボール箱を、ドア横に置いてあった台車に乗せた。蒼に気づいて会釈した顔は知らないが、着ている服は知っている。引っ越し業者だ。卒業式前日に蒼の荷物を受け取りにきたのは別の会社だったが、同じ時間帯に別の生徒がそこを使っていた。

「あ、の。……何、を」

「はい？　ああ、すみません、じきに終わりますので。——おうちの方でしたら、中に」

にこやかに言われて、慌てて玄関を入った。靴を脱ぐのももどかしく見れば、廊下の途中のドアがやはり開いた形で固定されていて、その前に複数の段ボール箱が積み上がっている。

息を飲んで固まる横を、制服を着た業者が荷物を抱えて過ぎていった。

「な、るみさん、のへや……？」

一度も中に入ったことはないけれど、場所くらいは知っている。それでも信じられず、ふらふらと近づいた。開いたドアから見えた室内はがらんとしていて、残っている家具はベッドだけだ。それも布団やシーツは剝がされてしまい、売場の陳列みたいになっている。

「すみません、失礼しますよ」

飛び退いた蒼に会釈をした業者が、段ボール箱を抱えて玄関に向かう。それを見送って、ようやく「成海さんは」と思った。

急いで向かったリビングのドアを開けた先、キッチンカウンターの中に成海を見つけて足が止まった。音で気付いたのだろう、ふと顔を上げた成海と目が合う。

五日会わなかっただけなのに、「やっと会えた」と思った。気が緩んだせいか涙腺《るいせん》までもおかしくなって、勝手に目頭が熱くなる。けれど直後に成海の顔が困惑したものに変わったのを知って、釘《くぎ》で打ち付けられたみたいに足が動かなくなった。それでも耳元で非常ベルが鳴るような危機感がして、蒼は声を絞る。

「あの、おかえりなさい、成海、さん」

「――ただいま。早かったね、今日はバイトじゃなかった？」

わずかな間合いのあとで返った言葉で、気づかされる。もしかして成海は今日、蒼がバイトで遅くなると知っていたのではないか。それはつまり、蒼が帰宅した時には部屋を引き払い、成海自身もここから消えて、二度と現れないつもり、で——?

「に、もつ……どうしたん、ですか? 成海、さんの部屋、見たらベッドしか」

「いろいろ事情があってね。急だけど、僕はここを出ることになったんだ」

いつも通りにと意識したのに、露骨なくらい声が揺れた。なのに成海は困った顔で、いつもの口調で言う。手にしていたペアのカップを調理台に置いて、キッチンから出てきた。

「ここを、出る、って。成海さん、だけ?」

「仕事の都合で、ここだと続けるのが難しくなった。いきなりで僕も驚いたけど、これぱかりはどうしようもなくてね。——蒼くんを、びっくりさせるつもりはなかったんだけど」

動けない蒼を覗き込むようにして、申し訳なさそうに成海は言う。見慣れたはずのその表情と声だけで、どうしてか今聞いたことが全部嘘だとわかった。わかって、しまった。

「新しい世話役はもう手配済みだそうだよ。ただ、ここに来るのは夜になると聞いたけど」

「う、そです、よね。それ」

考える前に、言葉がこぼれていた。成海がわずかに眉を顰めた時、背後で明るい声がする。

「すみませーん、荷物全部積み込み終わりましたんで、ご確認いただいてよろしいですか?」

「ああ、いえ。確認は結構です。予定通りにお願いします」

「え、いや。けどそれは」

成海の即答に、業者の男性は当惑した顔になった。少しずれて蒼の横に立った成海と、つられて振り返った蒼とを不思議そうに見比べる。

「箱は全部出していただいたんですよね？」

「はあ。ええと、数は――」

確認のためにか、男性が伝票の束と手にしたメモ用紙を交互に眺めて数量を口にする。それを聞いて、成海はあっさり頷いた。

「それで全部です。サインはどこに？」

「だったらこちらに。……本当に確認しなくていいんですか？」

重ねて訊きながら、男性は成海がサインをした伝票を受け取った。

「一応、うちの規則なんですけどねえ」

「数が合っていれば問題ありませんよ。万一のことがあっても、彼はまだここにいるので」

はあ、とやっぱり不思議そうに蒼と成海を眺めてから、男性は戻っていく。廊下に繋がるドアが閉じた後、何かを剝がす音と複数の話し声がした。それもじきに止《や》んで、「失礼します」との声に続いて玄関ドアが閉じる音がする。

その音に、もう手遅れだと突きつけられた気がした。呆然とドアを見たまま固まっていると、横合いから「蒼くん」と声がする。

びくりと顔を上げ、首を巡らせて隣に立つ成海を見上げる。たったそれだけの動作なのに、全身が軋《きし》んだようにぎこちなくなった。

目が合ってしまったら、もう無理だった。冷静になろうという気持ちも、ちゃんと話そうという覚悟も、自転車を漕《こ》ぎながら整理したはずの言葉も、全部が消えて真っ白になる。脳裏を占めるのは、わかりきったたったひとつの事実だけだ。

……本当に。成海はここを出ていく。いなくなって、──もう二度と会えない。

ぽつんと落ちた認識に、勝手に口から言葉が出ていた。

「もう、駄目、ですか。遅すぎて、愛想、尽きちゃったん、ですか。それとも、……やっぱり成海さんが好きなのは、今のおれじゃないって、こと……?」

こんな言い方では、駄目だ。成海を困らせるだけで、きちんと話もできない。頭のすみではわかっているのに、どうしても止まらなかった。それは言葉に限ったことではなくて、いつの間にか目の前は涙でぼやけて、輪郭を失っている。

泣いては駄目だと、それでも必死で目元に力を込めた。

泣いたりしたら、成海はもっと困る。困るだけではなく、きっとあとあとまで蒼のことを気にしてしまう。

……気にしてほしい、と思う気持ちがないわけじゃない。泣いてしがみついて、行かないでほしいと訴えたら、優しい成海は根負けしてくれるかもしれない。

けれど、それでは駄目なのだ。無理して傍にいてもらっても、きっと遠からず破綻する。

蒼なんかよりもずっと、成海の方が苦しい思いをする。

だって今、この時も。成海は心底弱り切った顔で、成海を見つめている。

「愛想が尽きたとか、そういうわけじゃない。蒼くんが厭になったわけでもないよ。……どちらかというと、蒼くんの方がもう無理なんじゃないかな」

ため息混じりに、成海がふと身を屈めた。伸びてきた手に瞬間びくりとした蒼に気づいてか、半端な位置でそれを止め、苦く笑って言う。

「僕が怖いんだよね。無理もないけど。十二年前から見た目も変わらず年を取らないようなヤツは気持ち悪い？」

「――、ち、が……っ」

落とされた言葉の思いがけなさに、考える前に手が動いた。半分差し出されたまま、諦めたように軽く握り込まれていた成海の手を、両手で摑む。

「ちが、います！　そうじゃない、そんなんじゃなく、て……っ」

頭がごちゃごちゃになって、うまく言葉が出なかった。ひたすら首を横に振っていると、軽く息を吐いた成海がそっと手を引こうとする。それだけは厭で、摑んだその手を自分の胸元でぎゅっと抱きしめた。

「い、かないで、くださ――」

「蒼、くん……？」

訝るような、気配がした。それを確かめる余裕もなく、蒼はぼろぼろと言葉をこぼす。

「こ、わいわけじゃ、なくて。きもち、悪いも、ない、です。だ、って、成海、さんは成海さん、で。どっこも、ぜんぜん、かわってな、くて」

「え、……蒼、くん？」

慌てたような成海の声に、また困らせていると思う。なのに、自分でも止まらなかった。

「おれ、にはし、らないこと、ばっかりで。びっくり、して……それ、で。成海さん、に嫌われ、たくなく、て。だ、から、ちゃんと聞けなかっ――」

「ああうん、ちょっと待とうか」

焦ったような声とともに、眦を何かで拭われる。蒼より少し低いその体温に、気がついた時は必死でしがみついていた。

狼狽えたような、成海の声がする。それに怯《ひる》む気持ちはあったけれど、受け止めてくれる腕の強さに心底安堵した。

こんなふうに、泣くのも。なりふり構わず誰かにしがみついたのも、生まれて初めてだ。

そうしたって無駄だと、ずっと思ってきたからだ。実際、幼い頃には全部、無駄で無意味に終わった。どんなに一生懸命訴えても、実父は蒼をちゃんと見てはくれなかったし、蒼の言葉を聞くことはもちろん、信じたことなど一度もなかった。

だから、諦めた。実父がそっぽ向くものを他人が信じてくれるとは思えなかったし――それ以前に蒼を「嘘つき」としか呼ばない周りの子もその親も、幼稚園の先生も小学校の担任にも、言ったところで意味がないのは見えていた。

叶わない期待なら、最初からしないのが一番だ。だから蒼は「誰か」に期待するのをやめた。そうすれば、何が来たところで案外平気だと思えた。

……だから、十二年前のあの時も言葉を飲み込んだ。成海は違うと知っていたのに――知っていたからこそ、断られるのが恐ろしかった。それでも一縷《いちる》の望みをかけて訊いたのだ。

(おにいちゃんも、いっしょ?)

否定の返事を聞いた時、「やっぱり」と思わなかったと言えば嘘になる。けれどそれも蒼にとっては精一杯の防御だった。

だからこそ、今は諦めたくない。諦めたら、もう二度とこの優しい人に会えなくなる。この低い声に、名前を呼んでもらえなく、なる……。

「か、わりでも、いい、です、から……真似、したら傍にいてくれ、るんだったら、おれ、できるだけ、――」

「いや待って、少し落ち着こうか。うん、大丈夫だから……ね?」

言葉とともに、背中をゆっくり叩かれる。宥めるようなその感触に、けれどかえって涙腺が緩んだ。泣くなと必死で戒めても無意味で、今は涙と嗚咽《おえつ》が止まらなくなっている。

そっと背中を押されて、成海にくっついたまま歩かされる。十数歩先で背中を押され、素直に従ったらソファの上だった。はずみで離れかけたシャツにしがみついたら、しっかりと抱き直される。頭をそっと押さえられ、耳を傍《かたわ》らの体温に押し当てる形になった。

それきり落ちた沈黙の中、ふっと耳についたのはたぶん鼓動だ。早いのか遅いのかわからないけれど、その音と耳が触れた場所からかすかに届く振動が、ひどく心地よかった。

「……少しは落ち着いた？」

そのまましばらく経った頃に、くぐもった声がする。半分は肌越しに聞いたその言葉に、ぼうっとしたまま頷いた。「そう」と返った声の、安堵したような響きに瞬く。

「ちょっと離れるよ。いい？」

「……、──っ」

声とともに、触れていた体温から耳が離される。とたんに襲った痛いような喪失感に、思わず指でしがみついていた。すると、苦笑混じりに頬を撫でられた。

「大丈夫、今すぐいなくなったりしないよ。ちょっとだけだから。ね？」

渋々おとなしくしたら、ひどく優しくソファに凭れさせられた。その時になって、自分の顔がひどく冷たいのを知る。

頬や眦を、探ってみた指先が濡れている。それをぼんやり眺めていると、すぐ隣に人が座った。顔を上げるなりやわらかい布で顔を拭われて、心地よさにほっとする。

「大丈夫かな。──話すことは、できそう？」

「あ、……」

静かに言われて瞬いて、目の前にいる人を見る。それが成海だと再認識したとたん、つい先ほどまで自分が泣きわめいていたのを思い出した。

恥ずかしさと身の置き所のなさに、思わず俯いていた。

「す、みませ……泣いたりするつもりは、なかっ、た、のに」

「いや。僕もいきなりすぎたから、不安になって当たり前だ。大丈夫、心配はいらないよ。今度の世話役は蒼くんもよく知ってる人だし、僕といるより楽しく過ごせるはず——」

「厭、です」

間髪を容れずに、言い返していた。ヒリつく眦を指で押さえて、蒼は成海を見上げる。

「行かないで、ください。おれ、にできることは何でも、します。成海さんが、本当はおれのことを好きじゃないのはわかってる、けど。わかってる、から。代わりでもいい、から」

「蒼くん？　いったい何を言って——」

「おれ。成海さんが、好きです。は、じめてすきになったひと、で。はじめて、一緒にいて安心できたひと、で。だ、から、もう」

「待って。少し落ち着こうか」

必死の訴えは、無意識に伸びた指を取られると同時に静かな声で静止させられた。ぶり返してきた嗚咽を辛うじて飲み込んで、蒼は小さくしゃくりあげる。

改めて目が合った成海は、やっぱり困り切った顔をしていた。それだけで答えが見えた気がして、蒼はぎゅっと唇を噛む。

「ご、めんなさ――や、っぱり、駄目で、すよ、ね……」

「そういう問題じゃなく。……蒼くんは、宏典との話を聞いたんだよね？　十二年前、蒼くんを迎えに行ったのが僕だっていうことも、納得してるんだよね」

「……？　は、い」

何かを確かめるように言われて、素直に頷いた。とたんに訝しげな顔をした成海に、蒼はきょとんとする。

「見た目はこうでも僕はふつうの人間じゃない。寿命が違うだけじゃなく、ほかにも当たり前の人にはできないことができてしまう」

「はい。……ええと、それ、が？」

事務的に言われて、蒼は怪訝に首を傾げた。

言われた内容は、理解できる。最後の言葉だけは詳細不明にしろ「守り石を作れる」ことも含んでいるはずで、だったらほかにもできることがあっておかしくはない。

「それが、って――だから、怖いと思わない？　気味悪いでも、あり得ないでもいいけど」

「成海さんは、怖くないです。気持ち悪いとか、絶対にあり得ないです」

「いや、ちょっと待って」

「おれが怖いのは——怖かったのは、ひと、です。正直に言って、今でも怖いと思います」

言いながら、思い出したのは合宿の時の中野だ。義姉が望むからという理由だけで、予告もなく蒼と引き合わせた。きっと、もし相手が実父であっても同じことをしたに違いない。もう視えないと主張した蒼に、簡単に「戻るはず」と請け負った。かつての蒼が、「視える」ことでどんな状況に陥ったかも知らずに——こちらの言い分を聞こうともせずに。

彼女に悪意があったとは思わない。むしろ義姉に関しては善意でしかなくて、その認識は周囲にも同じだ。だって、他人事だから。自分にとって、それはいいことでしかないから。

ぽつぽつと口にした蒼に、成海は額を覆ってしまった。それを目にして、余計なことを言ったと後悔する。

「あ、の。すみません、おれ……変なこと、言って。でも、おれにとっては、本当なんです」

学園に入って、榛原という友人を得た。ほかにも数人、メールのやりとりをする相手もできた。大学には蒼を気にかけてくれる友人がいて、サークルの先輩がいる。バイト先には井上以外にも、蒼によく声をかけてくれる人だっている。

「だ、から……前ほど人が怖い、わけじゃない、んです。でも、——それも全部、成海さんがおれにくれたもの、で」

「そこは違うと思うよ。僕がいなくても、蒼くんにはちゃんと」

「違います。あの時、声をかけてくれたのが成海さん、だったから」

でも、と蒼はひとつ息を飲み込んだ。ぐっと奥歯を噛んで、のろりと顔を上げる。

「迷惑、だったら諦め、ます。だって、おれは、おれでしかない、し。成海さんがすき、なのはおれじゃないし、それなら」

自分の言葉を自分で聞いて、しんと気持ちが冷えた。宙に浮いたまま、成海の指に絡んでいた手をそっと引く。少し驚いたように表情を変えた成海に、無理にも笑ってみせた。

「おれ、部屋に帰ります、ね。――長い間、いろいろ、ありがとうございました。それと、おれへの援助はもういらない、です」

「蒼、くん……?」

「高校まで出してもらっただけで十分なので、今からでも就職先を探してみます。とりあえずは今までのバイト料もあるし、他のバイトを掛け持ちすれば何とかなると思いますから」

「いや、だから待ってって、ああ――もう！」

これ以上余計なことを言う前にと浮かせた腰を、ふいに横から攫《さら》われた。え、と思った時には完全に強い腕に囲われていて、すぐ目の前には成海の顔、が――。

「……や、っ――」

反射的に、腕を突っ張っていた。

諦めきれなくなると、思ったのだ。やっと気持ちを自覚して、精一杯にそれをぶつけて、それでも駄目だと言われてようやく決心がついた。

なのに、どうして今、こんなふうに触れてくるのか。

どうせ出ていくのなら、目の前にいなくなるんだったら、自分から消えた方がマシなのに。これまでの恩を大事にしながらひとりで働いて、少しずつでも成海に——直接は無理だろうから植村を介してでも、お金の形で返していけばいい。そう思った、のに！

「や、です！　な、るみさんはもう、おれがいらないん、でしょ!?　だったら、とっとと棄て、てくれ、た方が」

「だから！　いつ、僕がそんなことを言った!?　蒼くんが駄目とか嫌いとかいらないとか、一言も言ってないよね!?」

精一杯の抗議に、同じだけの強さで言い返された。

初めて目にした成海の激しさに、驚いて固まる。その後で、ゆっくりと思考が回り始める——たった今、言われた言葉が正しく蒼の中に落ちてきた。

「だ、……で、も。成海、さ——」

「いいから聞いて。蒼くんは、誤解してる。というより、わざと誤解を解かなかった僕の自業自得なんだけど」

軽く息を吐いて、成海の指が動く。顎を掬《すく》われ、ひどく近い距離で見つめられて、蒼は小さく息を飲む。

「蒼くんの、前世を知ってるのは本当。全員が蒼くんと同じアンバランスな能力しか持っていなくて、それが気になったのも本当。最初に逢った子があんまりな死に方をしたから、次に逢った時から気がかりだったのも、本当」

「……、そ――」

「あんな風に死なせたくなくて僕なりにいろいろ手を回したら、その全部が裏目に出たのも事実だ。だから、初めて蒼くんを見た時に今度こそと思った。すぐ引き取ることにしたのも、家庭環境がよくないとわかったからだ」

する、と動いた指に、顎の下を擽られる。その感覚も、今は遠かった。食い入るように、蒼は成海を見つめる。

「だけど、前世の誰かに重ねたことは一度もない。今、蒼くんが言ったように、彼らと蒼くんとでは全然違う。もちろん重なる部分はあるけど、まったくの別人だ。――前に言ったよね。僕は、蒼くんを好きだって」

「だ、……で、も」

「本気だよ。だから、言うつもりはなかった。誤解させたまま、諦めてもらうつもりでいた。なのに……こんなに風に泣く、から」

絞るような声とともに、眦を撫でられる。その指が濡れているように思って、すぐに違うと気がついた。蒼の涙が、指を濡らしてしまったのだ。

「だけど、無理なんだ。僕と蒼くんは一緒にはいられない。特に、蒼くんにとってはマイナスしかない。だから」

「な、んで、ですか。ど、して……そんなこと、勝手、に決め――」

「以前、蒼くんが言ったよね。僕の買い物の仕方がおかしいって。その時、ちらっと説明したと思うけど、僕は基本的に外を自由に出歩けない。同じ場所で暮らして知り合いを作ったとして、せいぜい保って五年だ。それ以上は、どうしたって無理が来る。理由は、言わなくてもわかるよね?」

声はいつも通りだったけれど、響きがいつになく重かった。返事に詰まった蒼を見下ろして、成海は苦笑する。

「蒼くんは、これから当たり前に年を取っていく。大学を卒業して就職して、……いずれ恋人ができて結婚もする。夫婦になった相手と一緒に年齢を重ねながら一緒に生きていく道がある。――けど、僕はこの先何年経ってもこのままだ。年は取らないし姿も変わらない」

いったん言葉を切って、成海は蒼の頬から手を離した。

「僕のことは、悪い夢でも見たと思って忘れた方がいい。今ならまだ、間に合う」

「や、です」

気がついたら、そう答えていた。成海の手をぎゅっと握りしめて、蒼はもう一度言う。

「厭、です。……置いて、行かないでください。お願いします、おれにできることなら何でもする、から――」

「何もかも、棄てることになるよ。大学の友達もバイト先で知り合った人も、十二年前に別れたきりの家族とも、二度と会えない。外出にも制限がかかって、好きな時に行きたい場所に行けない。蒼くんが嫌いな買い物の仕方しかできなくなる。せっかく封じた力だって、都合よく利用されるかもしれない」

よく考えて、と囁く声は低くて優しいけれど、どこか苦い響きがあった。

「それでもいい、です。成海さんと一緒だったら」

「蒼くん」

「成海さんが、すき、なんです。お願いですから、もう、ひとりにしないで、くださ――」

言い募る声が揺れて滲《にじ》んだのが、自分でもよくわかった。同じだけ視界も揺れていて、それでも必死で目を凝らす。

「……意固地だな。前に、それでひどい目に遭ったこともあるのにね」

苦く笑う、声がした。

意味がわからず瞬いたはずみで、こぼれた涙が眦からこめかみへと流れる。それを追いかけるように、成海が顔を寄せてきた。え、と思った時には眦にキスを落とされている。

「な、るみさ……？」

「うん？」

返事とともに、今度は額にキスをされた。ゆっくりと蒼と目を合わせてから言う。

「ごめんね。泣かせるつもりはなかったんだ」

そっと頭を撫でられたとたん、ふわりと意識が薄くなった。あれ、と思う間に全身から力が抜けて、とうとう頭がかくんと落ちる。それを、優しい手のひらが支えてくれたのが、うっすらとわかった。

なるみさん、と呼んだはずの声は、果たして音になっていただろうか。

「ごめん、ね。……全部、忘れて」

かすかに聞こえたその声は、沈んでいった意識にはただの音にしか聞こえなかった。

17

唐突に、目が覚めた。

天井を見上げて瞬いて、蒼は周囲を見回す。すっかり見慣れた室内に、他に人の姿はない。

「……れ？」

当たり前のことなのに、どうしてか違和感を覚えた。もう一度、周囲をくるりと見渡して、蒼は眉根を寄せる。のろのろと起き出して、クローゼットへ向かった。

今日の朝食当番は蒼なのだ。同居人が起きてくる前に準備をしておかないと、さらに気まずいことになる。

思い出しただけで気分まで重くなった。同時に妙な引っかかりを覚えて、廊下の途中で足を止める。突き当たりのドアを開けたらリビングで、その続きにダイニングとキッチンという間取りになっている。

「ええ、と……？」

何か大事なことを忘れている、気がした。首を捻《ひね》りながらドアを開いて、蒼は思いがけなさに瞬く。

「おう、おはよう」

「……、おはよう、ございます。って、何で井上さんがいるんですか」

リビングでのソファに沈んで新聞を眺めていたのは、学園を出てこのマンションへと移り住んだ蒼に伯父が紹介してくれた相談役だ。とはいえ同居しているわけではないし、滅多なことでマンションには来ない。

「そりゃ成海さんが出てったからだろ。植村さんはまだしばらく都合がつかないらしいし」

「え、……もう行ったんですか、あの人」

「ついさっきな。けどあの人っておまえね……」

「井上さんにしか言いませんよ。一応、おれもそのへんは考えます。で、井上さんは朝食まだですよね？」

露骨な呆れ顔になった井上に、一応主張だけはしておく。そのままキッチンへ向かおうとしたら、腰を上げた井上に呼び止められた。

「いい。俺がやるからおまえは座ってろ。冷蔵庫の中身、好きに使っていいんだよな？」

「え、でも今日はおれが当番で」

「それは成海さんとの取り決めだろ。植村さんが来るまでは俺が代理ってことで、今までの決まりはひとまず全部なしだ。おまえこないだから体調崩してんだから少しは休めよ」

「え、と……すみません、ありがとうございます？」

成海、というのは、学園卒業直後の蒼に伯父がつけてくれた世話役兼同居人だ。やたらきれいな見た目通り、物腰穏やかで言葉も優しい、物語に出てくる王子様みたいな人だった。

……ところがとても遺憾なことに、蒼との相性はあまりいいとは言えなかったわけで。

そこまで考えて、また違和感が来た。またしても意味を掴み損ねて、蒼は井上がいるキッチンに目を向ける。

「成海さん、おれのこと何か言ってました？」

「別に。けど気にすることねえだろ。おまえに問題があったわけじゃなし」

そう言う井上は相談役だけでなく、蒼のバイト先になる私立図書館の司書であり、バイトの指示役でもある。ちなみに個人的理由だとかで、今の姿は図書館にいる時とはまるで違う。黒縁眼鏡を外して髪型を変えただけだが、それでここまで化けるかと思うほどの別人ぶりだ。

「……ええと、伯父さん的にそういう認識、って意味ですか」

「そんなとこ。実際、傍目《はため》にも無理があったしな。世話役が植村さんに戻るのは、成海さん側の事情ってことになってる」

「そうだったんですか」

初めて聞いた、と瞬いていると、キッチンから出てきた井上が目の前に朝食を置く。下手な喫茶店は逃げ出しそうな、きれいな盛りつけの洋風ワンプレートだ。

「コーヒーでいいんだったよな？　すぐ淹《い》れてやるから先に食ってろ」

「はーい。いただきます」

素直に手を合わせて、蒼はフォークを手に取った。スクランブルエッグにフォークを伸ばしながら、ふと「いつ体調崩したっけ」と思う。——その端から、そういえばここしばらく妙に眠れない日が続いていたんだったと思い出した。

「ん、美味《おい》しい」

井上の料理は初めてだけれど口に合った。馴染みのある、一時よく食べたのと同じ——。

「え？」

するっと出てきた感想に、フォークを持つ手が勝手に止まる。そこに、カップをふたつ手にした井上が戻ってきた。一方を蒼の前に置き、彼はもう一方を手に向かいの椅子に腰を下ろす。

「口に合わないか？　だったら他のものを用意するぞ」

「いえ、美味しいです。ただ、その……前に食べたことがあるよう、な——」

思案しながら、蒼は湯気のたつカップに手を伸ばす。軽く吹き冷ましながら何げなく井上に目を向けて、

「……、——」

彼が手にするカップの側面に描かれた「N」の文字から目を離せなくなった。

何の前触れもなく、急に心臓が走り出す。奥底で何かが蠢《うごめ》いているような感覚に、ひどく落ち着かなくなった。そんな自分が不思議で、とにかくコーヒーをと視線を手元に戻し、

「——これ、」

井上が持つカップと同じ意匠の「S」の文字を目にして、どくん、と何かが「動いた」のを感じた。

(マジですか。え、そっちも?)

(もちろん。お揃いじゃないと意味ないよね)

ふっと耳の奥でよみがえったのは、これを買った時の成海の言葉だ。初めての百円均一でやけに喜んで、当然とばかりに買い込んだ。よほどお揃いが気に入ったのか、以降成海がお茶を淹れる時は必ずこのカップを使っていて——。

「——……成海さん、は?　どこに行ったんです、か?」

「は?」

「どうして、ここに、井上さん、がいるんで、しょうか。——この朝ごはんの味が、本家にいた時の料理と同じ、なのは」

成海と蒼が合わなかった、はずはない。当初こそ蒼が勘違いをしていたけれど、それに気付いてからはいい関係を作れていた。肝試しで体調を崩し本家で過ごしてからは、一緒にいるだけで安心できた。

(ごめん、ね。……全部、忘れて)

耳の奥で響いたのは、成海の声だ。同時に、かすかな音がする。細くて高い、……ガラスが割れた、ような。

直後、怒濤のように流れ込んできたのはこれまでの「本当の」経緯だ。宮地の誘いに乗った結果、成海と顔を合わせられなくなり。それでも失いたくなくて、必死で自分から動いたら成海も好きだと答えてくれた、はずだった。

——なのに、どうして。成海はここからいなくなった?

「割っちまったか。あー……まあ、そうなる気はしてたんだよな……」

自嘲めいた声に瞬いて目を向けると、井上はひどく複雑そうな顔でこちらを見ている。何もかも承知としか思えない物言いに、今さらに「そうだったんだ」と気がついた。

「井上さん、も……浅月の人、ですか。本家、の?」

「いや分家。しかもかなりの遠戚。間違いなく、家系図には載ってないだろうな」

「じゃあ、あの……図書館にいた、のは」

蒼を見張るため、ということか。そういえば、過保護な成海がバイトに関してだけはあまり口を挟んで来なかった。

「司書の方は一応本業な。とはいっても、浅月の仕事に便利ってことでねじ込まれたようなもんだが。あと、おまえが今思ったことは間違ってない。かといって、正しいわけでもない」

「正しいわけでも、ない……？」

「俺を浅月の監視だと思ったろ。あいにく俺が頼まれてたのは、守り石の具合確認の方。おまえに使うやつは未知数すぎてどこでどう反応するかわからないから、気をつけて様子を見るように言われた」

「伯父さん、に？」

「いや、成海さんの方。もともとおまえに関しては、伯父さん……まあ、浅月の当主だが、そっちはノータッチに近いんでね」

言われて「そういえば」と思い出す。いつかの宮地と成海の会話でも、蒼についてはすべて成海の一存だと聞いた、ような。

そう、だから蒼は「もういい」と伝えたのだ。これ以上援助はいらない、就職してひとりでやっていく、と。そうしたら、成海がひどく驚いて――。

「――成海さん、は。どこにいるんですか」

「さあ?」

睨むような形での問いに、井上は一言で返してきた。短く息を吐くと、ふと気づいたように手元のカップを見る。

「原因の一端はコレか。ちょうど出てたんで使っただけなんだが」

「……成海さんが気に入って、百均で買ったんです。お揃いがいいって。他はもう使わないって言うし、おれも高そうなのはあんまり触りたくなかったんで」

答えた後で、そういえば昨日、キッチンにいた成海が持っていたんだと思い出した。

「井上さん」

「知らないものは知らないとしか言えないな。だいたいおまえ、あの人が何者か知ってるんだろう? ずっと一緒にいられない、ってのも」

「で、も。まだ大学は一年目です。確か、卒業までは一緒にって」

「事情が変わったってことだ。悪いことは言わないから諦めろ。——フリでもいいから忘れたことにしておけ」

突きつけられた言葉は、重くて鋭い。まっすぐに、蒼の中に突き刺さってくる。

「——……本家にいた時、食事の準備とかしてくれてたの、井上さん、だったんですね。遅れましたけど、ありがとうございました」

「成海さんがおまえと動く時に、下手なヤツを介入させるわけにはいかないからな。当主からの指示だ、恩に着る必要はないぞ」

整然とした返答は、きっと井上の意思表示だ。

成海とは相応に親しくて、もちろん事情にも通じている。だからこそ、成海の代弁ができる、という。

承知の上で、それでも蒼は顔を上げた。

「厭です。諦めたく、ありません。——諦めません」

「それが成海さんの意志であり、希望でも？」

まっすぐに切り込まれて、奥歯を嚙むしかなくなった。耳の中で響くのは成海の、おそらくは最後の言葉だ。

（全部、忘れて）

「俺が、初めてあの人に会ったのは六歳の時だ」

唐突な言葉に、思わず顔を上げていた。そんな蒼をまっすぐに見据えて、井上は続ける。

「さっき言ったように、俺は分家でも相当な遠戚でね。突き詰めていけば母方になるらしいが、そっちの祖父母ですら浅月を知らない。おまけにガキの頃から視えたわけじゃなく、六歳でいきなり視えるようになった。周りからは嘘つき呼ばわりされたし、親にも信じてもらえなかったが、幸い本家に近い親類が気づいてくれて、比較的早い段階で当主に引き取られることになった。そんで、まあ……そのすぐ後に、遠目に俺を見た成海さんが興味を持ったとかで声をかけてきた」

成海の存在は浅月でもトップシークレットで、知るものは上層部の数人だ。直系ならともかく分家筋の、しかも子どもに関わることなど通常ならあり得ない、らしい。

「実際、一緒に修業した同期やらすぐ上やら下は、未だに成海さんの顔どころか存在すら知らされてない。まあ、あの人の事情を考えれば当たり前なんだよな。何しろ年を取らない。取るのかもしれないが、見た目がまるで変わらない。初めて会って二十年近くになるが、あの人は俺が六歳で出会った時のまんまだ。本来なら五十代ほどになってなきゃおかしい」

「知って、ます。おれも十二年前に、成海さんと会って……数日、一緒に過ごしてるので」

蒼の言葉が意外だったらしく、井上は軽く目を見開いた。ひとつ頷いて言う。

「だったらわかるな？　ずっと一緒にいるのは不可能だ。どうしたって、おまえが先に年老いて逝くことになる。その前に、おまえが耐えられなくなる可能性が高い」

「それ、は」

「それでも一緒にいようとすれば、柚森は社会から外れるしかなくなる。成海さんは戸籍もないし、あの見た目だ。定期的に身を隠すようにしていると聞いてる。――あちこちで勝手に映像が残るから、今後はもっと動きづらくなるのは目に見えてる」

外になかなか出られない、という言葉を思い出す。自由に出歩くこともなく、出る時があっても最短で用件をすませて戻る。寄り道だとか、遊びに行くなどあり得ない――。

「わざわざ籠の鳥になる必要はない、だとさ。今度こそ、自分の好きに生きて行けばいい。そう言ってた」

「――……」

何をどう言えばいいのか、自分でも言葉が見つからなかった。きつく奥歯を噛んで、蒼は今さらに昨夜の成海の言葉を思い出す。

（蒼くんにとってはマイナスしかない）

（何もかも、棄てることになるよ）

どこか痛いような、苦しげな顔をしていた。それはわかっていたはず、なのに――おそらくはその時の成海の気持ちを、本当の意味でわかっていなかった。

いや、と改めて蒼は思う。今だって、きっとちゃんとわかってはいない。わかるとは思えないし、わかるはずもない。

だって、蒼は成海じゃない。何百年も生きてきたというあの人が、本当はどんな思いを抱えていたのかなんて、わかりようがない。

――でも。傲慢《ごうまん》だと言われるかもしれないけれど、それは成海も同じだ。成海もきっと、蒼の気持ちをわかっていない。

わかっていたら、こんなふうに、記憶を消していなくなったりするわけがない……。

「本来の本家の場所って、前におれが療養させてもらったところですよね。住所を教えてくれませんか」

「は？　何だそれ、いきなり」

よほど唐突に聞こえたのか、井上は胡乱《うろん》そうに蒼を見た。

「成海さんを、探しに行きます。一緒いると、決めたので。一方的にいなくなってもらっても、困ります」

「おい待て、正気か？　あっちの本家は遠いし、あそこにいると決まったわけじゃあ」

「わかってます。でも、何となく気になるから」

「探しても無駄だぞ？　しばらく隠遁《いんとん》、っていうか眠るようなことを言ってたしな。滅多にやらないが、あの人が本気で雲隠れしたらまず見つからないんで有名なんだ」

井上が困った様子なのは、蒼に対してか成海に対してか。申し訳ないとは思うけれど、ここで引き下がるつもりはない。

「有名、ですか」

「昔から、たまーにやらかすらしい。今の当主が中学生ん時に消えて、結婚するまで二十年ほど消息不明だったとかいうしな」

「そうなんですか。でも大丈夫だと思います。きっと見つかります」

「柚森、あのな」

「どうしても無理だったらいいですよ。伯父さんに直接言います。植村さんに聞けばわかると思いますし」

　さらっと言ってのけたら、井上は呆れ顔になった。ため息混じりに言う。

「無駄だろ。そんな簡単な相手じゃない」

「知ってます。けど、おれが成海さんの情報を知ってるってわかったら、少なくとも伯父さんに報告はしますよね」

　とたん、井上は盛大に顔を顰めた。

「おまえがそれをやらかしたら、成海さんの配慮も根回しも無駄になるんだが。わかって言ってるか？」

「知ってます。でも、このまま諦めるのは無理ですから」

「うっわ、最悪……マジか」

　今度は顔を覆ってしまった。

　申し訳ないとは、思う。蒼のやり口は間違いなく脅迫で、おまけに蒼を思っての気遣いや配慮を台無しにしてもいる。

　それでも、今だけは譲れなかった。

　顔を覆ったまま長いため息をついた井上が、ようやく顔を上げる。じろりと蒼を睨んでから、放り出すように言った。

「わかった。ただし、猶予は向こうに着いてから半日だ。時間がすぎたら諦めて、おとなしく帰れ。その条件でいいなら連れて行ってやる」

18

衝動的に出てきてしまったけれど、井上の仕事は大丈夫なのか。

そんな当たり前のことに蒼が思い至ったのは、井上が運転する車が最寄りのインターチェンジから高速道路に乗った後だった。

「問題はないな。言ったろ、植村さんが来るまでは俺がおまえの世話役代理なんだ。ついでに成海さんから、今日明日は目を離すなときつく言われてるんでね」

「……成海さん、から……？」

「記憶の処理は、された側にかなり負担がかかるんだと。ついでに寝不足と、最近まともに食事もしてないようだから食べさせて休ませるように言われた。相変わらず過保護だよな」

ため息混じりに言われて、蒼は助手席から井上を見る。そういえば、この人からたびたび「家族が過保護」と揶揄されていたのだと思い出した。

「井上さんて最初から、おれと成海さんが同居してたのを知ってた、んですよね？」

「もちろん。当然、おまえには悟らせるなと言われたがな。あと、いきなり環境が変わったんでストレスがあって当然だから気をつけろとか、個別でいろいろと。——ああ、それはそうとおまえ、宮地宏典ってヤツは知ってるか？　髪に天然の癖があってガキ大将みたいな性格で、同じ大学にいるはずなんだが」

「います。っていうか、入学式前に知り合って、たぶんしばらくは友達だったと思います」

唐突な問いに驚いて、そういえばと思い当たる。井上も浅月の人間で、宮地もそうだけれど彼は次期当主だ。顔見知りで当然だし、もしかしたら経緯を聞いているかもしれない。

身構えた蒼をよそに、井上はハンドルを握ったままで顔を顰めた。露骨に厭そうに言う。

「過去形か。やっぱ、あいつが何かやらかしたわけだ」

「……浅月の、次の当主だって本人が言ってました、けど」

立場的に井上が下のような気がするが、その言い方はどうなのか。そんな気分で目を向けると、井上は大きくため息をついた。

「一応は、そうなってるな。力もそれなりだし、十分務まるはずだ。もっとも、成海さんに変に執着しなけりゃって条件つきだが」

「執、着……？」

「成海さん大好きなんだよ。それも、自分だけ見てりゃいい、余所見《よそみ》すんな、って困った方向性でな。成海さんも成海さんで面倒臭がりで適当だから」

ため息混じりの言葉の、前半には納得したものの、後半には首を傾げていた。

「めんどうくさがり、で、てきとう……成海さんの話ですか……？」

「見た目に騙《だま》されて勘違いするヤツが多いが、あの人はあれでかなり気性が激しいぞ。優しいだの穏やかだの言ってる連中は、まともに相手にされてないだけだ。あげく、妙なフィルターがかかって面倒が起きる。宏典は身近にいた子どもってことで、当初は孫扱いだったらしいが、妙にあの人を美化してるんだよな。それを知った上で面倒がって放置してるから厄介事に見舞われるんだって、何度か言ったことがあるんだが」

まあ、孫扱いにしてはさほど甘くもないが、と井上は言う。

「宮地が、ですか。え、でもあいつ、おれと同い年で」

「あまり言いたくはないが、俺の扱いも孫らしい。それ以外にも寛大に見えるのは、どうでもいいヤツをそのへんの石ころと同じように扱うからじゃねえの。たまーにその石ころの中で興味を引くのがいると、興味本位で拾って持ち帰るらしいけどな」

「その言い方だと、井上さん本人が興味がある石っころに聞こえます、よ？」

「その通り。そうやって自分から懐に入れた相手にはやたら甘いのも確かなんで、俺も宏典には嫌われてるんだよなあ。あの人相手に、次期当主ってだけで優先してもらえると思う方が間違いだと思うんだが。特に今回はわざわざ自分から地雷踏みに行ってやがるしな」

「地雷」とつぶやいた蒼に、井上は首を竦めた。

「自分で見つけたお気に入りと、たまたま直系に生まれたから近くにいただけのガキのどっちを大事にするかは明白だって話だ」

「……おれ。気に入られ、てるとまだ、思ってて、いいんでしょうか……？」

思わず落ちた泣き言も、蒼の本音だ。

諦めきれないし、諦める気もない。本人から、本当のことを聞きたい。けれど、記憶を消して置いていかれた事実を思うと「本当にこれでいいのか」と思ってしまうのも事実だ。

俯いた頭にぽんと重みが乗った。見れば、運転席の井上は相変わらず前を見たままだ。

「即日即金で中心街の高層マンション最上階をぽんと買える程度の資産を持ってる人が、他にどんな理由でそんな仕事受けんだよ」

「で、も」

「浅月にうるさい重鎮がいるのは事実だが、あいつらは成海さんをおとなしくさせて閉じこめたい部類だぞ。わざわざ外に出すような真似なんかするわけがないだろ」

瞬いた蒼にちらりと目をやって、井上は口の端で笑った。

「確信があったから、記憶操作を破ったんだろ。俺を脅してまで本家に向かってるんだろうが。今さらビビってどうすんだよ」


井上が運転する車は、昼食時をかなり過ぎた頃になってようやく本家に辿りついた。

駐車場で、井上より先に車を降りる。さあっと吹いた風が周囲の樹木を揺らし、空へと吹き上がって消える。その光景に、既視感を覚えて瞬いた。

駐車場は敷地の端にあるらしく、降り立った場所から見えるのはぐるりを囲う塀と、それを越えて伸びる樹木の緑だけだ。

「ちょっと待て。先に管理人に声をかけてくる」

短く言って、井上は大股に歩き出す。慌ててついて行くと、じきに大きな門扉の傍に着いた。そこでインターホンを押した井上が二言三言話をすると、数分で年輩の男性が姿を見せた。蒼を見て怪訝そうにした後で、門扉の鍵を開けてくれる。

「すみません。じゃあ、遅くとも二十一時過ぎには」

「わかりました。では連絡をよろしく」

そんな会話を経て本家の敷地に足を踏み入れた蒼は、視界に映った光景に瞠目した。

駐車場で見た塀に「どこまでも続く」印象はあったけれど、ここまで広いとは思わなかったのだ。以前に滞在していたはずの屋敷らしい建物が予想以上に遠くにあって、その周囲を取り囲むように日本庭園が広がっている。

考えてみれば、きちんと「本家」を見たのはこれが初めてだ。前回はいつの間にか来ていたし、帰りはずっと成海が傍にいて、こんなふうにゆっくり周囲を眺める余地はなかった。

気後れを覚えて玉砂利の上で足を止めた時、ふ、と何かに呼ばれたような気がした。思わず周囲を見渡すと、怪訝そうな顔の井上と目が合う。自分でも困惑した時、ふわりとした風が目の前を過ぎていった。

「こっち、……」

前髪を掬った風に引かれるように、歩き出す。不思議なくらい、迷いがなかった。ぎょっとした様子でついてきた井上が、「おいおいマジか」とつぶやくのが聞き取れた。

「おまえ前にここにいた時、庭をうろうろ」

「一度だけ歩きましたけど、すぐ成海さんに見つかりましたよ。でも、あの時も今みたいな変な感じ、で——」

話す間に近くなった屋敷の、右手に足を向ける。井上が呼びとめる声がしたけれど、それもろくに意識になかった。見えない何かに引っ張られるように進んで、ふいにぴたりと止まる。まるで自分の意志とは関係なく、けれど確固とした意志で選んだかのように。

「ここ、……——」

知っていると、思った。

何度も夢で見た場所だ。かくれんぼの彼女も、肺を患った青年も戦場へ向かった彼も、この場所で。この壁から、奥へと向かっていった。

生き神とも守り神とも呼ばれていた「あの人」——成海に会うために。

「は？　ここってただの壁だろ……おい？」

井上の言葉に頓着せず、蒼は壁の意匠を見上げる。古い木造建築は、いったいいつからこの姿でここにあるのか。それとも、立て直すたび同じ意匠を選んでいるのだろうか。

「……、こっち――」

夢の中で瘦《や》せこけた子どもの指が選んだ小さな凹みは、数多い意匠の中のほんのひとつだ。きっと、知っていてもすぐには手が行かない。

そこに、蒼は迷わず指を入れる。夢の中の子どもを真似て一方向へ、続いて別の方向へと力を込めると、かすかに壁の中で音がした。次いで、木材が軋む音とともに目の前に四角い入り口が生まれる。

背後で息を飲む気配をよそにその場で靴を脱いで、蒼は入り口へと足をかける。長く使われていなかったのか、中の空気が淀んでいる気がした。

「いる。……――いた！」

口から勝手にこぼれたのは、夢の中でかくれんぼをしていた女の子と同じ言葉だ。そこからは、もう暢気《のんき》に歩いていられず転がるように先を急ぐ。明かりのない闇は深く数十センチ先すら見えなかったけれど、それすらどうでもよかった。

「いた！……なる、みさ――」

さほど進まず、すぐに広い空間に出る。その先にあったのは、夢と同じ格子の部屋だ。夢とは違い電灯が点ったその中に、壮絶な顰めっ面をした成海がいた。

呼ぶ声が半端に途切れたのは、成海が見慣れない姿をしていたからだ。濃紺の和服に帯を締めたあれは着流しと呼ばれるものだと思うが、和風の顔立ちではないのに不思議なほど似合っている。額に落ちた前髪を鬱陶しげに払って、じろりとこちらを見た。

「――……隆史《たかし》？　どういうことか、説明してもらいたいんだけど？」

「どういうって言われても。脅されたんで、条件つきで仕方なく案内する羽目になっただけ、ですが。それよりあんたこそ、何でこんなわかりやすいとこにいるんですか。本気で隠れる気があったんです？」

背後にいるせいで表情は見えないけれど、井上の声はあからさまに呆れている。どうやら顔もそれに準じているらしく、そちらに目を向ける成海の表情がさらに渋いものに変化した。

「本気でもなきゃここには来ないよ」

「ここってどう見ても座敷牢《ざしきろう》じゃないですか。あんた、そんな趣味があったんですか？」

「あいにくだけど、コレを作ったのは浅月の十何代か前の当主だ。当時の僕は不本意に閉じこめられてたけど今は出入り自由だから、妙な邪推はしないで欲しいんだけど？」

言って、成海は井上を見る目を尖らせる。

「入り口もかなり凝ってるから、知らない人間は存在にすら気付かない。今の当主も宏典も、管理人だって知らないはずだ。おまけに今朝ここに来た時点で、僕が守りを強化した。誰にも気付かれないよう隠蔽《いんぺい》したはずなのに、どういうことなんだろうね？」

「俺は何もしてませんよ。ただ、こいつに付き添ってきただけです」

声とともに、ぽんと頭上に重みが載った。

けれど、成海は先ほどから見事なくらい蒼を見ない。今も、視線は斜め後ろ――井上にだけ向かっている。

「一応言っておきますけど、本家に着いたのは十分ほど前です、俺は門から中に入れただけで、あとはこいつが一直線に歩いていくのについて来ただけです」

「何を馬鹿なこと言ってるんだか。蒼くんがここを知ってるわけがないだろうに」

そう言う成海の声も表情も、とても不機嫌そうだ。なのに、井上は平然と言い返した。

「そんなもん、俺だって知りませんよ。それより、こんなとこで籠城したらいくらあんたでも気が滅入ったりしません？」

「滅入る前に邪魔しに来ておいて、よく言うよね」

「それはどうも。――で、どうします？　まだ逃げるなら俺は邪魔しませんが。その代わり、こいつが追っかけるのも止めませんけどね」

「隆史」

「――あの」

ぽんぽんと続く応酬に口を挟むのは気が引けたものの、思い切って声を上げてみた。

見るからに渋々と、成海がこちらに目を向ける。見慣れない姿だからか気後れを覚えたけれど、これだけはと口を開く。

「逃げてもいい、ですよ。井上さんが言ったように、そしたらまた追いかけます。成海さんが、諦めるまで。……前の時はできなかったけど、今ならできます、から」

こちらを見たままの成海から返答はなく、井上も無言のままだ。落ちた沈黙に気後れしながら、それでも蒼は言葉を続ける。

「どこに逃げても見つけます。でも、……できれば早めに諦めてもらえたら助かります」

とたんに、成海が長く息を吐くのが聞こえた。それが胸に痛くて、蒼はぐっと奥歯を噛む。

「あのね、蒼くん――」

「十二年前のあの時、おれ、成海さんに言いたくて、でもどうしても言えなくて諦めたことがあるんです。だから」

「……言いたかったことって、何。それを聞いたら、蒼くんは諦めてくれる？」

懇願の色が混じる問いに、やっぱり駄目なのかという絶望が広がる。けれど、蒼は首を横に振った。

「六歳の時。おれ、本当は離れたくなかったんです。成海さんといるのが一番安心で、だからずっと一緒にいたくて。……それを、ちゃんと言えなかったのをずっと、後悔してて」

「今の蒼」にとっての一番の後悔は、間違いなくそれだった。どうしてあそこで言ってはいけないと思ってしまったのか。学園の寮の個室で、何度も何度も自問した。朝目を覚まして傍に成海がいないことに絶望して、夕方学園から戻った部屋に成海がいないことに泣いた。

「この先、僕といるともっと後悔することになるって、昨夜話したはずだけど？」

「それは、井上さんからも聞きました。言われた通り、きっとどこかで絶対に後悔するとは思います。でも、今のおれにとって、あれ以上の後悔はないんです。だから」

言い募りながら、成海の顔が困惑に変わるのを目の当たりにした。

結局は困らせるのかと、今度は腹の底が重くなった。

「迷惑、だったらすみません。――でも、おれは」

そこまで口にするだけで、精一杯だった。視線の先に見えるのは成海の居場所とこちらを分離する格子が床とつながる部分で、いつの間にか俯いていた自分を知った。

……必死で告白して、成海も応《こた》えてくれたはずだった。けれど、成海にとってのそれは蒼と同じだけの意味はなかったのかもしれない。ふと、そう気がついた。

寿命が違うと、宮地も井上も言う。その片鱗《へんりん》は目にしているし、夢の中で見る成海はいつも「今」と同じ姿だ。だったら、お互いの基準が違っていてもおかしくはない。

今、蒼が抱いている気持ちが、「今の」成海にとって不要で迷惑なものでないとは言い切れない――。

いつまで続くかと思った沈黙を、破ったのは井上だ。露骨に長いため息とともに、肩にぽんと手のひらの重みが落ちた。

「あんたもわかってるはずですけど、一応言っておきます。こいつの処遇、これから問題になると思いますよ」

「問題？　そんなもの、どこに」

「あんたの情報を知った人間を、上が野放しにすると思います？　それほど容易い連中かどうかは、あんたが一番よく知ってますよね」

意味深な物言いに、知らず肩が小さく揺れた。それを目にしてか、成海が眉を顰める。視線は蒼ではなく、井上に向けられていた。

「……蒼くんは訓練もしてないし、守り石で封じる以上は何の力もない。無理に使ったところで器が破れるだけだ。そんな子、術者として使えるわけがない。記憶だって処理してる」

「それが処理できてないから、こいつがこんなとこまで来てるんです。参考までに教えておきますけど、起き抜けからあんたの記憶操作を破るまで一時間とかかってないですよ。そんな人材、上の連中からすれば下手な術者よりずっと使いでがあるに決まってんでしょう」

「この子を勝手に使うのは許さないってきつく言ったよ。ちゃんと周知もしてるはずだ」

「今はそうでも、今後どうなるかはわかりませんよね。宏典はこいつを敵視してるようだし、上の連中にしたってあんたの目がなくなればどう動くか知れたもんじゃないですし？　そもそもあんたのことすら道具としか思ってない連中が、こいつをまともに扱うとでも？」

耳に入った内容の不穏さに、けれど蒼はぐっと奥歯を噛む。自分で選んだことだから、後悔しても誰かを責めるつもりはない。

その様子に気付いているのかいないのか、成海の声はさらに低くなった。

「だから、それはちゃんと当主に」

「その当主だって、順当に行けば今度は宏典だ。交替した後がどうなるか、知れたもんじゃないと俺は思いますが。――いい加減、認めたらどうです？　こいつはもう、成海さんの弱みになってるんですよ」

「隆史。その言い方は、蒼くんには」

「柚森本人も、現時点でできるなりの覚悟をして来てるんです。ただ、あんたの覚悟とは方向性が違うだけで」

いったん言葉を切って、井上は続ける。

「ついでにあんた、前に言ってましたよね。本人の内側に深く食い込んでる存在がいる場合、表面上の記憶しか消せない。だから、覚えていない相手をずっと探し続けることになる、でしたっけ。――記憶操作を破った上にあんたの居場所までつきとめるような奴なんか、どうやったって止めようがないでしょうが」

それに、と続けた井上を見上げると、今度は頭上に重みが乗ってきた。

「聞いた話だとあんた、行きつけの店とやらでは特定のパートナーがいるとか公言してるそうですね。その割に、俺は一度もそれらしい相手を見たことがないですけど、それってつまり柚森のこと、ですよねえ？」

「……あのねえ。僕が初めて蒼くんに会ったのは、彼が六歳の時だよ？　その年齢の子をパートナーにとか、いくら何でも考えたりしないよ」

とたんに呆れ顔になった成海に、井上はさらりと切り返す。

「じゃあ、あんたのパートナーってのは誰で、どこにいるんです？　俺はあんたとそろそろ二十年のつきあいですけど、見た覚えも聞いた覚えもありませんが。それにあんた、柚森との四年の同居ってのをかなり強硬に主張したそうじゃないですか」

井上の言葉が進むにつれ、成海の表情が渋いものに変わっていく。これ見よがしのため息をついて言った。

「僕が、誰かと一緒にふつうに暮らしたいって考えたらおかしい？」

「全然。むしろいいんじゃないですか？　けどあんた、基本的に相手に不自由しませんよね。なのに、あえて柚森を選んだんですよね？」

予想外の言葉に、瞠目していた。じっと見つめる蒼に気づいたのだろう、成海が困ったように横を向く。

「……可愛かったんだよ。初対面の時、すごく素直に懐いてくれてさ。能力的な問題もあったから様子見も兼ねてたのと、どのみち次に眠ったら当分起きるつもりはなかったから」

「あんた自ら様子見って時点で柚森の特別扱いは間違いなかったものの、まだ恋愛感情はなかったと。それが再会して同居したらころっといかれたと、そういうことですか」

「前から思ってたけど、隆史の言い方って身も蓋《ふた》もないよね」

「そりゃどうも。で？　事情があったにせよ、一応は恋人同士になった柚森に、何で記憶操作なんかしたんです？　あんたなら無駄だとわかったでしょうに」

さらりと聞こえた「恋人同士」に、どうしてバレたと慌てた。まっすぐ成海を見据える井上につられて目を向けると、成海は渋い顔で口元を押さえている。

「何でそれ、隆史が知ってるのかな。蒼くんが自分から言うとは思えないんだけど？」

「記憶操作が割れた時点で何となく。あと、あんたの顔に書いてありましたんで。――で？」

「……いっときのことだと、思ったんだよ」

成海の声は、いつになく細かった。蒼の視線を避けるように、井上を見たままで言う。

「蒼くんはまだ未成年だ。これまでは寮生活で囲われてたけど、これから自由になれば出会いも増える。僕とのことは麻疹《はしか》みたいなもので、接点がなくなればそのうち忘れて、もっといい相手が見つかる……」

「その自由な未来をぶん投げて、こいつはあんたを追ってきたわけです。あんたも往生際が悪いですよねえ。いつまで御託並べてるんだか」

「隆史」

さすがにその言い方はどうかと気になった蒼が井上を見上げるのと、成海が短く咎めたのがほぼ同時だった。

目が合った蒼を見下ろして、井上は肩を竦めた。顔を上げ、もう一度成海を見る。

「まあ、俺としてはどっちでもいいです。とにかく、柚森は自分で選んで覚悟してここまで来た。それにどう応えるかはあんたが決めることで、第三者の俺には関係ないことだ」

言葉とともにぽんと、今度は肩胛骨《けんこうこつ》のあたりを軽く押された。

「ただ、一応でもバイト先社員として柚森のことは気に入ってますので。今後、こいつがあんたを探して探して見つからずに絶望するようなところは、できれば見たくないですけどね」

「……珍しいね。隆史がそこまで誰かに肩入れするなんて」

「仕方ないでしょうが。全っ然似てねえのに、とんでもないとこばっかりそっくりで、放っておくと落ち着かないんですよ」

ふいと顔を背けた井上が、ぶっきらぼうに言う。態度とは裏腹に、横顔は少し困ったようでかすかに赤い。

「ああ、なるほど。あの子に似て見えたんだ?」

含みを感じさせる成海の言葉に、井上は作ったように渋い顔をした。

「先に言っときますけど、会っても余計なことは言わないでくださいよ。——じゃあ、俺は先に車に戻ってますんで」

言葉とともに、もう一度肩を叩かれる。そのまま背を向けた井上を、つい振り返っていた。

「待ってよ。蒼くんを置いて行く気?」

戸惑う蒼より先、鋭く咎めたのは成海だ。それへ、後ろ姿の井上は手を振ってみせた。

「俺がいると言えないこともあるでしょうから、席を外すだけです。くれぐれも、ちゃんと決着をつけてやってくださいよ。――ああ、それと管理人と顔合わせてるんで、結果がどうあれ記憶の処理を忘れずに頼みます」

言うことは言ったとばかりに、井上は来た方角に引き返していった。

広いその背中が闇に消えるのを見送って、ふと心細くなった。

（僕とのことは麻疹みたいなもので、接点がなくなればそのうち忘れて、もっといい相手が）

先ほどの、成海の言葉が耳の奥でよみがえる。

好きだと、確かに言ってもらった。それを支えにここまで来たけれど、どうやら成海にとってはもう意味のないことだったらしい。

だったら――ここまで来たのは無駄だったということか。

「蒼くん」

しんと落ちた沈黙の中、ふいに名を呼ばれて蒼は肩を跳ね上げる。おそるおそる、格子の向こうにいる成海を見つめた。

もしそうだったとしてもと、いつのまにか表情を消していた成海を見つめて蒼は思う。

あのまま忘れたフリで、中途半端にしているよりずっといい。無意味なら無意味で、成海の口からはっきりそう言ってほしい。

好きになったから、同じ思いを返せとは言わない。成海の気持ちは成海のもので、けして蒼の自由にならない。なってはいけない。

それと同じだけ、蒼の気持ちも自由だ。成海が好きで離れたくなくて、だから無理を押し通してここに来た。あとはただ、成海の答えを待つだけだ。

「昨夜も言ったけど。蒼くんが知らないことは、まだ多いよ」

格子の向こう、こちらに向かってゆっくりと歩きながら、ごく静かに成海は続ける。

「浅月でも誤解してる輩《やから》がいるけど、僕は当主にも、一番古いつきあいになる長老格にも話していないことはいくらもある。たぶん、今後も話すことはないと思う」

「わか、ります」

納得できることだったから、素直に頷いた。そんな蒼を眩《まぶ》しいものを見るように眺めて、成海は続ける。

「昨夜も言ったけど、僕は繰り返し不手際で蒼くんを死なせてる。……期間限定ならともかく、長く傍にいると同じ結果を招く可能性も高い。言ってみれば疫病神みたいなものでね」

「あの。それは違うと、思います」

成海の声は柔らかいのに、今はその響きを痛いと感じた。それは蒼に対するものではなく、成海自身へ向けられたものだ。だからこそ、黙ってはいられなかった。

「言ってなかったですけど。おれ、たぶんその前世?を、昔から夢で見てるんです。ここ最近は特に頻繁になってて、何人かの人生を、ダイジェストとか必要な部分を拾う感じで」

蒼の言葉が意外だったのか、成海は目を丸くした。それへ、ゆっくりと続ける。

「その夢に、いつも出てきたのが成海さんなんです。おれはいつも別の『誰か』の中にいるし、それぞれで出てくる人はばらばらだけど、必ずどこかで成海さんと接点があって」

拾い上げてもらって、気にかけてもらって、忠告を貰って引き留められた。けれど蒼はいつも立場が下で、成海は祭り上げられていても実質的な権限はなくて――きっと、お互い他にどうしようもなかった。

「けど、全員が喜んでたんです。会えてよかった、って。初仕事で死んだ女の子も、戦場で死んだ人も、胸を患って初仕事で終わった人も、最期に思うのはみんな同じで」

「同じ？　……どういうこと？」

「夢の中で、おれはおれじゃないけど。中にいるから、その人がどう感じてるかはわかりました。それで――みんな終わる前に、成海さんともう一度会いたかったって」

「……――」

「誰も、成海さんのせいだとは思ってないんです。もちろんおれが見たのは夢で、それが前世かどうかはわからないです。でも、おれも成海さんに会えたことは後悔してない、から。きっと、みんな同じだったんじゃないかな、って」

言うだけ言って蒼が黙っても、成海は無言のままだった。気がつけば彼は蒼の目の前にいて、たぶんじっと蒼を見下ろしている。一生懸命目を凝らしてみても、ちょうど逆光になっているせいで表情は見えない。

「ど、うしても無理、だったら……四年、だけでも、いいんです」

絞り出した声は小さく、無様に掠れた。それでも、これだけは言っておきたかった。

「我が儘は言わないし、成海さんが困るようなこともしません。恋人、じゃなくて、同居人でも、いいから……大学卒業までにはちゃんと諦めますから、……四年だけ、一緒にいてもらえないでしょう、か」

「――……」

返ってきたのは、怖いような沈黙だ。それでも蒼は俯かず、まっすぐに成海を――成海のシルエットの、目があるはずの場所から視線を逸らさない。

自分勝手で図々《ずうずう》しいことを言っていると、知っている。宮地が見たなら間違いなく、「身の程知らず」と言うだろう。けれど、もうそれでもいいと思えた。

「……一緒にいる期間を四年と決めたのは、蒼くんというより僕の問題なんだ」

ふっと成海が口を開く。その先を聞くのが怖くて、蒼はとうとう視線を床に落とした。

「以前にも言ったように、蒼くんに僕が何者かを教えるつもりはなかった。それをすると否《いや》応《おう》なしに、浅月に縛り付けてしまうからね」

落ちてきた言葉は、きっと事実確認だ。成海の答えを蒼に正確に教えるために――納得させるために、ひとつひとつ教えていく。

「昨夜の蒼くんの気持ちを信じなかったわけじゃないし、嬉しかったのも本当だよ。ただ、それが長続きするとは思えなかった。蒼くんにはまだ、知らないことの方が多い。何より、僕と一緒にいることが蒼くんにとって幸せだとは思えない。——だから、勝手を承知で記憶を消した。それが一番いいと思ったし、今でもその気持ちは変わらない」

真摯な言葉を否定できず、けれど肯定はしたくなくて、蒼はただ首を振る。その時、かすかな衣擦れの音をやけに近く聞いた。

目を上げた先、ほんの数センチの距離にいた成海に驚くのと同時に、不意打ちのように長い腕に囚われる。腰に回る腕の強さと背中から後ろ頭を抱き込む優しい手のひらの感触と、……鼻先でした懐かしい匂いに目眩を覚えて、指先に触れた手触りのいい布を握りしめた。

「自由に、幸せになって欲しかったんだ。きみを引き留める枷《かせ》にはなりたくなくて、だから、きみの手を離した。だけど、ごめん。もう、きみが何を言っても離してあげられない……」

「な、るみ、さ……？」

低い声が、ひどく近い。音だけでなく触れた肌から伝わってくる感覚に、少し遅れて理解する。今、蒼を抱きしめているのは間違いなく成海だった。

「僕を恨んでいいし、憎んでも嫌ってもいい。何もかも全部、僕のせいにして構わない。……だから、この先ずっと一緒にいてくれる？」

「成海、さん」

「好きだよ。今まで出会った誰よりも——蒼くんになる前の、蒼くんよりもずっと」

耳元で響く声と、触れた先から伝わってくる体温に痛いほどの力で抱き込まれて、蒼は自分でも指に力を込める。

「おれ、も。だいすき、です。な、るみさんに会えて、よかっ……」

勝手に滲んできた声を、辛うじて噛み殺した。代わりに目の前の喉に頭を擦り寄せると、長い指に顎を撫でられる。腰を抱かれたまま顔を上げるよう促されて、泣き顔の自分が恥ずかしくなった。

「ご、めんな、さ——い、ま、ひどい顔、して、て」

「大丈夫。蒼くんならどんな顔でも可愛いから」

「う、」

返答に詰まっている間に優しく、けれど強引に目を合わされた。

慌てて顔を擦《こす》った手首をやんわり取られて、成海の首にしがみつく形に導かれる。素直に応じてすぐ、目の前に落ちてきた影に眦に残った涙を吸い取られた。突然のことに固まっていると、続きのように頬にもキスを落とされる。

「やっぱり慣れないいね？」

「な、るみさん、しか知らない、のに。どうやって慣れろ、とか」

「先に言っておくけど勝手に慣れたら怒るよ？」

対抗して言い返しただけなのに、少し怖い目で睨まれた。鼻先が触れる距離でのそれに怯んでいると、今度はこつんと額をぶつけられる。

「――僕と一緒にいるなら、ひとつだけ条件があるんだ。本気で後悔した時は、必ず僕に教えて。ひとりで抱え込んで苦しまないで。ちゃんと、僕にも分けて」

しがみつく指に力を込めて、ただ頷いた。そうして、蒼は必死で声を絞る。

「成海さん、も。おれのことが厭になったら、ちゃんと教えてください。それ以外で苦しいことがあった時は、……理由は言わなくていいから、苦しいってことだけでも教えてください。おれには、ちょっとも引き受けられないかもしれない、けど」

「うん。……ありがとう」

柔らかい声が聞こえたと思ったら、目の前に影が落ちた。あ、と思った時には顎を摑む指が強くなって、浅く息を吐いていた唇を塞《ふさ》がれる。

「ん、……ぅ、ン――」

繰り返し、そっと触れては離れていくキスは、六日前まで馴染みだったものだ。慣れない蒼の強ばりが溶ける頃に上下の唇をそれぞれ別々に吸われたり、食むようにされたりするのはまだ数回しか経験がなくて、そのせいか勝手にそこかしこの肌がぴくぴく跳ねた。

呼吸が続かず息が詰まるたび、キスは唇の端や頬や眦や、顎へと落ちていく。最初は擽ったいだけの感覚は、続くうちどこかでスイッチが切り替わったように変化して、肌の内側にじわじわと染み込んでいった。

「蒼くん。少し、口を開けてみようか」

「……は、ぃ？――ん、、」

ふいの言葉の、意味がわからずきょとんとした間合いで、またしてもキスをされる。顎を撫でる指とタイミングを合わせたように、するりと唇の狭間を辿られた。

びくりと退きかけた首の後ろは、いつのまにか固定されていた。無意識に竦めた首の後ろを宥めるように撫でられて、少しだけ力が抜ける。その時になって、自分の足が爪先しか床に触れていないことに――完全に成海の腕に抱き上げられていたのを知った。

「な、る――ン、……」

お互い立ったままでこれでは重いはずと頭のすみで思って、訴えようと開いた唇を塞がれる。半ば開いていたその隙間からするりと割り込んできた体温に、自分でもどうかと思うほど大袈裟に背すじが跳ねた。けれど固定された後ろ首はびくともせずに、入り込んできたそれをかえって深く招き入れる結果になる。

「……ン、……ぅ、――」

歯列を割って入った体温に、さらに奥を探られる。とたんに響いた水っぽい音に、耳から痺れたような気がした。知らず逃げていた舌先を追われ、追いつめられ搦《から》め捕《と》られて、喉の奥から音のような声がこぼれていく。

「う、……ン、っ――ぁ、まっ……」

剝き出しになった神経に、じかに触られているような錯覚に襲われた。指で摑んだ布をぎゅっと握りしめて、蒼は完全に捕まった舌先がいいように弄られるのを堪えるしかない。

「――、っん」

露骨な水音を立てて、口の中から成海が出ていく。肩で息を吐いていつのまにか閉じていた瞼を開く。まっすぐにこちらを見つめる成海と目が合って、小さく喉が引きつった。

その声に気付いたのか、成海の目の表情がゆるりと変化する。いつもはひどく甘くて優しい目が射貫《いぬ》くような鋭さを増したのを知って、咄嗟《とっさ》に「食べられる」と覚悟した。ぞくんと背すじを走った感覚はきっと恐怖で、なのに逃げる気になれなくて、蒼は成海の肩の、着物を摑む指に力を込める。応えるように腰に回った腕が強くなるのを知って、安堵した。

再び落ちてきたキスが、あっという間に深くなる。口の中を探って絡んでくる体温にはとっくに蒼のそれが移っていて、やんわり吸いつかれたかと思えば強引に引っ張ってきた。軽く噛みつかれた感覚に意識を凝らしてみればいつの間にか蒼の舌は成海の口の中にあって、驚いて慌てて逃げようとしたらもっとキスを深くされる。

咎めるように深く搦め捕られて、息苦しさに目の前が滲む。本当に食われる気がして必死で肩を叩いたら、舌先をひと噛みされてやっと離れてくれた。肩で喘《あえ》ぎながら上目に見ると成海も息を乱していて、同じなんだと少しだけほっとする。

「厭だった、……？」

返事をしようにもうまく言葉になる気がしなくて、小さく首を横に振った。そのあとで、これだけはと声を絞る。

「や、じゃなく、て。おれ、食べ、ても、おいしくない……」

「十分美味しいと思うけど？　どこもかしこも柔らかくて甘いよ」

抱き込まれたまま、耳元で低く言われる。笑いを含んだ声にむっとしているはずなのに、耳朶に触れる吐息のせいで勝手に背中が小さく震えた。やっぱり遊ばれていると確信して、蒼は力の入らない指で成海の襟を摑む。顔を見られないよう、火照《ほて》った頰を目の前の首すじに押しつけた。

くすくすと、首すじのあたりで笑うのが聞こえた。直後にするりと強い腕に抱き上げられて、蒼はぎょっと目の前の肩に縋《すが》る。何が起きたと周囲を見回す間に、格子の中へと連れて行かれた。気がついた時には板張りの床に敷かれたまだ新しい色の畳の上、じかに置かれたマットレスの上にいる。もっと正確に言えば、きちんとシーツがかかったその上に座った成海の膝に、お子さまよろしく向かい合う形で座らされていた。

「蒼は、こういうのはまだ無理？」

「……、――？」

六日前まで、起き抜けにベッドの上で当然のようにされていた体勢だ。そのせいですぐに意味が読み取れなかった。それより急な呼び捨ての方に戸惑って、蒼はきょとんと瞬く。くす、と笑った成海に、齧《かじ》りつくようなキスをされる。歯列を割ってすぐに深くなったそれに翻弄《ほんろう》されて、くらりと姿勢が崩れそうになった。目の前の首にしがみついてほっとしたのを狙ったように、今度は首すじを啄まれる。

「蒼？　返事をしないと勝手に僕が決めちゃうよ？」

笑みを含んだ声とともに、するりと動いた手に背中から腰のあたりを撫で下ろされた。勝手にびくんと跳ねた腰に自分で驚いて、触れられたあたりに熱が溜まってきているのも自覚して、その後になってようやく成海が言いたいことを理解する。

気付かれていたと悟って、顔じゅうが爆発した。成海が首のあたりにキスしてくるのを幸いに、蒼は目の前の頭をぎゅっと抱きしめる。

「無理じゃない、です」

やっとのことで絞った声は、自分の耳にも掠れて聞こえた。それが悔しくて、少しくらい意趣返ししたくなった。今なら顔も見られないはずと、蒼はぽそりと続けてみる。

「おれだって、具体的に何をどうするかくらい、知って、るし――」

「……それは聞き捨てならないねえ？」

返った声音の微妙な低さに、別の意味合いで全身が跳ねた。必死の努力も空《むな》しく、蒼はしがみついていた成海の頭から引き剝がされる。やっぱり膝の上で、鼻先がぶつかる距離でじっと見上げられた。

「それで？　どこで、誰から詳しく教わったのか、言ってごらん？」

こういう時の成海は容赦がないんだったと、思い出しても手遅れだ。返事に詰まって横を向こうとした顎を指先で引き戻されて、低くて優しい声に詰問された。

「蒼？　もしかして、僕には言えない？」

「そ、んなの。聞かなくても、成海さんはわかる、でしょ。……おれの手紙、読んでたの伯父さんじゃなくて、成海さん、だよね……？」

宮地との話を聞いた時から、思っていたことだ。月に一度の報告と称して送るよう義務づけられていた、伯父への手紙。行動報告だとばかり思っていた蒼は、外出日や行き先、誰と行ったかに加えて、そこでのお金の使い道まですべて書き記していた。

「もちろん。けど、寮内でのことまではね？」

「だ、から。中には、その……人前でするのが趣味だっていうのもいたり、するから」

さすがに校舎や中庭は避けたようだが、寮内にあって寮監にわかりにくく、しかし寮生には気づきやすい場所や時間を選んでやらかす連中もいたわけだ。そんな趣味も興味もないのに出歯亀させられて辟易《へきえき》したことは、果たして何回あっただろうか。

「それはまた、乱れてるねえ」

「全員じゃ、ないですよ？　むしろ少数派ですし、寮生の中には自主取り締まりっぽい制度もできてましたから」

「了解。心配しなくていいよ、僕は蒼くんが卒業した時点で手を引いてるから。それに」

言葉とともに、今度はするりと脚を撫でられた。ほんの一瞬のことだったのにその手つきが意味深に見えて、話す間に収まりかけていた熱がまたぶり返すのを自覚する。

「どう見ても、蒼が慣れてるようには見えないしね」

「……だったら、聞かなくてもいい、じゃないです、か」

「挑発されたら乗ってあげないと。楽しくないよね？」

ぽそ、と文句を言ってみたら、にっこり笑顔で一刀両断された。

余計なことは言うまいと、蒼は「口にチャック」を意識する。と、伸びてきた指に着ていたシャツのボタンを弾かれた。え、と思う間に、一番上から二番目、三番目と外されていく。

「え、と、……今、から？」

「うん。無理じゃない、なら不都合ないよね」

「う、……はい。あの、……しろうとなので、くれぐれも、おてやわらか、に」

言いながら、自分が真っ赤になっているのを自覚した。

「それ、素人じゃなくて初心者の間違いじゃない？」

ふと指を止めた成海が、蒼を見て笑う。軽く顎を上げる仕草を目にして、「もしかして」

と気がついた。それでも迷って躊躇していると、きれいな顔がくす、と笑みをこぼす。

「間違ってないよ。……キス、して？」

「――、……う、ん」

自分から手を伸ばして、蒼は成海の肩を摑む。見下ろす角度で顔を寄せ、ぶつかりそうになった鼻に困って、一生懸命顔を傾けて――やっとの思いで自分から、そっと触れるだけのキスをした。


見ると聞くとは大違い、というけれど、見るとするでもずいぶん違う。

熱に浮かされるように浅く喘ぎながら、蒼は暗い天井を見つめた。

つい先ほどまで薄暗いながらそれなりに見えていた木目は、すでに滲んだ視界のせいで輪郭を失っている。肌のそこかしこでうねるように流れる熱は収まるどころか際限がなく、くらくらするような目眩を引き起こすようだ。

「ン、……ん、ぁ――ぅ、んっ……」

妙に高くて甘ったるい声は自分の喉からこぼれるものだ。わかっているはずなのにどこか他人事のようで、そのくせ同じくらいよく聞こえるリップ音の方は頭に血が上るかと思うくらい恥ずかしい。それこそ、この場から蒸発して消えたくなる、くらいに。

……途中までは、まだ平気だった。

成海の膝に座ったままでシャツを肩から落とされた時はどきりとしたし、下に着ていたTシャツを首から抜かれる時だって恥ずかしかったけれど、それでもおとなしく協力した。

――十二年前に一緒に過ごした数日間でいろいろ世話を焼いてもらったのを思い出して、懐かしく感じたのも事実ではある、けれども。

異変を感じたのは、顎から喉に落ちたキスに耳朶を齧られた時だ。勝手に肩がびくりと揺れて、口から変に高い声が出た。驚いて思わず口を押さえた手はすぐに成海に捕まって、声を殺すのはなしだと約束させられて、そこからは全部があり得ないことばかりだった。

首の付け根や鎖骨のあたりを啄まれ、ラインを描くように嘗められる。それだけで、肌のあちこちに怪しい感覚が点った。首や肩や肌の表面が勝手に動いて、連動するように喉から音のような声が出て、それが恥ずかしくて指で口を押さえたとたん、また咎められる。その後は成海とお互いの指を搦める形で固定されて、逃げ場のないまま自分のものとは思えないほど色のついた声を聞く羽目になった。

胸元の、そこだけ色を変えた箇所を最初は指で、次にはキスで弄られる。寸前に自由になった指でやっぱり口を押さえてしまって、ちらりと上目に見てきた成海に苦笑された。

(だから、それは駄目って言ったでしょう……?)

優しいけれど強い声で言われて、代わりにとシーツの端っこを摑まされた。その後は、口を塞ぎたくなるたびに必死でシーツに爪を立てている。

男同士でも、そこを弄ることは知っている。というより、見せられたことがある。その時、される側は紅潮したとろんとした顔をしていて、喘ぐ吐息に色のついた声が混じっていた。正直、その時の蒼は「女の子じゃないのに？」という疑問しか浮かばなかった、のだけれど。

「……っん、ぅ、ぁ――っ」

今の今、成海のキスがそこにばかり落ちていて、そのたびに跳ねる背中を自分でも持て余している。キスをして、きつく吸われて、柔らかく歯を立てられる。その全部がわざとのようにランダムに、タイミングを外すように落ちてくる。優しいはずの指には反対側を摘まれ、潰《つぶ》され引っ張られてその場所からヒリつくような、焦《じ》れるような感覚が生まれていく。

「――……蒼？」

長い指に顎を取られ、寄ってきた気配に眦からこめかみにかけてをキスで辿られる。舌先が肌を撫でる感覚に、またしても背すじがぴくんと跳ねた。

ようやく解放された胸元が、まだ弄られているみたいに痛い。それだけでなく、じんじんと痺れたような感覚があった。

どうにか目を開けてみても、視界は滲んで歪んだままだ。瞬いた拍子に目尻から真横に何かが流れ落ちたのを知って、今さらに自分が泣いていたのを知った。

「大丈夫、かな。……今日はもう、ここでやめておく？」

「……、――」

額同士をぶつける距離で、吐息のような声に訊かれる。頷いたらきっとやめてくれるんだろうと、どうしてかはっきりわかった。その方がいい、もう無理だという気持ちと、それだと厭だ寂しい離れたくないという気持ちがせめぎ合って、蒼は涙目のまま恋人になったばかりの人を見上げる。

シーツを摑んだまま強《こわ》ばっていた指を、そっと外す。自分でも焦れったいほどのスピードで、心配顔の恋人の頰に触れてみた。なめらかで柔らかい肌を、両手でそっとくるんでみる。

小さく笑った成海が、軽く首を傾ける。ずれかかった蒼の手首を摑んで、手のひらにキスを落としてきた。とたんに熱くなった顔を持て余しながら、同時に自分だけでなく成海も呼吸を乱しているのを知って不思議なくらい安堵した。

「や、めなくて、い――」

どうにか喉から発した声は、ひどく掠れて吐息のようだ。

わずかに眉を顰めた成海が蒼の手のひらを自身の頰に当て、上に自分の手を重ねてきた。

「無理、する必要はないよ？　その、――僕も、ずっと我慢するつもりはないし」

少しばつが悪いように続けられて、こんな時なのに頰が緩んだ。そのせいだろう、今度はすんなりと、言葉が口から出ていた。

「や、だ。今、は離れたく、な……」

「……そう」

互いの唇が時に触れあう距離での会話は、そこでいったん途切れた。小さく笑う気配に続いて、これが何度めともしれないキスに呼吸を奪われる。成海の頬に触れていたはずの手は、いつのまにか彼の首へとしがみついていた。

唇から移ったキスが、耳朶から首すじへ、さらに下へと辿っていく。余韻が残る胸元にまたキスが落ちたかと思うと、大きな手のひらに膝をじかに撫でられた。

腰や脚に触れてくる少し冷たい布はきっとシーツで、手触りがよくさわさわ動いているのは成海の着物だ。つまり、蒼が穿《は》いていたはずのジーンズがいつの間にかなくなって——もとい、脱がされている。

いつの間にときょとんとしたタイミングで胸元を噛まれて、染みるような悦楽が走った。こぼれかけた声を辛うじて押し殺したのと、膝の内側を撫でていた手のひらがするりと上に移動したのがほとんど同時で、身構える間もなくその手に捉えられる。

生まれて初めて知った他人の手の感触は剝き出しになった神経をじかに刺激されるのに似て、過剰なくらい大きく腰が跳ねた。二重の意味でぎょっとして、蒼は声もなく瞠目する。

自分でも、必要最低限しか触れて来なかった場所だ。そこがいつの間にか形を変えていたことに気づくと同時に、成海の手に触れられた瞬間にさらに熱を含んだことが、見るまでもなくはっきりわかった。

顔じゅうに火がついた心地で固まっていると、胸元から喉へとキスを移動させた成海が小さく笑うのが聞こえてきた。

「本当に、大丈夫……？」

「ぁ、ぅ……え、と。そこ、……さわ、るん、ですよ、ね」

言った後で、自分の間抜けさに目眩がした。それが伝わっていたのかどうか、成海はくすくす笑いで蒼の鼻の頭に齧りついてきた。

「触らないと、この先はできないと思うよ」

「う、……え、と……その、りょうかい、です……」

本当にいいのか本気なのかと混乱する中、辛うじてそう答えたら堪えきれない様子で吹き出された。むっとするより情けなくなって、蒼は視線を泳がせる。

「しょしんしゃだって、言ったじゃない、ですか……」

「了解。どうしても無理だと思ったら、我慢しないでそう言ってね。たぶん後戻りはできないだろうけど、方法はどうとでもなるから」

どうとでもなるっていったい、と疑問に思ったのはほんの数秒だ。胸元へのキスをそのままに、握り込まれたそこを複数の指で煽《あお》られ擦るように刺激される感覚は、自分でする時とはあまりに違い過ぎてどうしようもなく腰が捩《よじ》れた。

喉からこぼれる吐息に、絶え間のない声が混じる。針で突《つつ》かれるように鋭くて深い刺激に、同じリズムで粘着質な水音が重なった。それが自分のから発していると気づかされて、逃げ場のない羞恥に呼吸すらできなくなった。

――そうして今、膝の間に割り入った成海に、つい先ほどまでさんざん指や手のひらに翻弄されていた箇所を唇であやされている。指で触れられただけで襲ってきていた息も絶え絶えな悦楽は、今はおぞけのくるような空恐ろしいものに変わっていた。

その箇所に触れてくる指はもちろん、唇も舌先も、吐息も――成海が動くたびに太腿《ふともも》に当たる髪の毛にすら、どうしようもなく肌が跳ねた。渦巻く熱はあっという間に行き場を失って、さらに温度と粘度とを上げていく。

「……っひ、――ぅ、んん――」

蒼の腰を掴む成海の手は右側を軽く押さえているだけだから、きっとその気になれば逃げられる。無意識に跳ねる脚は成海の邪魔をしているはずなのに、拘束はいっさいない。

……なのに、逃げられない。というより、たぶん――逃げたくない。

熱を持って疼《うず》く箇所に絡んでいた体温が、離れていく。その感覚にすら揺れた腰を宥《なだ》めるように撫でられたかと思うと、形を変えたまま脈打っていた箇所を、再び握り込まれた。

ゆるゆると撫でられる刺激に、喉の奥から音のような声が出る。それを辛うじて噛み殺した直後、引きつったように呼吸が止まった。

「――っぁ、ぅ……っ」

腰の奥の深い場所に、吐息を感じたせいだ。何がと思って、思い出す。寮内で一度だけ、見せられたことがある。女の子とは違い、受け入れる場所のない男同士で「する」時は――。

「っあ、……や、っ――」

湿った体温に奥まったそこを撫でられて、その感触を異様だと思うと同時に改めて「何をされているか」を思い知った。ひどい羞恥を覚えて身を固くしながら、けれどその感覚が未知のものではないと気づいて、蒼はこれまでにない混乱状態に陥った。

こんなこともあんなことも成海が初めてで、なのにいったいどうしてと回らない思考をどうにか凝らしてから、思い出す。ついさっきまで、さんざん前をあやされている間に、そこを指でなぞられた――ような気がする。濃くて鋭い悦楽に溺《おぼ》れている隙間で温《ぬる》んだ指で撫でられ擽られ、浅く内側を抉《えぐ》るように弄られていた、ような。

「――、……っ」

未知の感覚に無意識に逃げかけた腰は、先ほどとは違い強く抱き込まれてわずかに身動《みじろ》ぐこともできない。精一杯の抵抗は、握り込まれた箇所を撫でるようにあやされることで呆気なく溶けてしまった。

静かな室内に響くのは、蒼の喘ぎに似た呼吸音と、舌先を使う水っぽい音ばかりだ。その音に連動する形で執拗《しつよう》に奥をなぞられて、とうとう目の前が大きく滲む。爪を立てていたシーツに横顔をつけたまま滲んだ目を凝らすと、脚の間に顔を伏せていた成海とまともに視線がぶつかった。視界は滲んで輪郭もおぼろなのに、どうしてかそれがはっきりわかった。

「――ン、ぅ……っ」

目元だけで笑った成海が、手のひらでくるんでいたそれの先端を、見せつけるように指で辿る。それだけで、限界に近かった熱が弾ける――と思った。なのに寸前にきつく握り込まれ、せき止められて、とうとう視界は色の洪水に変わってしまった。

「う――、ン、ひ、っ……」

ぎりぎりの淵《ふち》で引き延ばされる感覚は強烈すぎて、思考が完全に決壊した。横顔をシーツに擦りつけるようにしながら、こぼれた言葉はひとつだけだ。

「――、る、みさ……っ――なる、みさ……」

伸ばした手をぎゅっと握られて、わずかに安堵する。直後、成海がゆるりと身を起こすのが、おぼろな視界でも見て取れた。

「気持ちいい……？　蒼にはまだきつかった、かな」

額の触れ合う距離で彼に覗き込まれて、ぼうっとしたまま頷いた。そうしたら、優しい笑みでご褒美とばかりに唇を啄まれる。

「もう少し、頑張れそう？」

「……、――ん、」

眦へのキスに紛れての問いに、引き込まれるようにそんな声が出る。それが返事になったらしく、「いい子だ」の言葉とともに頬を撫でられた。握られたままの右手は互いの指が絡む形に変わっていて、なのにその指で親指と人差し指の股を撫でられて、それだけでじわりと肌の底から何かが滲み出る気配がする。

ずっと握られていたその手が離れていくのを、やけに寂しく感じた。浅い息を吐きながら、開かされた自分の脚の間で成海が身を起こすのを——その肩から着物がすべり落ちていくのを、ぼんやりと見つめている。

帯を解いているのか、投げ出したままの蒼の脚や腰に時折布地が当たっては離れていく。その感覚にすら、どうしようもなく身震いがした。けれどそれ以上に初めて目にした成海の裸体が気になって、目が離せなくなる。

寮の個室には浴室もあったけれど、ゆったり湯に浸かりたければ大浴場を使うのが一番だ。付け加えれば学園の一部運動部は全国区でもそこそこ知られていて、つまり文系から体育系と幅広く男の裸を見る機会は溢れている。もっとも興味も趣味もなかったから、意識して見たことは一度もない。

それなのに、気がついた時には手を伸ばしていた。辛うじて届いた成海の脇腹のあたり、日焼けの痕《あと》どころか染みひとつない肌にそっと指先で触れてみる。

「ん?……気になる?」

蒼のその指を握って言う成海は、どことなく意味深な顔をしている。それへ素直に頷いた。

「なるみ、さん……きれい、……」

「え？　そっち？」

あからさまに筋肉質でなく、かといってただ細身なだけでなく。均整の取れた造形を目にして感じたことが、勝手に口からこぼれていた。

なのに、成海は意外そうな顔をした。ややあってくすりと笑ったかと思うと、蒼の顔の両側に手をついて見下ろしてくる。

まともにぶつかった視線に、今さらに頬が熱くなった。それを楽しげに眺めて、蒼の喉から腹にかけて、真ん中に線を描くように指で辿っていく。

「蒼は可愛いよね。どこもかしこも甘くて美味しかったし」

「え……」

それはないと言葉を返す前に、落ちてきたキスに意識まで囚われた。

歯列を割って深くなったキスをそのままにシーツの上にあった両手を取られて、成海の首に回すよう促される。先ほどまで布越しだった体温を身体全体で受け止めて、焦げるような恥ずかしさと安堵とを同時に感じていた。

さんざんに成海の唇と指とで弄られていたそこに、知らない感覚が来たのは、深くて長いキスと耳朶や頬や胸元や、時には脇腹や腰のあたりを触れてくる指に溺れている時だ。

圧迫感にびくんと動いた腰を強い腕に抱き込まれて、本能的な怯《おび》えが来た。顔を背けてキスから逃げたら、代わりとでもいうように耳朶に食らいつかれる。

「大丈夫、だから——もう少し、力抜いて？」

囁きと同時に、今度は脚の間を握られる。驚きのせいか、わずかに力を失っていたそこを撫るように撫でられて、ぞわりとするような悦楽が再燃するのがわかった。

浅い呼吸を継いでいるうちにあっという間に追い上げられて、意識の半分が持って行かれる。そのタイミングで、今まで知らなかった何かが身体の奥深く分け入ってきた。

「っひ、……」

強い違和感と圧迫感に、全身の熱が一気に冷めた。それでなくとも緩んでいた涙腺が、完全に決壊する。喉の奥からこぼれたのは、悲鳴にすらならない音のような吐息だけだ。

「……蒼」

低い声に縋るように、目の前の首に回す腕に力がこもった。あやすような指に力を失いかけていた箇所を再び撫でられて、左の耳朶に食らいつかれる。執拗にそこを弄られ、同時に耳殻を舌で舐《ねぶ》られて、近すぎる音にまで煽られた。

腰の奥に熾火《おきび》のようにくすぶっていた熱が、大きく揺らぐ。物足りなさにか勝手に腰が動いたタイミングで、さらに深く押し入られた。痛みに固くなればまた捉われたままの先端を撫られキスであやされて、わずかに力が抜けた隙にもっと深く奪われる——その繰り返しだ。

「……蒼、もう少し、だから——うん、上手だから、楽にして」

長く続く攻防に、意識はあっという間にぐずぐずになった。ひっきりなしにこぼれる涙を指で、あるいはキスで拭われる。その仕草はとても優しいのに、同じ腕は強引で許してくれない。それでも縋る相手は他になくて、蒼はただしがみついた背中に指を立てるばかりだ。

は、と耳元で吐息がする。それがやけに早いことに、指で頬を撫でられてから気がついた。無意識に顔を向けるなり耳殻から顎までを嘗められて、蒼は喉の奥で音のような声を上げる。それが吐息に変わる前に顎を取られ、食らいつくようなキスをされた。

「ん、……ぅん、ぁ……っ」

強引に、引き出された舌先が成海の口に吸い込まれる。最初は驚いて逃げたはずのそのキスに、けれど今は必死で応えていた。肩にあった手で成海の頭を抱え込んで、拙《つたな》いなりに舌を使ってみる。絡んでいた成海の舌がとたんに執拗になったのを知って、頭の後ろあたりがじんと痺れるような気がした。

腰の奥が苦しくて辛いのに、それ以上に切なくなった。今、こうやって抱き合っていることに安堵して、もう絶対に離れたくなくて――けれど気を抜いたらまた成海が消えてしまうような不安もあって、力の入らない指先で一生懸命気に成海の髪を握り込む。

「――ん、いい子。……動く、よ？　しっかり捕まってて」

あからさまな音を立ててキスが離れるなり、唇が触れたままで言われる。今の蒼にはよく意味がわからなくて、けれど先ほどよりずっと濃い色が乗った成海の声に、腰だけでなく背

すじのあたりまでぞくりとしたものが走った。

「ふ、……ン、——ぁ、あっ……」

深く奥まで入り込んでいたものが、ゆるりと退いていく。それと同時に、身体の奥に居座っていた圧迫感と痛みが動いて、思わず顔を歪めてしまっていた。知らずきつく閉じていた眦を優しい指に撫でられて、蒼はどうにか瞼を押し上げる。

「き、つい——かな。無理、……?」

驚くほど近い距離にいた成海の顔には濃い気遣いが滲んでいて、けれど目の色は明らかにいつもと違った。珍しく呼吸を乱す理由をもうっすら悟って、蒼の頬は勝手に緩んでいく。伸ばした指で触れた成海の頬はやっぱりなめらかで、あり得ないのに「美味しそう」だと思ってしまった。

「な、るみ、さ……す、き——」

考える前に、囁くようにそう口にしていた。

わずかに目を見開いた成海が、額に額をつけてくる。鼻先を啄んだキスは間を置かず唇に移って、その寸前に吐息に似た声を蒼の耳に落としていった。

「うん。……僕、も——」

「ん、……っ」

深くなったキスよりも、成海の一言が全身に滲む気がした。

必死で顎を上げてキスに応えているさなか、ふと膝裏にかかった手に腰の位置を変えられる。すでに入っていたものを、さらに奥へと押し込まれた。

ひくりと揺れた身体がこれまでとは違う反応をしているのにすぐに気づけなかったのは、もう何回目かもわからなくなったキスに夢中になっていたせいだ。

ようやく自由になった呼吸を喘ぐように継いだ喉を、啜められる。顎のラインに沿って耳朶まで遡《さかのぼ》るようにされた、そのタイミングで腰の奥にぞわりとした何かが生まれた。

「ひ、……ぅ、ンっ――」

妙に上擦った声は他人のもののようで、けれど確かに自分のものだ。何が、と思った時には押し寄せる波に浚《さら》われて、喘ぎに混じってまた声がこぼれていく。

「や、……ん――な、に……っ」

「いい子。大丈夫だから、そのまんま、飛んでていい、よ――っ」

声に続いて耳の中に押し入った体温に、今度は背すじに何かが走った。腰から来る知らない感覚とまっすぐに繋がって、蒼の思考までをも浚っていく。今の蒼にできるのは、力の入らない指で目の前の背中に縋ることと――揺らされるたび押し寄せては引いていく狂うような感覚に溺れることだけだ。

譫言《うわごと》のように、成海の名前を呼んでいた。そのたび応えてくれる声に安堵して、あとはただ流されるばかりになる。

――最後の最後に蒼の中に残ったのは、こめかみに落ちるキスの感覚と、名前を呼んでくれる恋人の低い声音だった。

19

次に目が覚めた時、蒼は見慣れたマンションの、自室のベッドの上にいた。

すぐさま飛び起きようとして、挫折した。正しくは、気持ちに身体がついて来なかった。

再び沈みこんだベッドの中、下半身に残る倦怠感《けんたいかん》と鈍い痛みと、全身に鉛が詰まったような重さに頭の中でクエスチョンマークを飛ばしていると、横合いで呆れたような声がする。

「いきなり起きるとたぶん、ダメージがでかいぞ。……まあ、遅かったようだが」

「は、……い？　いのうえ、さ……？」

ベッドの上で転がったまま顔だけ向けた先、声音通りに呆れ顔の井上を見つけて声を上げる。ついで、他に誰の姿もないのを知ってどきりとした。

「あ、の……成海さん、は――？」

「浅月。殴り込み、じゃないか。恫喝《どうかつ》、脅迫、でもないな。トップダウンのパワハラ、か？　うん、そっちだな。それをやりに行ってる」

「は……？」

物騒な単語の羅列に唖然とした蒼をよそに、井上は腰を上げた。ベッド横に常備されたままの冷蔵庫からミネラルウォーターを取り出したかと思うと、器用に蒼を起こして座らせてくれる。あちこちに押し込んでくれたクッションの具合が、まるで誂《あつら》えたようだ。

「え、えと……井上さん、それって」

「先に水だな。で、食事だ。すぐ取ってくるから待ってろ」

わざわざ蓋まで開けたペットボトルをぽんと渡して、ドアへと向かう。出ていく寸前に、思い出したように言った。

「俺がここにいて、おまえの世話をしてるのは成海さんの指示だ。本人は、遅くとも夕方には帰って来るだろ」

帰ってくる、との言葉にほっとして、蒼はペットボトルに口をつける。それを見届けたように、井上は廊下に出ていった。

「え、と……」

ところでどうして自分は自室にいるのか。喉を潤すなり浮かんできたのは、そんな疑問だ。成海と、ちゃんと恋人になったまでは覚えている。本家の母屋《おもや》の端の、たぶん成海しか知らないあの場所で――と、思い出しかけて顔が爆発した。ぶんぶんと頭を振り記憶を追い払って、そこからどうしたんだったかと首を傾げる。

けれど蒼が記憶しているのは、あの格子の部屋の中までだ。成海とふたりで一緒にいて、その後……と考えて、いきなり気がついた。

そういえば。自分のことと成海のことでいっぱいいっぱいで忘れていたが、井上を外で待たせていたのではなかったか。

「う、わ……それってつまり、井上さんを待たせた上に運転もしてもらったってこと……?」

行くだけでも結構な時間がかかったはずだ。その復路を、蒼は暢気に寝たまま運ばれた、ことになる――。

「え、ちょ、いや待って全然覚えてないって、おれ何やっ……」

「別におまえが気に病むことはないだろ。やらかしたのは成海さんの方だ」

ベッドの上で焦っていたら、トレイを抱えて戻った井上にさっくりそう言われた。

狼狽えている間に、部屋のすみにあったテーブルがベッドに寄せられる。するっと目の前に現れたそれは、片側にだけ脚がある病院でも使われていそうな代物だ。その上に置かれたトレイは蒼の目の前にあって、つまりこのまま食べろということらしい。

「あの。このテーブルって」

「成海さんが手配して、届いたのは今朝だったと思うが。――残すなとは言わないが、できるだけ食べておけよ。おまえ、昨日の昼からほぼ丸一日、何も食べてないんだからな」

昨日の昼、という言葉を一度聞き流して、その後でぎょっとした。

「昨日って、え? あの、じゃあおれが本家に行ったのって」

「昨日の昼過ぎ。で、成海さんと一緒に車まで戻ったのがほぼ夜。それから車で帰ってきた後はずっと寝てた……らしいな、その様子だと」

よっぽど疲れてたんだろ、と続けられてかあっと顔が熱くなった。それを隠すように、蒼は急いで頭を下げる。

「す、みません。いろいろ、ご迷惑をおかけしました……その、おれも暴走しましたし」

「おまえの暴走なんか、成海さんのに比べたらまだ平和な部類だ」

傍の椅子に座った井上にこともなげに言われて、変な声が出そうになった。

たぶん間違いなく絶対に、あの後何が起きたかバレていると悟ったからだ。そうなるとなおさら、身の置き所がなくなった。

「それはいいとして、冷める前にどうぞ。好き嫌いはなかったよな？」

「う、……はい。いただきます……」

トレイに乗っていたのは、胃に優しそうな雑炊だった。卵の風味が優しいそれは、確か本家でも食べた覚えがある。口に入れて、初めてひどく空腹だったことを知った。

「ご、ちそうさま、でした……井上さんて、料理上手、ですよね」

「お粗末さま。趣味と実益を兼ねてるからな」

あっさり言っただけで、井上はトレイを手に部屋を出た。それを見送って、改めて「いい人だ」と実感する。

今さらながらに、自分が彼に相当な無茶を言ったとわかってきたからだ。成海に会いたくて必死だったとはいえ、考えるだけで頭が煮えた。

どうにも火照る顔を押さえたタイミングで、「ただいま」という声がした。

声だけですぐに成海だとわかった。急いでベッドを降りようとしてまたしても沈没しかけて、やっぱり動けないと思い知る。どうにか座り直したところで、廊下で出くわしたらしい井上と話し込むのが聞こえた。

少しずつ近くなってくる声を、落ち着かない気分で待ち構える。じき、ドアの向こうに成海が姿を見せた。蒼を見るなり、優しい笑みを浮かべる。

「ただいま。具合はどう？　何か食べたかな」

気遣う言葉に、それでなくとも火照り気味だった頬がさらに熱くなった。一拍、言葉を探して詰まったものの、蒼は辛うじて笑って返す。

「おかえり、なさい……ええと、食事は今、終わりました。すごく美味しかったです。それであの、成海さんのお昼は？」

「すませてきたよ。長引く予定だったみたいで、向こうで準備してあったからね」

「そう、なんですか」

頷きながら、長引く「予定」とは何だ、と思ってしまった。同じことを考えたのか、続いて顔を見せた井上も何やら物言いたげだ。——と思ったら、思い立ったように言う。

「で？　結局、柚森はどういう扱いになったんです？」

「それ、今ここで訊く？」

「今ここだから訊くんでしょうが。俺は今後もこいつのバイト先の指示役で、ついでに守り石の様子見役でしょう。知らないですむと思ってます？」

呆れ顔になった成海に、井上はつけつけと言う。ちらりと蒼を見て、付け加えた。

「詳しい事情説明はいりません。今度の成海さんとそいつの処遇に加えて必要最低限の情報だけくださ い」

「何だったら、詳細まで説明してもいいけど？」

「遠慮します。極力、上とは関わりたくないもんで」

「言うね。まあ、気持ちはわからないではないけど」

即答に、成海は苦笑したようだ。大股に歩いて近づいたかと思うと、蒼が座るベッドに腰を下ろす。するりと伸びて頬を撫でた手は、いつものように少し冷たい。

「ひとまず僕が眠るのは時期不明で延期。荷物は明日には戻して、今まで通りここで蒼と暮らすことになったよ。期限は今のところ五年」

「五年ですか。その先は状況次第？」

「そうなるね。――蒼は僕の伴侶《はんりょ》として扱うってことで承認を取ってきた。蒼の守り石は僕の判断で調整して渡して、封じを継続する。もちろん修業はしないし、今後一切強要もさせない。術者としての仕事にもノータッチだ。ただ、……ごめんね。就職先に関しては間違いなく、浅月からの横槍《よこやり》が入ると思う」

最後の一言を言う前に、成海はまっすぐに蒼を見つめた。気がかりそうな、申し訳なさそうな顔は昨日見たのと同じで、だから蒼は自分なりに笑ってみせる。素直に頷いたら、今度は頭を撫でられた。

「……順当すぎて、むしろ不気味ですね。あんた、何やらかしました？」

横合いから、懐疑的な声で言ったのは井上だ。最後のフレーズは気のせいか、問いではなく確認のように聞こえた。

蒼の頭からこめかみへと指を滑らせながら、成海は井上に肩を竦めてみせる。

「気のせいじゃない？　ちょうどいた宏典とちょーっとお話しした他は、余計なことやらかしかけてた輩に注意喚起して、あとは少しばかりの報告。僕がやったのはその程度だ。見ての通り僕は繊細だから、傍で無用に動かれると気が散って守り石を作れなくなるかも、って」

「――さようですか。そりゃまた……宏典は素直に言うこと聞きました？」

「さあ？　知ったことじゃないっていうか、どうでもいいし。ああ、でも一応浅月が浅月って呼称を使ってるのは状況次第で継ぐ家が変わるからだっていうのは教えておいたよ」

即答する成海は、気のせいでなく楽しげだ。とはいえ、事情を知らない蒼にも、その内容が宮地にとって不穏なのはわかってしまった。

案の定、井上は呆れ顔で天井を見上げた。

「あんた鬼ですか」

「事実を言ったまでだけど？　実際、宮地だって四代前までは分家だったんだしね。……伴侶に敵意持つような当主につきあってやる義理は、僕にはないんだし？」

よくわからないけれど、つまり成海は蒼のためにいろいろ便宜を図ってくれた、らしい。

交互に成海と井上を見比べていたら、ふとこちらを見た井上と目が合った。

「おまえ本当にそれでいいのか」と訊かれた気がした。なので、蒼は素直に頷いておく。

「あー……まあ、いいですよ別に。俺には直接関係ないことですし」

ため息混じりにそう言った井上が、「匙《さじ》を投げた」ように見えたのは気のせいだろうか。

ついでにそれを聞いた成海が、楽しそうに笑った気がしたのだが。

「そうだ隆史。相談なんだけど、僕、車の免許取れないかな」

「は⁉　何言ってんですかあんた、そんなんできるわけないでしょうが！」

唐突に、今思い付いたふうに言った成海に、井上が即答する。とたん、成海は顔を顰めた。

「考える余地なし、って言い方するよね。しかも言い分が当主と同じとか」

「どうしても、ってんなら止めませんけどね。あんた自分がどのくらい目立つか知ってて言ってます？　ついでに昨今の監視カメラ事情、俺は何度も教えましたよね⁉」

そう言う井上の顔には、呆れと驚きが半々にブレンドされているようだ。あからさまなため息をついて、今度は蒼に目を向けてきた。

「免許なら柚森に取ってもらえばいいじゃないですか。年齢的にも問題ないでしょう」

「えー……そうすると僕の年上としての立場っていうかプライドっていうものがさ」

「あんたその柚森が絡むと人が変わる癖、自覚した方がいいですよ。――とりあえず、柚森にはよさそうな自動車学校を紹介しときますんで。あんたは教習代の支払いと、免許が取れたら新車でも買ってやったらどうです?」

成海の言い分にやっぱりそこが気になるのかと感心していたら、井上からとんでもない提案が出た。対する成海は微妙そうな、けれど反対ではなさそうな顔で「新車ねえ」などと呟いていて、放っておくとまずい予感に襲われる。

「え、あの、ちょ」

慌てて声を上げたとたん、成海と井上が揃ってこちらを見る。視線に怯みそうになったものの、それは駄目だと必死で続けた。

「えと、免許はおれが、自分で取りに行きます。バイト代まだ残ってますし今後も続けるから費用もどうにかなると思います。あと車は当面、レンタカーで十分です。購入は、大学を卒業してから考えます」

「あー、なるほど。確かにその方が堅実でいいかもな」

蒼の言葉に即答した井上が、ちらりと成海に目を向ける。気のせいか、その態度が「ほれ見たことか」と言っているように見えた。

一方、成海は何やら思案しているようだ。眉を顰めて蒼と井上を見比べたかと思うと、いきなり妙なことを言い出した。

「——……昨日から時々思ってたけど。蒼と井上って、結構気が合うよね」

「えっ」

「はあ？　何ですかそれ考え過ぎですよ。じゃあ、成海さんも帰ってきたことだし俺はこれで。夕飯はキッチンに、弁当で準備しておきましたんで」

言い終えるなり笑顔になった成海に蒼がぽかんとしているうちに、井上は早口に言って唐突に背を向けた。

「あ。ありがとうございました！」

慌ててお礼を言ったら、後ろ姿のままでひょいと手を振られる。ほっとしたものの、成海がその場から動く様子がないのにまた慌ててしまい、ベッドから降りようとして制止された。

「何やってるの、まだ動いちゃ駄目でしょう」

「でも、井上さん、せめて玄関までは見送らないと」

「見送りはいりませんけど、鍵はそっちでかけてくださいよ！」

揉み合いになる寸前、タイミングを計ったように廊下の向こうから少し遠い声がした。

とたん、成海は顔を顰めた。廊下に目をやり、ため息をつく。

「だから部屋のドア閉めなかったわけか。変なところで知能犯っていうか。——ああ、蒼はいいからここにいて。ね？」

後半はいつもの笑みで言った成海に、辛うじて頷いた。音を立てて閉じたドアを眺めて、蒼は今何が起きたんだったかと思案する。

待つほどもなく、成海が戻ってくる。微妙に不機嫌そうだった顔が蒼を見るなり柔らかくなるのを知って、不思議な気分になった。

「井上さん、帰られました？」

「帰ったよ」と笑って、成海は再び蒼のすぐ傍、ベッドの端に腰を下ろす。伸びてきた指にまた頬を撫でられて、今さらに気恥ずかしくなった。

「ふたりきり」を意識してしまったせいだ。つい首を縮めていたら、少し焦れたような声に短く名を呼ばれた。顎を捉えられたかと思うと、身構える間もなくいきなり呼吸を奪われる。

唐突さには驚いたものの、キスには慣れている。身体から力を抜くと、待っていたように唇の合わせを辿られた。おずおずと開いたそこにすぐさま割り入って絡む体温に応じていると、いつの間にか背中を回って反対側の肩を摑んでいた指に顎の裏を擽るようにされる。続けて耳朶を撫でられて、知らず喉の奥から音のような声が出た。

「——……蒼」

タイミングがうまく計れないせいで、キスの合間の声に応える余裕がない。浅く喘ぎながら、それでも上目に見上げてみたら、じっとこちらを見つめていた人と目が合った。する、と鼻先を擦り寄せられて、今度は眦にキスをされる。

「今の気分は？　どこか痛いところはない？」

「え、と……そ、その、ま、ままま、まだ、慣れない、ので、ええと」

あるにはあるが、それをどう口にしろと言うのか。よりにもよって、成海の前で。心の底からそう思った後で、遅れて気がついた。——けれどそもそもの原因はたぶん成海で、いやでも蒼だって望んだのだから共同責任のようなもので、いやしかしだからといって口に出せるかどうかは、と結局出発点に立ち戻る。そうなると、返事に困って唸るしかなくなった。

「それはそうだ。慣れてたら怒るよ」

「おこ、りますか」

「喜ぶと思う？　っていうか、この状況で慣れてたら犯人は確定だよね。ひとりでうちにいても慣れようがないしね？」

意味深に言われても、すぐには意味が飲み込めない。首を傾げて数秒後、井上が「犯人」扱いされているのだと気づいてぎょっとした。

「成海さん、さすがにそれはないですー」

「でも何だか仲いいよね？」

「バイトの時にいろいろ助けてもらってるだけです。確かに面倒見のいい人だと思いますけど、そもそも井上さんにおれのこと頼んだのは成海さんですよね？」

言ったあとで、気づく。井上が唐突に帰ってしまったのは、たぶん直前の成海の「気が合う」発言のせいなのだろう。

少しばかり、むっとした。それ以上に悲しくなって、蒼はつい俯いてしまう。

「おれ。そんなに信用ない、ですか」

「え、待って。蒼、僕はそんなこと」

「でも、井上さんのことは信頼してますよね。だったら疑われるのはおれですよね？」

そろりと目を上げてみれば、成海は微妙に困った顔をしていた。なので、ここはとにかく謝っておくことにする。

「あの、ごめんなさい。たぶんおれ、気絶するか寝るかして、成海さんと井上さんにすごい迷惑かけたんですよね。それか、気付かないうちに何かやらかしたとか」

「いや違うから！　そうじゃなくて……あー。ごめん、悪かった」

囲い込まれた腕の中で、それでも精一杯頭を下げた。じっと待っても返事はなく、あまりの反応のなさが気になって、蒼は少しだけ顔を上げてみる。

とても微妙な顔で見下ろす成海と、目が合った。

「だから、つまり焼《や》き餅《もち》だよ。その、隆史の方が年齢も近いし料理だけじゃなく家事も得意だし。僕よりも、気が合うんじゃないかって」

「……はい？」

とんでもないことを聞いた気がして、蒼は成海を見たまま首を傾げた。

意味がわかったのは、一拍ほどの間合いの後だ。あり得ない言葉に目を丸くしてしまった。

「ええ、と。おれ、成海さんにしか、そういう意味で興味ありません、よ？」

「……――うわ」

考えに考えて言った言葉に、成海が手で顔を覆う。指の間の隙間から蒼を見つめてきた。

「それは、その……うん、ありがとう。何て言えばいいのか――」

言葉を切ったかと思うと、やけに長いため息を吐かれてしまった。どうやら、言い方が足りないというのか、微妙だったらしい。

「その、すみません。つまり、昨日も言いましたけどおれは成海さんさえ傍にいてくれたらそれで十分、なので」

「ああうん、もういい。いいよ、十分だから」

もう一度考えて言い直したのに、早口で制止されてしまった。何だか情けなくなってじいっと見上げていたら、今度は「ああ、もう」との声とともにいきなり頭ごと抱き込まれる。え、と思った時には、腰も背中も全部が強い力に捕らえられていた。

「……成海、さん？」

「うん、十分。――無理だよねえ。どうしたって、敵《かな》いそうにない……」

ぽそりと聞こえた言葉の意味が、とても聞き捨てならない気がした。けれど、続いて頭のてっぺんに落ちてきた感触がキスだと察して、蒼はそれを棚上げすることにする。

自分のものではない呼吸音と、背中や頭を抱き込んでくる腕の強さと、そこから伝わってくる体温と。その全部を感じながら、ふっと自分の内側で何かがこぼれたような気がした。

知らないはずなのによく知っている気がするそれは、夢で見知った感覚に似ていた。蒼が蒼になるより前、別の人だった頃の――。

初めて任せてもらった仕事の意気込みを発揮するより先、突然に襲ってきた狂うような感覚に沈んで終わる寸前に。

異郷の地で、古里を思いながら息絶える寸前に。

思うに任せない身体に苛立ったあげく、自棄《やけ》になって散る間際に。

揃えたように蒼の内に落ちてきた複数の夢の残滓《ざんし》が歓喜した、ような気がした。

――もう一度だけ。あなたに、逢いたかった。

きっと、もっと、ずっと

「ただいま。……蒼？」

帰り着いた自宅玄関で靴を脱ぎながら、成海は怪訝に首を傾げた。

恋人になって間もない蒼は、とにかく真面目で勤勉だ。自主休講どころかバイトすら皆勤で、しかも積極的にシフトを入れてしまう。日曜日がまるまる空いているなど滅多にない。

その貴重な日の早朝に、浅月から「守り石の調整を頼みたい」という連絡が入った。

繊細な操作を要する調整だが、成海でなければという理由はない。なので無視してもよかったが、後々の面倒を思って仕方なく応じた。結果、午前中がごっそり潰れたわけだ。

久しぶりに今日はふたりで一日中、のんびりいちゃいちゃしようと思っていたのに。

不機嫌を引きずりながら蒼がいるはずのリビングへと顔を覗かせて、

「……あれ」

ソファの上で丸くなっている蒼を見つけた。どうやら、テレビを観ているうちにうたた寝してしまったらしい。

眠る恋人の肩が寒そうに見えて、傍にあった膝掛けを広げてかけてやる。起こさないよう、彼が枕にしたクッションの横にそっと腰を下ろした。なめらかな頬をそっとつついて、とたんにむにゃと上がった声にすら「可愛い」と頬が緩むあたり、我ながら相当なものだ。

耳に入った音声にテレビ画面に目を向けて、怪訝に思う。以前に比べれば映画を観るようになった蒼だが、今映っているのは動物を主人公にした子ども向けのアニメだ。

どうしてこんなものを、と思った後でふと思い出す。十二年前、幼かった蒼と一緒に観た映画が、確かこれではなかったか。

「覚えてた、かな。……それとも何となく選んだ？」

眠る恋人の髪を指に絡めながら、成海はアニメに目を向ける。まさかこんな日が来るとは思ってもみなかったと、改めてそう思った。

十二年前のあの日、成海が蒼を見つけたのは本当に偶然だった。

かつて外出が制限されていたと蒼には言ったが、厳密には禁じられていたのは「他者との接触」だ。外出そのものは比較的自由で、実際に蒼を見つけたのもドライブ中だった。それも、当時成海が住んでいた町を出て六時間ほど走った頃だ。

正直にいえば、すぐに接触する気はなかった。かつての「蒼」の魂が必ず成海と出会っていたわけではなく、出会ったからと即保護していたわけでもない。短い生涯を終えた後で知ったことも何度かある。生きていると知って、あえてそのままにしておいたこともあった。すべてを拾えるわけもなく、拾う必要があるとも思えなかったからだ。実父がきちんと愛情を注いでいたなら、成海は蒼を拾い上げたりはしなかった。たとえ短くても普通の人として終わることができるなら、それが一番だからだ。

なのに、どういうわけか「蒼」の魂は不遇に置かれることが多い。その時は必要な援助をして見守るだけだ。不用意に関わることで、無用に影響を及ぼすのだけは避けたかった。

けれど六歳の蒼の目は、置いていくには暗すぎた。だからこそ声をかけ、本人の意思を確かめた。二度目の邂逅の理由は、「迎えに行くと約束したから」だ。それで最後と決めていたから、幼い声でもう会えないのかと問われた時に返事をしなかった。

それなのに、動き出した車の後部座席の窓ガラスに張り付いた幼い蒼の、哀しげな目を見たとたんにその判断を翻していた。

「あの子の大学の四年間は同居するから」という成海の宣言に、浅月は大騒ぎになった。あそこで重要視されるのは血筋ではなく、どれほどの力が奮えるかだ。術者として「使えない」蒼は用無しでしかなく、それでも当主が後見人に立った理由は「成海からの強い要望だったから」でしかない。

事実、その時の彼らが発した言葉は蒼を切り捨てるものでしかなかった。あまりの不快さに表情を作るのも面倒になって、成海は無造作に切り札を使った。

(だったら僕は明日にでも休ませてもらうよ。今度はゆっくり、そうだねえ。百年ほどかな)

効き目は覿面で、手のひらを返したように要求が通った。成海の力不足で見殺しにした、あるいは生かすための配慮が死地に追いやる原因を作ったと知った時のあの後悔を、今度こそ払拭できると安堵した――。

すぐ傍で眠る蒼が、わずかに身動ぐ。気配を察したのか、成海に近いクッション側に擦り寄る様子が目に入って、微笑ましい気分になった。

（再会して同居したらころっといかれたと。そういうことですか）

あの隆史の言葉ではないが、学園の寮で再会した時点での蒼は「守るべき子ども」でしかなかった。その認識が大きく変わったのは、成海の「見栄とプライド」が露見した後だ。何が琴線に触れたのか、その時を境に蒼は反発を収めて成海との距離を縮めていった。それが、自分でも意外なほど嬉しかったのを覚えている。

そして、あの時の告白だ。蒼が訥々と口にした配慮は成海への告白にしか聞こえず、指摘した時の反応も肯定でしかなくて、その時点ですでに抑える気はなくなっていた。

とはいえ蒼はまだ未成年の、箱入りだ。もし成海と続いたとしても卒業と同時に終わる。その前に異性に気移りするかもしれないし、それがなくとも物理的な接点が消えれば成海のことなど忘れて、じきに新しい相手を見つけるだろう――そう思っていた。

成海の正体を知った上で追ってくるなど、思いもしなかったのだ。だからあの座敷牢に蒼が現れた時には、かつて同じようにあの場に現れた幼い子を思い出さずにはいられなかった。

……また潰す気かと、自問した。本来なら必要のない荷を負わせるのかと何度も自問して、それでも手放せないと――手放したくないのだと、自分でも覚悟を決めた。

「でもまあ実際、僕が傍にいないとまずい、だろうしねえ」

（封じの守り石があるんだったら、どうして使わせてくれなかった？）

蒼との関係が拗れる直前、宏典の口から出た台詞に呆れ返ったのを思い出す。

「守り石」はそもそも成海が、繰り返し棄てられる蒼の「魂」のために作ったものだ。浅月の術者に教えた守護や力の先鋭化も、結局は「封じ」の応用でしかない。加えて「封じ」は蒼自身の力の質を利用しているため、宏典たちに与えたところで発動しない。

何より、宏典たちに与えられたたったひとつの選択肢すら、蒼には存在しなかった。それを理解する気のない者に説明する義理はないし、これからの「守り石」を託す気もない。宏典の年齢であの資質なら、次の当主は挿《す》げ替えた方が賢明だ。他に有力な候補もいるし、成海が力添えすればどうにでもなる——と、そこまで考えた時、傍らで気配が動いた。

「なるみ、さ……？　えと、——あれ、ここ」

「ただいま。可愛い顔して寝てたねえ。けど、うたた寝は推奨しないな」

髪に触れたままだった手のひらを、寝起きの頬にすべらせる。無意識にかその手にすり寄る仕草を見せた蒼は、けれど思い出したように声を上げた。

「え、うわ！　すみません、今何時ですかっ？」

「ん？　十二時、三十六分になったところ」

「わわわわわ、じゃあおれすぐ昼食の準備っ」

泡を食って飛び起きようとした年下の恋人の、腰を抱いて引き留めた。不思議そうに見返すのへ、さらりと言ってみる。

「せっかくだから今日はふたりで外食しない？」

「えっ」

「……僕と出かけるのは厭かな。だったらデリバリーでもいいけど」

首を傾げて、意図的に眉尻を下げてみる。恋人になる前から気づいていたが、蒼は成海のこの顔に弱いのだ。今も、困ったように返事を探している。

「でも、家事はおれの仕事ですし。それだとサボってるみたいで」

「蒼はむしろ頑張り過ぎ。前から言ってるけど、学生なんだから勉学に専念してもいいんだよ。バイトは必要ないし、家事だって人を雇えばいい。……でも、それは厭なんだよね？」

半ばの言葉で表情を固くした蒼は、最後の一言を聞いて小さく、けれどはっきり頷いた。

この子は本当に人に甘えるのが下手だ。六歳のあの時も、当然のように我慢しようとした。

（いっしょにいって、いいの……？　ぼく、じゃまに、ならな、い……？）

あの時のことを後悔しても、今さらだ。それよりこれからどろどろに、溺れるほど甘やかしてやればいい。そう、――この子が観念して落ちてくるまで。

「僕と行くのが厭じゃないなら、たまにはつきあってくれない？」

駄目押しで言ってみたら、蒼はようやく頷いた。それぞれに身支度を終え、連れ立ってエレベーターに乗るなり成海を見上げて言う。

「あの！　今日の昼はおれに出させてもらっていいですか！」

「そんなのバイト料がもったいないよ。ここは毎日の家事に感謝を込めて、僕が」

「そうやって、いっつも成海さんが払っちゃうじゃないですか。そりゃ、おれの財布だと喫茶店とかのランチになっちゃいます、けど」

言いながら俯いてしまった顎を摑んで、そっと顔を上げさせる。上目に見上げる様子に誘われて唇を啄んだら、泡を食った様子で睨まれた。

「な、るみさ――こ、こここここどこだとおもおも思っ……」

「誰も見ないし、もし見てても守秘義務あるから大丈夫。漏れたら丁重に報復する」

相変わらず慣れない蒼が、微妙な顔で「ほうふくって」とつぶやく。どうやら先ほどの問答は、一時的に思考からすっ飛んだらしい。

「じゃあランチは蒼に奢ってもらうね。その後のお茶は僕が出すってことでどうかな」

「う、……じゃあそれで。でも、いつかは全部おれに出させてくださいね！」

必死な宣言に「やっぱり可愛い」と思った時、エレベーターが一階に辿りつく。

「成海さん、どこか行きたい店ってあります？」

「うーん。蒼がよく行くところ？」

「えー……それって思い切り学生向けですよ？　味だってそこそこで」

「別にいいけど？　目の前に蒼がいれば十分ご馳走だし」

エントランスにいたコンシェルジュの会釈に応えて、肩を並べて正面玄関から外に出る。

初夏に相応しく空はよく晴れていて、雲はほとんど見えない。

「だ、から！　おれで遊ぶのはやめてくださいってば！　うちならともかくこんなとこでっ」

強い口に目をやると、蒼の顔が妙に赤い。そんな顔をすると凶悪に可愛いと思う。

「……やっぱり部屋に戻ろうか」

「はい？　いいですけど、どうして急に？」

「いや、ランチよりもっと食べたいものがあってね」

思わせぶりに、指先で蒼の唇を辿ってみる。けれど幼い恋人はきょとんとするばかりだ。

「それって何か聞いていいですか？　うちの冷蔵庫に材料があるかどうかわからないので」

「あー……いいや、やっぱり蒼の行きつけにしよう。お化けオムライスがあるとこ」

「……？　わかりました」

右に左に首を傾げた年下の恋人が、少し先に立って歩き出す。成海を見上げて笑う様子に早く気づいてほしいとも、しばらくはこのままでいてほしいともつかない、何とも微妙な気分を味わった。

――成海の言葉の意味に蒼が気づくのはランチを終えた後、カフェに向かう途中でのことだ。もちろん成海はその場で、真っ赤になった年下の恋人に叱られることになった。

あとがき

おつきあい、ありがとうございます。最近、ちょっとスイッチが切り替わった……？　らしいと自覚中の椎崎夕です。

今回の話は、純愛かもです。

……解釈次第で「どこが」と評される気がとてもしますが、書き上げた今、個人的にはそんな気分でおります。

異議が出てきても無理もない気もするので、強く主張はいたしませんが。正直、書き上げて少々間を置いたからそう思う、ような気もしておりますし。

でもって今回はオカルトではない、と思っております。担当さんより「ファンタジーというか不思議な話」とのお言葉をいただきましたので、うん。そっちらしいです、とお伝えしておきます。

まずは、挿絵をくださったすずくらはるさまに。校正で読み返してみて、人物描写の少なさに渇いた笑いがこぼれました。にもかかわらずいただいたラフに違和感がなかったことに感動した次第です。お任せが多くなってしまい、本当に申し訳ございませんでした。そして、ありがとうございました。本の仕上がりを、楽しみにしております。

そして、担当さまに。あれこれとご面倒をおかけしてしまい、本当にすみません。心より感謝申し上げます。ありがとうございました。

最後になりましたが、この本を手に取ってくださった方々に。ありがとうございました。少しでも楽しんでいただければ幸いです。

椎崎夕

✦初出　もう一度だけ、きみに……………書き下ろし
　　　　きっと、もっと、ずっと…………書き下ろし

椎崎 夕先生、すずくらはる先生へのお便り、本作品に関するご意見、ご感想などは
〒151-0051 東京都渋谷区千駄ヶ谷 4-9-7
幻冬舎コミックス　ルチル文庫「もう一度だけ、きみに」係まで。

幻冬舎ルチル文庫

もう一度だけ、きみに

2020年1月20日　　第1刷発行

✦著者　椎崎 夕　しいざき ゆう

✦発行人　石原正康

✦発行元　株式会社 幻冬舎コミックス
〒151-0051 東京都渋谷区千駄ヶ谷 4-9-7
電話 03(5411)6431［編集］

✦発売元　株式会社 幻冬舎
〒151-0051 東京都渋谷区千駄ヶ谷 4-9-7
電話 03(5411)6222［営業］
振替 00120-8-767643

✦印刷・製本所　中央精版印刷株式会社

✦検印廃止

ISBN978-4-344-84602-9　C0193　Printed in Japan